甘い融点

崎谷はるひ

幻冬舎ルチル文庫

CONTENTS ✦目次✦

✦甘い融点 ✦イラスト・志水ゆき

✦カバーデザイン＝齊藤陽子(CoCo.Design)
✦ブックデザイン＝まるか工房

甘い融点

業務報告書類を捲《めく》る手を止めた橋爪《はしづめ》恭司《きょうじ》の眉間《みけん》には、深い皺《しわ》が刻まれていた。

「なんなんだ、この稟議書《りんぎしょ》は」

交際費、と書かれた決済書類を眺めながら、肩口に携帯電話を挟んだ恭司は、普段店の女の子に美声とほれぼれされる低く深い声を、ワントーン冷たく落とす。

『ご覧の通り、生花代に交際費です』

「花に交際費だあ⁉　ケタが違うだろうがゼロふたつも！」

電話の相手は秘書であり経営ブレーンでもある渋沢雅史《しぶさわまさふみ》だ。動じない声に恭司は苛立《いらだ》ち、複写伝票の束をばしばしと叩《たた》きながら、忙《せわ》しなく煙草《たばこ》を吹かす。

「しかもこの有限会社鷲尾《わしお》て、鳥飼《とりかい》組の系列じゃねえかよっ。工藤《くどう》社長宛ってこれも、若頭《がしら》の工藤じゃねえか！」

唸《うな》るような声を発する恭司の日に焼けた顔立ちは彫りが深く、男らしい意志の強そうな眉《まゆ》と高い鼻梁《びりょう》、切れ長の目もまた、夜の女たちには大変好評だ。

「おまえ、これじゃ結局、鳥飼の方にミカジメ払うってことじゃねえかよ！」

『この商売で、筋を通すことは、どこにいったたって必要でしょう』

「筋モンに筋通してどうすんだよ。認めねえぞ、俺は、絶対そんな経費申請通さないからな！」

おまけに一八五センチを超える長身には、きつく引き締まった筋肉が載せられ、三十代に入ってますます男ぶりを上げたという恭司の容貌《ようぼう》は、一見すればややがたいのいいファッションモデルかといった華やかさがある。

しかし、野性的でエネルギッシュに過ぎるその視線と、身体《からだ》中から滲《にじ》み出る迫力が、彼を甘いばかりの男ではいさせない。

『仕方ないでしょう。ここは東京なんですよ。地元とはわけが違います』

恬淡《てんたん》とした、男の声はいっそ恭司の苛立ちに拍車をかけてしまう。

「んなこた知ってるっつんだよっ」

顔色ひとつ変えていないであろう、親友でもある秘書に向かって口にくわえた煙草をぶつけてやりたい気分になるが、なにせ相手はいま、神奈川の本社にいるのだ。

忙しなくふかされた、ピース紺の紫煙が満ちるここは、都内某所のとあるホテル。最上階にある責任者室は、恭司の会社では通例『支配人室』と呼ばれている。

造りは会社の事務所めいたビジネス仕様のものであるが、目の前には防犯カメラのモニターが映し出す映像がずらりと並び、入口フロアから各階の通路をすべて見渡せるようになっている。

昨年落成したこのブティックホテルは、名前を［ホワイティア］という。

内装外装共に、一流ホテルのそれを意識して作られたため品よく豪華で、一見すると普通のシティホテルのように映るが、入口に掲げられた「ご休憩」の文字に使用目的は自《おの》ずと知れた。

また入口から踏み込めばそこには無人のパネルフロントのみで、精算もすべて室内の自動精算機で行われるあたりも定番ではある。

モノクロームの映像は、ごくたまに映った人々の関係や人生を匂《にお》わせて、なかなか興味深い。

気が逸《はや》るのか、互いの身体を触りあいながらドアの向こうに消える男女や、はたまた後ろ暗さを露《あら》わに、俯《うつむ》いたままの華奢《きゃしゃ》な男の肩を抱いた、男のやに下がった顔。

（さすがに東京は、そっちのも多いな）

苛立ちを逸《そ》らそうと散漫な頭で考えれば、耳元からは血を凍らせるような渋沢の声が慇懃《いんぎん》に聞こえてくる。

『大体ですね、そうやって新店出来るたびにへばりつくのやめて下さい。社長がいないおかげで業務が滞って仕方ない』

「ハシヅメのポリシーなんだよ。そりゃジジイの代から続いてる慣例だ。自分の店は、自分で確かめる。なにが悪い」

『社長、なにを開き直ってるんですか』

どこがおかしいと言い切る恭司に、電話の向こうから聞こえたのはあきれ混じりのため息だ。

恭司は神奈川では有名な風俗チェーン、［株式会社　ハシヅメ］を担う三代目社長だ。ラブホテル、ソープランドなど風俗関連の業種を掌握し、地元川崎を拠点に手広くやっている［ハシヅメ］の歴史は昭和初期にはじまる。

当時、地元の香具師《やし》と繋《つな》がりのあった祖父の代から、食うに困った女性を受け入れるために、公式買春宿一号店［カフェー喫茶・橋《はし》］が創立された。

以後、時流の流れや風営法改正にも負けず、暴力団傘下に誘致されそうになっても断り続け、「働く女性と悩める男にやさしい、明るくクリーンな風俗店経営」をポリシーに、そこそこの繁盛を見せている。

実際その業績を裏付けるように、橋爪家の男たちはみな働き者で精力的だが、ワーカホリックぶりがたたり、祖父は十五年前に他界、恭司の父であった先代も三年前に心臓を患って引退した。

そうして三代目はぼんくらと言われる定説を覆すように、最も仕事熱心であるのが恭司だと、業界でも有名ではある。ただし、逐一自分の目で確認しなければいけないワンマンぶりと、やや一本気に過ぎるのが、玉に瑕《きず》というのも概《おおむ》ねの評判だった。

『だいたい、先々代の時代と、いまと、どれだけ規模が違うと思ってんですか』

営業が軌道に乗るまでは、どうしても自分の管理下におかずにいられないのは、恭司の悪い癖だった。自覚もしていて、居直っているからなおタチが悪い。

おまけに、とある事情でやや予定よりも急な開店だったため、いまだにこのホテルには責任の取れる管理職が据えられない状態で、いよいよ恭司のお出かけ好きに言い訳をつけてしまっている。

「――さて？」

『さて……ですか？』

むろん自身の会社の歴史も店舗数も、知っていながら空々しくうそぶいた恭司は、この後続くだろう渋沢のねちねちとした嫌味から逃げるべく、電話を耳から遠ざける。

『ご存じないようですから申し上げますね。いまじゃあハシヅメのチェーン展開は全国を狙《ねら》ってます。神奈川と静岡だけでホテルは七軒、イメクラとヘルスは十二軒。今度の仙台東京ダブル進出でさらに一気に、店舗展開した軒数は――』

「はいはいはいはいはい」

うるせーうるせーと呟《つぶや》きながら、空《あ》いた耳を小指でほじっていれば、そのふざけた姿が見えたかのように渋沢の声がさらに冷たくなっていく。

『そのすべてを優良店にするべく目指してるんなら、ちったあ人材確保の方にも力入れて下さい。社長が全部管理できるわけもないんだ、健全な風俗経営はまず男の優秀な人材なんだって、しょっちゅう言ってんのは社長でしょう』

正論ばかりを並べ立てる男の、うつくしく整った、だが能面のように無表情な顔を思い出せばうんざりして、恭司の浮かべた渋面も声もまるで、拗《す》ねた子供のようになる。

「ったって、なかなかこう、いいのが見つからないじゃねえかよ。管理職こなせるような」

『ひとにはそれぞれ得意分野ってのがあるんです。なにもかもオールマイティにこなす人材なんかいまはなかなかいない。能力に見合った分担で決めればいいじゃないですか』

やんちゃさが覗《のぞ》くその表情は、整えた髪から秀でた額に降りる前髪のラフさも相まって、恭司の魅力をなんら損ねるものではなかった。

しかし、女性には大変好評な恭司のその色気は、当然ながらいま電話の向こうにいる男に一切効果はない。

『だいたい「チュッパリップス」の方も「気《き》まぐれ仔猫《こねこ》」の方も全部顔出しすることたないでしょう』

いま、血の凍るような声で渋沢が並べ立てたのは、風俗営業法第二条四項一号、営業分類五号営業店、つまりいずれもイメージクラブの名前である。

「ったってしばらくは様子見ないと、あっちの店長とマネージャーも新参だろうが」

『だからって社長みずから乗り込んでどうすんですか』

この度《たび》の［ホワイティア］及び、イメクラショップの新規開店は、恭司の父の念願であった都内への初参入だった。

その夢を、先だって心臓の弁膜を破裂させた彼の目が黒いうちに叶《かな》えようとしたため、やや無理なピッチでことを進めたのは否めない。

それでもまあ、優秀なスタッフとおのれの力があれば、通る無理だと恭司は信じ切っている。

「だっておまえは忙しいじゃんか、そしたら俺しかいないだろ」

『……っ、誰のせいで俺がこんなに忙しいと思ってる！　このボンボンが！』

しかし、巻き込まれる側はたまったものではないと、ついに冷静沈着な仮面をかなぐり捨てた渋沢は、十代のころに武闘派でならしたという本性を見せて声を荒げた。

『そんな時間があるなら、いますぐそこにある書類に判子ついてファックスしろ、このクソ野郎！』

「い・や・だ」

『いやだじゃねえ！　ふざけてんのか、恭司！』

「ふざけちゃねえよ」

動じず、椅子《いす》に深く腰掛けなおした恭司は、それだけは譲りたくないと渋面を浮かべる。

そこには、ただ意地を張っているだけではない、苦い矛盾を抱えた男の苦悩が見えた。

そうしてまた、いますぐにも握りつぶしたい稟議書を眺めて、深い吐息をする。

「渋沢。俺はこの店に関して、どこにも後ろ暗いとこのないもんにしたいんだ」

『……存じ上げております』

声音に察したのか、渋沢もまた落ち着いたトーンに口調を戻した。

『それでも、東京です。ハシヅメの常識は通用しない。わかってるでしょう』

この辺《あた》りの風俗関係に関しては、シノギのなわばり争いが常にある。古く香具師との繋がりがあって、［ハシヅメ］には手出し無用の不文律があった地元の川崎とは違い、いずれの組かに話を通さなければならない。

暴対法施行以来、アンダーグラウンドに潜る一方の彼らの世界では、既《すで》に仁義も絶えて久しい。飲食店も遊技場も、それなりの組になんらかの挨拶《あいさつ》料を収めているのが実際だ。『越境不適』、同じ組の系列であれ他人の領域ではシノギを削らないという約束も、実際には建前の話でしかない。

『街が違えば、当たり前のことだ。あんたが了承しないなら、俺が通すまでです』

食うか、食われるか。シンプルなパワーゲームはそれだけに、手段を選ばないものがある。きれいごとばかりで生き残れないと、それは恭司もわかっているのだが。

「冗談じゃねえ、認めねえぞ！」

『バカ言ってんじゃねえよ！　だったら喧嘩《けんか》するってか、ああ⁉』

神経が太く有能で、非常に我慢強くはあるが、渋沢は決して気が長い方ではない。聞き分けのない社長に堪忍袋も限界と、凄《すご》みの利《き》いた声を出されるが、恭司もまた負けてはいなかった。

「喧嘩上等じゃねえか！」

取締役権限もある彼は、場合によれば恭司を無視しても仕事を進めることができる立場にある。しかしそれでも、できることならば説得しようとするのは、この問題をおざなりにしては、後々恭司のためにならないからだ。

経営も健全でそのため、つけいる隙《すき》はなく、それが却《かえ》ってややこしい敵を作ってもいる恭司に代わり、その手の黒い取引を始末しているのは、この渋沢だ。

「そんなことで仕事が上手《うま》くいったって、俺は全然すっきりしねえよ！」

汚れ仕事をさせておいてなじるのは卑怯と知っていながら、捨てきれない青臭さが恭司を苛立たせる。しかし、そんなことはとっくに承知と、彼はやりこめた。

『ふざけんな！　いっぱし大人気取ってるんなら、まず誰とも面倒がなく過ぎる方法を優先しろ！』

「やくざと付き合いすんのが面倒がないってのか！」

『青臭いこといつまでも言っててんじゃねえよ、なんでもかんでも押し通せばいいってもんじゃねえだろう！　金銭的にも仕事の付き合いでも、最小限のリスクで終わらせるべきだ！』

恭司が守るべきものは、自身のプライドなどではなく、店にいる女たちや社員なのだ。そう続けられればもう、返す言葉もない。

（くそったれ）

渋沢の言うことはもっともであるのは、実際には恭司も重々承知している。この荒事の多い街で、どこにも挨拶をしないわけにはいかなかった。今回比較的穏健派である古株の鳥飼組と話がついたのは、正直僥倖《ぎょうこう》とも言える。

同じ街で敵対する武闘派の田川《たがわ》組が無理矢理に話を通してくれれば、早晩乗っ取りにまで行きかねないのだ。

それすらわからないようでは、この仕事は続けられない。それでも恭司が駄々をこねるようにぶつくさとこぼしてしまうのは、いつの間にかそうしたことに慣れて、なんの感慨もなくなってしまいそうな自分への、せめてもの戒めでもあった。

（かっこつけたって、所詮《しょせん》は）

生まれた時から女の身体を売った金で生きて来た自分を、どうあがいても正当化はできない。

青臭くても、詭弁《きべん》でも、みずからの中に信念がなければ、腐るにはあまりに易《やす》い道だ。

だからせめて、よりどころにするなにかが欲しいのかもしれないと、自嘲気味に恭司は思う。そしてまた、こうして自分の汚さを知れと言われることも必要と感じていた。

『おい、聞いてるのか⁉』

「あー、はいはい」

大体おまえは昔から、と続く嫌味にうんざりしつつ、学生時代そのままの渋沢の声には、正直ほっとしている。

汚れ仕事と知りながら、毎度のフォローをする彼にしても本来恭司が守るべき懐《ふところ》に入れた相手である。彼が泥にまみれることを正当化できるのも、至らない社長の青さを窘《たしな》める形であるからこその部分もある。

誰しも、おのずから望み、進んで汚れていきたくはないだろう。

(ぼちぼちと切り上げ時か？)

口だけは反抗しつつも、内心納得しながら渋沢の小言を聞いていた恭司は、ふと視線を巡らせてはっとなる。

見やった先は、並列されたモニターのひとつ。先ほど、細い肩を抱かれたまま部屋に消えた男が、よろけるようにしてドアから飛び出してくる。

「……待て、ちょっと様子が変だ」

『なに？』

モニターには声は入らないものの、トラブルであるのは明らかだった。後ろから伸びる腕は、いま逃げまどう彼のそれからすれば二倍の太さがあり、長めの髪を鷲摑《わしづか》んでは壁に叩きつけている。

見たままの情景を伝えれば、クールな男は冷静な意見を吐いた。

『プレイの一環じゃないのか？』

「それにしちゃ様子が……」

渋沢の言う通り、納得ずくの性行為やただの痴話げんかであれば、関わる必要はない。

（いやこれは……マジか？）

しかし、生まれながらの風俗屋であり、若い頃には地元で名が通るほどに暴れていた恭司の勘が、これはまずいと警報を発していた。

「おいおいおいおいおい、勘弁してくれ……！」

思わず叫んだのは、悲鳴を上げているだろう華奢な男の顔がモニターに向けられた瞬間だ。

「ありゃどう見てもガキじゃねえか！」

『なに!?』

児童売春に関して規制法のかまびすしい昨今、男女の差なく未成年のそういうトラブルは重い。

公式に届け出をしているからこそ、そうした場合の縛りは多く、法的な罰則が社長である恭司にかかるのだ。

こうなればプレイだろうが痴話げんかだろうが、のっぴきならない事態になるのは目に見えている。面倒な、と舌打ちするなり、恭司は立ちあがった。

「話はあとだ、ちょっと出る！」

『おい!?　無茶は――』

やめろとわめく渋沢との通話を切り、エレベーターもまだるっこしいと恭司は階段を駆け下りた。

「ちっくしょう……冗談じゃない」

契約している警備会社はあるものの、連絡をして警備員が来るまでには大抵二十分はかかるのが常だ。また、この手のホテルではプライバシーの機密性が重要なため、事態を見極めるまでは通報もはばかられる。それがただの痴話げんかであれば、逆にクレームを食らう羽目になるからだ。

（これだからおいそれと店長も決めらんねえんだよっ）

管理職がなかなか決まらないのも、こういう事態に対して、迅速に動ける男というのが年年減っているせいだ。面倒を嫌って状況を見逃し、大事になるのはもっと困る。

元より、この手の場所へ未成年の出入りを見逃したというだけでも本来は完全にペナルティである。それでもおとなしくセックスだけして帰ってくれる分には、いちいち目くじらを立てられるものではないから、大めに見てはいるけれど――。

（あのままだとあのガキ、死ぬぞ）

恭司の精悍《せいかん》な額に嫌な汗が浮かぶのは、被害にあっている相手が未成年というだけではない。

（あの男……完全に素人《しろうと》じゃない）

加えられる暴力のあまりの容赦《ようしゃ》のなさや、明確に急所を狙うやり方に、それこそ組の構成員である可能性をまず恭司は考えた。

ここしばらくは本社を離れ、なにがあっても動けるようにホテル内の防犯カメラで店内チェックをしていたのは、先ほど渋沢と話していたミカジメ料にも原因がある。

鳥飼と敵対する田川組の面子《メンツ》が妨害工作をしてくる可能性もあり、話が大きくなる前に自分の手で収束させたかったのだ。

非常階段を駆け下り、目的の階に辿《たど》り着いて重い扉を開ければ、細い悲鳴が聞こえてくる。

「──っあ、ったすけて、やめ……！」

「るせえ、このオカマ、なに考えてやがる！」

鈍い音が聞こえ、その性質から見通しの利きにくいホテルの造りを苦々しく思いつつ、長い脚のストライドは少しもゆるまない。

「ひ、い……っ、誰、かあっ！」

防音のきいたホテルでも、この叫びではさすがにわかってしまうのだろう。怖々とドアから様子を窺《うかが》う裸の男女が見えて、ますます厄介《やっかい》だと恭司は現場に飛び込んだ。

「うらあっ！　舐《な》めた真似《まね》してんじゃねえ、らあっ！　俺が誰かわかってんのか、コラ⁉」

いましも、握った拳《こぶし》を鼻先に叩きつけようとしていた瞬間、恭司の鋭い声がそれを止めた。

「──やめろ、なにしてる！」

汗を流しつつも、揺れることのない強い声で叫べば、ようやく視界に捕らえた男の肩がびくりとひきつった。

睨《にら》みを利かせて振り返った堅太りの男は一瞬剣呑《けんのん》な表情を見せ、しかし恭司の姿を認めた途端に、慌《あわ》ててそれを繕《つく》ろうように卑屈な笑みを浮かべてみせる。

「こりゃどうも、ハシヅメさん」

「篠田《しのだ》さんとこの……確か、村井《むらい》だな？」

篠田というのは田川組の幹部で、しつこく恭司に『挨拶料』を求めていた相手だ。その会合の際、常に後ろについていたのがこの村井である。

なににつけ暴力でカタをつけるしかできないような、下っ端だ。

「あんたなにしてる、その子に」

「いや、ハシヅメさんには関係ない話で、こっちのことで」

最悪の予測が当たった、と十数センチ上からじろりと睨み下ろせば、村井はへへっと引きつる。そうして彼が慌てて指の足りない拳を下ろし腕をほどけば、ずるずると少年の身体は崩れ落ちた。

(ダブルでビンゴか)

もっぱらやられていたのは後頭部と腹部だったのだろう。少年の顔にはさほどの傷がなく、先ほどモニターで見たよりさらに若々しく、それだけに痛ましい。

どう見ても十代の少年でしかない被害者を見つめ、苦々しく恭司は告げる。

「関係ないったって、ウチの中でもめ事はごめんだ。あんたみたいな人は、そんなことは重重承知だろう」

「けどこいつ、ウチのシマで客取ってたんで。そしたら始末をつけるのは俺の仕事で」

(だったらなんでウチに来るんだ……っ)

未成年売春に村井の存在ときて、これがある程度仕組まれたものであるのはわかっていた。いずれにしろトラブルを起こし難癖をつけておいて、後始末を申し出るのが彼らの流儀ではある。

鳥飼との調停は、恭司にしても今日の今日知ったばかりだ。いい加減色よい返事を寄越さないのに焦《じ》れて、脅しをかけに来たのだろう。

(渋沢に感謝だな)

結局今回もあの秘書が正しかったのだと吐息して、部屋に戻り次第稟議を通そうと決める。目の前の男にも篠田にも、舐められたものだと腹はおさまらないものの、さてどう収めるか、と恭司は一瞬で考えた。

(面倒がないのは、このままコレごと引き取らせるに限るが)

ぐったりと動かない少年の姿に、哀れを覚えないわけでもない。どだい、冷徹になりきれるくらいなら苦労はしない恭司だ。それであとで、また渋沢に怒鳴《どな》られる羽目になるとは思ったけれども、口をついて出たのは、もっとも厄介である提案だった。

「あんたの仕事を邪魔《じゃま》したくはないが、そのボウズについては、俺が預かる。引き取ってくれ」

「なっ⁉」

案の定村井は目を剝《む》いて、倒れ伏した少年を抱き上げる恭司を睨みつけてくる。

「それは、それなりの始末をアンタがつけてくれるってことだろうな⁉　こっちゃあ面子かかってんだよ！　話も通さねえで立ちんぼやられたんじゃ、たまったもんじゃねえ！」

抱え起こし腕にした身体は、驚くほどに軽かった。小柄で華奢な身体に、ああまで容赦ない暴力を振るえる男の面子とはいったいなんだと、恭司は胸に黒ずんだ感情を覚えてしまう。

「話を通せばいいんだな」

わかった、と恭司の告げたそれは静かなものでさえあるが、ちんぴらの罵声《ばせい》など意にも介さないほどに、深い憤りと迫力に満ちていた。

「早晩、工藤さんに言っておこう」

「な……っ」

「あとのことは、そちら同士でやってくれ」

この街で組の名に属して生きる上は、鳥飼組を仕切っている工藤の名を知らないわけもないだろうと睨《ね》めつけ、恭司は懐から数枚の紙幣を取り出す。

「とっとけ。それから、……早く失《う》せろ！」

「――っ、くそ……」

舞い散った万札を尻目に気絶した少年を抱え上げれば、背を向ける一瞬、低く呻《うめ》いた村井がそれでも、紙幣を摑み取るのが見えた。とりあえず今日は、これで引き下がるだろう。

瞳《ひとみ》に浮かぶ侮蔑の光を隠そうともせず、歩き出す恭司の足取りは危なげなく、しかし怒りに満ちたものだった。

＊　＊　＊

少年を抱えた恭司がエレベーター脇《わき》にある業務用の内線で管理室に連絡を入れ、空いている部屋をとりあえず使う旨を伝えれば、係の新人は不安そうな硬い声で了承を伝えた。

『社長が出られたあと、渋沢さんからすぐ連絡があって、待機するように言われたもので』

管理室にも恭司の眺めたものと同じモニターがあり、ただならぬ状況を見てはいたのだろう。警備会社への連絡も、渋沢の指示でストップされたとの報告を受け、恭司はそれでいいと答えた。

「心配はない。通常通り業務を行ってくれ。それで、空いてるのは」

『３０２になります。チェックシステムは解除しておきますので』

よろしくと告げ、腕の中の身体を抱えなおしても、なお彼は目を覚まさないままだった。

（まさか、死にやしないだろうが）

病院に運ぶにも状況が状況のため、こうなればいったん横にならせて懇意の医師を呼びつけるしかないと恭司は判断する。

だが、見た感じではそう顔色も悪くはなく、単純に気を失っているようだ。少し待って状態を見るか、とひろびろとしたベッドに彼を横たえ、吐息しつつネクタイを緩める恭司は、思わず備品などの状態を確かめてしまった。

「ドリンク補充ＯＫ、ゴムＯＫ、清掃状態……まあ、よしだな」

ついつい風呂の排水溝まで室内チェックをしてしまうのは既に職業病だが、この度雇ったルームクリーニングのバイトはまああの仕事をしているようではある。

なにしろホテルの性質上、どういう行為が行われるのかわからないので、クリーニングについては特に神経を使うのだ。

まず清潔に、衛生基準をクリアすることが第一。その上で見た目もうつくしく整えなくてはならない。清掃担当の残したチェック表と照らし合わせ、恭司は合格と頷《うなず》いた。

そうしてひとしきりチェックを済ませても、まだ少年は目を覚ます様子はない。

「さてと……」

どうしたものか、と恭司は火を点《つ》けないままの煙草をくわえる。

ぐったりとした少年を引き取ったのは、みすみす村井の手に渡すのが癪《しゃく》だったのも実際だが、念のため住所などを聞き出し、今後について言い含めておくためだった。

裏の世界を知らない若者がばかな真似をして事件にでもなれば、真っ先に面倒に巻き込まれるのはホテル経営者でもあるため、情報をおさえるのは自衛手段として必要だ。

セックスを売ることに対してのリスクやなにかを知らぬまま、勝手に破滅する分には自業自得と言えても、恭司はその無謀さを止めてやるのもプロの仕事と思っている。

渋沢あたりには、「だからあんたは甘いんだ」と苦い顔をされることだろうけれど。

「売りをやるにしちゃ、呑気《のんき》な顔だな……」

吐息混じりに零《こぼ》したように、いま横たわる少年は恭司の目にあまりにも幼く映った。

小柄で華奢な彼は、服装もジーンズにTシャツと素《そ》っ気《け》なく、育ち損ねたような印象の身体つきをしている。

よく見れば随分《ずいぶん》と可愛らしい顔立ちをしていたが、閉じていても大きな瞳ばかりが目立つ。小ぶりな唇もやわらかそうな頬《ほお》も子どもも子どもした印象が強く、どうにも色気に欠けるような気がした。

顔にかかった長めの髪は赤茶けているが、根本から同じ色をしているところを見ると地毛かもしれない。払いのけてやれば少しぱさぱさした手触りがあり、あまり栄養状態がよくなさそうだった。

「こんなガキが、売りか……」

恭司にはわからない趣味だが、まあそれでも一部の好事家《こうずか》には好まれるのかもしれないと考えていれば、ぴくり、とその瞼《まぶた》が震えた。

「おい、平気か？」

「う、……ん」

軽く頬を叩いて覚醒を促せば、一瞬びくりと顔をしかめた彼は、音のしそうな勢いでぱっちりと目を開く。

（……へえ）

まだ焦点の合わない、髪に同じく茶色がかった瞳が開かれると、幼げなばかりだった印象がまた変化した。透明で澄んだその大きな瞳には、ふっと吸い込まれそうな不思議な引力があった。

「あ、……ひいっ!?」

間近に覗き込んでいた恭司に、数秒の間を置いて気づいたのだろう。瞬時に青ざめた彼は震え上がり、反射的に逃げようとする。

「おい……？　どうした」

「ご、ごめんなさい、ゆる、許して、ごめんなさい……っ」

じたばたとするのを軽く押さえ込めば、細い身体をかばうように縮こまり、震える声を発するだけだった。どうやら意識を失う直前のまま、パニック状態であるのだろう。

（ったく、ガキはこれだから……！）

哀れさと同時に、その程度の度胸でよく売りなぞする気になった、と恭司はあきれる。怖いもの知らずなのも厄介だが、こうまで怯《おび》えるなら違法行為などしないでくれと言いたかった。

「おい、落ち着け。さっきの男はもういないから」

「ひあっ、あ……っ！」

助けた上に怯えられたのも少しばかり不快で、吐息混じりの声にやや険のあるものが混じったのは、仕方ないことだったろう。しかし、ひとまず自身の不愉快は置いておくしかない。

「いいから、落ち着け！」

あえてきつい声を発すれば、びくん、と瞳を閉じて縮こまる。それでも抵抗がやんだことにほっとして、恭司はできるだけゆっくりと、やわらかな声を出した。

「しゃべれるか。吐き気は？　殴られたところ以外に痛みはないか」

軽く宥《なだ》めるように腕を叩いて、まずは状態を問いかければ、両腕で覆った顔をおずおずと上げる。

「あ、の……？　あなた、は？」

少しは落ち着いたのだろうが、ありありと困惑を滲ませた涙目の問いかけはどこか小動物めいた印象がある。それはどこか怒っている方が罪悪感を感じるようないたいけなものだった。

「俺はこのホテルのオーナーだ。面倒なことになってたんで、さっきの男からおまえを引き取った」

「あ、……助けて、くれたんですか……」

憮然《ぶぜん》とした恭司に対してほっとしたように力を抜き、またくたりと目を閉じそうになる彼に、「寝るな！」と凄んでみせる。

「助けてくれたじゃねえだろう！　聞いたことに答えろ！」

「あ、あ、ごめんなさいっ、ええと、吐き気とかはない、ですっ……っ痛てて」

恭司の厳しい声にびくっと跳ね起きて答えたあと、後頭部を押さえる。

「起きられるようなら平気か。……あとで病院いっとけ、念のため。場所が場所だ」

「あ、はいっ……痛っ」

見せてみろと恭司がその髪をかき上げればこぶができており、出血はないようだった。ぱちぱちと涙を払って瞬《まばた》きする瞳にも充血はなく、そのことには安堵《あんど》しつつも恭司は口を開く。

「おまえ、売りやろうとしたってな」

問いかけに、ぎくりと細い肩は強《こわ》ばった。両手で頭を押さえたまま、上目に窺う様子があまりに幼げで、少しばかり複雑になる。

「あの、……さっきのひと、は？」

「帰った」

切って落とすような返事に、なぜか彼はほっとしたように息をついた。そこには客を逃がしたことへの残念さは窺えず、恭司は少しばかり首を傾《かし》げる。

「どうこう言うつもりはねえけど、厄介ごとは困るんだ。やるならよそ行ってやってくれ」

「すみません……」

しょんぼりとする様子にやりにくさを感じつつ、名前は、と問えばさすがに警戒を露わにする。

「あの、警察に……言うんですか？」

「言うか、ばか。いいから答えろ、歳《とし》は？　どこに住んでる」

みすみす問題を大きくする経営者はいないだろうと睨めば、恭司の迫力に押されたように震える唇が開かれる。

「遠矢《とおや》、陸《りく》です。もうすぐ、ハタチで……」

「……てめ、ふざけんな？」

見え見えの嘘《うそ》をつくのにあきれて睨めつければ、その迫力に青ざめながら陸は両手を振った。

「そのツラのどこがハタチだ、あ⁉」

「ほ、ほんとです、ほんとに……っあの、ほら、これっ」

舌打ちした恭司の前へ、細い指が財布の中からなにかを取り出す。差し出されたのは原付の免許証で、そこにある生年月日は確かに、陸がこの年成人することを示していた。

「……嘘だろ」

その事実にも愕然《がくぜん》としたが、同時にまた、こんな場面であまりに素直に身分証明書を出してよこす陸にもあきれてしまう。

（こいつ、ばかか……？）

これで恭司がたちの悪いカタリであったなら、この免許証を取り上げられ悪用されて、あっという間に彼は破滅だろう。いっそ感嘆に近いものを覚えた恭司は、深々とため息をついた。

「おまえ……そんなんでよく、売りなんかやろうと思ったな」

「え、っと……いけないんですか？」

いけないもなにも、と恭司はもはや遠い目になり、気を落ち着かせようと再度煙草を取り出す。

「客を取ったのは今回はじめてか」

「は、い……」

肺に染みるような煙を深く吸いつけ、胸の中に重く凝《こ》った感情と共に吐き出しながら問えば、こくりと頷いてみせる。

「オトコ、知ってんのか？」

感情の見えない声での問いかけに、かすかに顔を赤らめつつ頷いた陸に、意外だと恭司は目を瞠《みは》る。幼げな見た目から、てっきり未経験だと思い込んでいたのだが。

（……まあ、それもそうか）

そもそも、男の客を取ろうという発想からして、その気がなければ無理に違いない。

「――運がよかったな」

「えっ？」

苦く笑ってみせれば、なんのことだと陸は首を傾げた。その幼さがいっそ苦々しく、恭司は立て続けに煙草をふかす。

「いいか。金輪際、ばかなことはやめて、金が欲しければ普通に働け」

説明してやる気もなく、そのまま断定的に告げる恭司に、陸はおどおどとしながらも、驚いたことに反論した。

「な、なんで……さっき、どうこう言うつもりはないって」

「ばか！　死ぬ気かよ、てめえはっ」

懲《こ》りてないのか、と一喝《いっかつ》すれば、声もなくすくみ上がる。その程度の性根で身体を売るなどと、ふざけた話だと恭司はさらに瞳を険しくした。

「いいか、クソガキが、自分で自分の身も守れないくせに、身体売って儲《もう》けようなんて思うんじゃねえよ！　リスクも考えないで他人に迷惑かけてんじゃねえ！」

重く響く怒声には、風俗に長く携わってきた恭司だからこその複雑な苦さがあった。

幼い頃から見聞きしてきた性にまつわるあれこれは、ひとつ間違えば命に関わる部分があることを、恭司は誰よりも知っている。

「さっきだってヘタ打ちゃあ、あのまま殺されたっておかしくなかったんだぞ！」

「でも……っ」

「でもじゃねえ！　ぬるい考えでやってけるほど、甘くねえんだよ！」

今日のように暴力団とのトラブルもあれば、客と女との痴情沙汰、金銭問題はもちろん、性病の恐ろしさや行きすぎた行為の果ての死もすべて、常に恭司の隣にあった。

「おまえみたいな慣れてねえガキ、金も貰《もら》えねえでいいだけされるのが目に見えてるだろうが！」

「そ、……っ、ちゃんと、だって」

お金はくれるって、とまだ甘いことを言う陸に、恭司は声を荒げた。

「じゃあ聞くが、さっきの男から前金貰ったか」

「それは……終わってからって」

案の定の答えに、これだと恭司は天を仰ぐ。

「ばっかじゃねえのか!? そんなんじゃヤリ逃げされたって仕方ねえだろう! 商売やるつもりだったらそんなことくらいわかっとけ!」

あまりに無謀な陸にどうしようもなく腹が立って、言える立場ではないことを自覚しつつも、恭司は苛立ちを隠せないままだった。

(この、甘ちゃんが……っ)

法律すれすれの部分をかいくぐり、決して他人に認められるものではない自身の稼業について、恭司とて若い頃には人並の煩悶《はんもん》も苦悩もあった。しかし荒れ狂って結局、女のやわらかな胸に宥められることを知ってからは、男の哀しい性《さが》を受け入れることもできたのだ。

また、いまは亡き祖父の言葉も、恭司をこの道に就かせる覚悟を決めさせた。

——俺たちゃ、観音さんに食わせてもらってっからな。それ忘れて、思い上がっちゃいけねえ。

本来は戦後、夫を亡くして稼ぎのない女性のために、当時にしてはめずらしいフェミニストであった——どうやらかつて、非常に苦労をかけた女性がいたらしい——祖父は、この風俗店の一号店を設立したらしい。

俗な言い回しのそれが、店で働く女たちへの、祖父なりの賛辞であると理解できたから、店を継ぐことを了解した。決して店の女たちを苦しめることなく、環境を整えるのが自分の責任で義務であると考え、最大の矛盾を知りながらクリーンな風俗店を目指してきたのだ。

だからこそ、安易に身体を開く人種が恭司は許せない。まして、浅はかな子どもたちが引き起こす、ここ近年のトラブルには、ひとかたならぬ苦さを感じていた。

その思いが、目の前にいる小柄な身体への憤りとなって向けられてしまうのは、だから仕方のないことだっただろう。

「よしんば金が貰えたって、やばいプレイに付き合わされてみろ！　うっかり薬でも使われて、そのまま廃人になりてえのか⁉」

「そん……っ」

彼らは無知でありながら同時に世間を舐めており、それだけに危険なのだ。賢く大人を利用するつもりで弄《もてあそ》ばれ、ぼろぼろに傷つくまで愚かさを悟れない。

陸の姿が頼りなく幼げに、哀れに映るからこそ歯がゆく、また不愉快で、恭司の声は激昂《げっこう》もあらわに、きつく鋭いものとなった。

「そうでなくたって、おまえみたいな無防備なガキじゃあ、よくて病気貰うか大怪我《おおけが》で入院、悪くすりゃ、そのままあの世行きだっ！」

「……っ」

一気に畳みかけ、顔色をなくした陸に気づいた恭司は、言い過ぎたかとふと口を噤《つぐ》む。ほっそりと華奢な身体に見合う、子供じみた小さな拳がベッドの上でへたり込んだ身体の両脇で握りしめられ、ぶるぶると震え続けているのが痛々しかった。

（少し、きつかったか？　……いや、でもこれくらいじゃないと）

戒めるためとはいえ、こうまで怯えさせたことへの苦い後悔を恭司は嚙《か》みしめる。

生まれ育った環境のせいなのか、ＤＮＡに刻まれたものなのか、橋爪の家の男は女と子どもにどうにも弱い。

それは結局、ハシヅメがどうあっても女たちを『食い物』にしてきてしまったこと、そしてその周辺にいる子どもたちもまた、どうあっても環境に引きずられる事態を免れなかった事実がある限り、仕方のないことだった。

哀れなもの、力ないものには手を差し伸べるべきという奇妙な家風があって、それはどこか、贖罪《しょくざい》に似た感情から派生するものであったのかもしれない。

実際恭司自身も、そしてまた父もそれぞれの母親の顔を知らない。店の女に手を出すことだけはしなかった祖父と父だが、まっとうな女があの稼業を理解してくれようわけもないから、いずれ訳ありの相手ではあったのだろうとおぼろに想像するばかりだ。

（ガキは、こんな場所にいつまでも、いるべきじゃない）

涙目のまま、小さな唇を嚙みしめる陸は、悪ずれて身体を売るような手合いには、やはり見えなかった。むしろ実年齢よりもずっと幼く、小作りな顔立ちも品のいい人形のようで、もっと明るく健康的な場所で、あどけなく笑っている方がきっと似合うだろう。

（だが……）

そう思いつつも、同時にその男にしては薄すぎる肩に、奇妙な痛々しさが滲んでいるのを見て取れば、不意にどきりと胸が騒ぐ。

（見た感じ通りの、ぼけぼけなガキでも、ないのか……？）

陸は、どこかしら奇妙な印象があった。それはなにも異様であるとか不潔ということではなく、危うく、バランスの悪い雰囲気だ。

先ほどの乱闘のせいだろう、あまり質のよくなさそうなTシャツは襟ぐりが伸びきっていて、細い首筋から浮き上がった鎖骨までが覗いてしまっている。

痩《や》せてはいても胸の膨らみや、甘くやわらかい肉付きによってまるみを帯びる女の身体とは違う、どこまでも硬く清潔でさえあるその骨格が、一切性的な匂いを感じさせないからこそ逆に、見るものの危なげな連想を誘う。

伏せた大きな瞳には、長い睫毛《まつげ》が影を落とす。まっすぐに見つめれば澄み切っているあの虹彩にも、素直さと人恋しさを滲ませてどこか寂しげだ。そうして、小作りで清潔そうな顔立ちの中、ふっくらと赤く、下唇の厚い、やや受け口気味のそこだけが、ひどく艶《なま》めいて印象深い。

（やばいな、こいつ）

頼りなく寂しげで、汚れていないからこそ貶《おとし》めたい、そういう男の忌《い》むべき性である嗜《し》虐《ぎゃく》心をどうしようもなく駆り立てるような、そんな雰囲気を陸は天性で持ち合わせている。

色事には慣れた恭司をして戸惑わせるほどの不可思議な魅力が細い身体に漂い、それによっていっそう、恭司の得体の知れない苛立ちは募った。

「わかっただろうが。もう、ばかなことはやめろ」

無意識に目を逸らしつつ声のトーンを落とし、諭《さと》すように告げれば、がくがくと肩を震わせた陸は、何度も細い喉《のど》を嚥《えん》下《か》の動きに上下させる。

「金がいるなら普通にバイトでもすればいいだろうが。若いんだから、死ぬ気でやりゃあいい金になる仕事くらい、あるだろう」

いい加減脅して、もうわかっただろうと顔を覗き込めば、しかしその震えに反して強情に、陸はかぶりを振ってみせた。

「いや、です」

「……なに？」

瞬間、かっと恭司は腹の奥が熱くなるのを感じる。

「おまえ、まだわかんねえのか……っ」

この程度怒鳴られただけで顔色をなくすくせに、聞き分けることさえできないかと眉《まゆ》を吊り上げれば、恭司の怒声に負けないような、悲愴な声があがった。

「だってっ！」

「だってじゃねえだろう！　死にたいのか⁉」

ぎりぎりと睨みつければ、大きな瞳が泣くのを堪《こら》えるようにいっぱいに見開かれる。それでも溢《あふ》れそうになる雫《しずく》は、陸の瞳を危うげに輝かせ、恭司の憤りを削《そ》いでしまう。

（くそ……やりにくい）

いたいけ、という言葉そのままの濡《ぬ》れた瞳に、どんな屈強な男相手でも怯《ひる》むことのない、剛胆な恭司の勢いさえも削がれてしまう。

「だ、って……っ」

そのままぼろぼろと、涙が溢れてしまえばもう、苦く顔をしかめて息を飲むしかない。あげく、混乱したように言葉を紡ぐ陸の表情は哀れに過ぎて、見ているのがいっそつらいほどだ。

「怪我とか、し……死ぬの、やだけどでも、お金ないと勇次《ゆうじ》に捨てられちゃうから……っ！」

「ユウジ？　って、おい……」

そのままベッドに突っ伏し、しゃくり上げてしまった陸の言葉から、なんとなく状況は想像に難くなかった。

「おまえ、ヒモでもいいんのか……」

据《す》わった目のままあっさりと断定すれば、わっと陸は泣き声を上げた。

「違うもん、お、おれのカレシだもん……っ、一緒に暮らしてる、だも……っ」

ただいまは、勇次の働き口がなく、それで陸が稼いでいるのだと涙ながらに告げられて、恭司はひたすらあきれ果てる。

「だから、それがヒモだってんだろ」

「違うも……っ！」

まったくありがちな話で、なにもめずらしいことではない。だまされる方も、結局はだまされたくて一緒にいるパターンが多いようなこの手の話は恭司には聞き飽きるような出来事でしかない。

そんな白けた感情を呼び起こそうと思うのに、目の前でしゃくり上げる陸の声が、なぜだかひどく、胸を騒がせる。

（ばかな奴だよなあ）

悪女の深情けという言葉が死語になって久しいが、ホモセクシュアルである彼らの中にはまだ、その表現がぴったりするものも多いことを恭司は知っていた。相手を見つけることも難しいマイノリティであるからか、彼らは一概に恋を失うことに臆病で、反動から享楽的に生きることはあっても、その情念は男女のそれより深いものがある。

むしろ生き方を選ぶのに自由な女性の方がドライでさえあり、セックスも恋愛も上手に乗りこなしていく女たちに比べ、なんと不器用なことかと滑稽《こっけい》にも哀れにも思えてしまう。

「お、おれ、頭悪いし、セックス下手《へた》だし……っ、勇次はもてるから、ほかにもいっぱい、いるんだって言うから……」

浮気も男女問わずに露骨で、「いつだって捨てるぞ」という言葉に怯えながら陸は言うことを聞くしかないらしい。そんな男のなにがいいんだ、といっそ侮蔑の気持ちさえ湧いて、恭司は思わず吐き捨てた。

「ろくでもねえな……」

「でもっ！……どこも、おれ行くとこなくて、困ってたら、拾ってくれたもん……！」

けれども、悲愴な陸の声にはなにか、恭司には計り知れない痛みがあるようで、鬱陶《うっとう》しいと思いながらもどうしても、見逃せない。

「おれ、おれもう、捨てられるの、やだもん……っ怖いもん……！」

「わかった、わかったからもう、泣くな」

がしがしとその小さな頭を撫《な》でてしまったのは、結局このいたいけな姿で泣かれると、どうにも罪悪感がわき上がるせいだった。自分がいじめて泣かせたようで、気分が滅入ってしまうと恭司は吐息し、だったら、と告げる。

「金がいるんだろう……バイトの口くらいは世話してやってもいい」

「え……」

渋沢に聞かれたら「またおまえは面倒ごとを」と目くじらを立てられるのは目に見えていたが、放っておけないものは仕方ないだろうと恭司は居直った。子どもに泣かれるのは、心底苦手なのだ。

「言ったろうが。オーナーだって。他に風俗店いくつか持ってるがまあ……その辺の店員くらいなら空きもないことはない」

「店員……って、じゃあ、……えっと、社長さん」

つと顔を上げた陸は、そこではたと恭司に対し、なんと呼びかければいいのかわからなくなったようだった。

「橋爪だ。橋爪恭司。……まあそりゃこんなことするよりか地道な稼ぎにはなるだろうけど、うちは能力給だし、使える奴ならそのままバイトから正社員にもなれる」

悪い話じゃないだろうと言葉を切れば、しかし陸は眉を寄せたままだった。

「それって……あの、女の子のお店、ですよね」

「残念ながらホモクラブは持ってねえな。第一、ありゃほとんど出張が専門だ。まあ、裏は知らないが」

それがどうした、と見やった先、硬い表情で陸は「せっかくですけど」と切り出した。

「おれ、……それは、いいです」

「……あ？」

あげくには、お世話になりましたと頭を下げて部屋を出ようとするから恭司は面食らった。

「おい、待て」

「だめなんです！」

摑んだ腕は、指が余るほどに細い。陸の見た目が年齢に追いつかない理由のひとつにはこの、痩せすぎの身体もあるのだろう。ぎょっとするようなその細い感触に怯めば、陸はまた涙をたたえた瞳で叫ぶように言った。

「ふ、普通のじゃだめなんです、おれ、おれ覚えないといけないから、上手になんないから……！」

「覚える？　なにを……」

問いかけて、ふと先ほど陸の口走った「セックスが下手で」というくだりを恭司は思い出し、腹の奥に不快な熱を覚えた。

「まさかおまえのユウジは、セックスのテクでも磨いてこいとでも言ったのか」

口にすれば、赤くなった鼻をすすって陸は頷く。そうして恭司は、見も知らない男への不愉快な感情と、踊らされるばかりの陸の幼稚さに、眩暈《めまい》さえ覚えた。

「おれ、不感症で、全然勇次に喜んでもらえなくて……でも一生懸命したんだけど」

下手くそでつまらない、顔だけはいいからいっそ勉強を兼ねて稼いでこいと言われ。

どうしていいのかわからないままに、噂《うわさ》では同性愛嗜好《しこう》の連中がたまっているという場所で、はじめての客を取った。それが村井だったというのは、この場合恭司には、幸か不幸かわからない。

「おまえは……頭、悪いのか……？」

「中学も、途中から行ってないから……」

愕然としながら呟いても、とぼけたことを言うばかりの陸は、そんなひどい男にそれでも、捨てられたくないというのか。

「わかんねえ……なんでそんな奴がいいんだ？」

「……っ、だ、って……怖い……っ」

いっそ見切りをつけて、別の男でも探せばいいじゃないかとあきれた恭司の声は、陸には届かない。

(だめだな、こりゃ)

横暴な男にも、そんな男の言うことを鵜呑《うの》みにする陸にもあきれ、恭司は皺の寄った眉間を揉《も》んだ。

けれど泣きじゃくる陸には、ただ騙《だま》されたばかな子どもであるというよりも、少しばかり逼迫《ひっぱく》したものを感じてもいるから、だったら出て行けとも言い難いのだ。

(怖いのは、捨てられることか、それとも——)

勇次自身の暴力か。びくびくとする態度からいっても、どうも両方の可能性もあるだろう。

(だからどうしたってんだ)

めずらしい話でもないだろう、先ほどから再三胸の裡《うち》で繰り返した言葉をおのれに吐いても、既に陸を懐に入れてしまった自分を、ため息とともに恭司は自覚する。

(ほっとけそうにねえな)

顔は可愛らしい童顔で、あまり色気もありそうにないのに、細い肩を震わせる陸の姿にはどこか、危険な引力がある。このまま捨て置けば面倒はないが、早晩先ほどの田川組か、そうでなくともタチの悪い男に引っかかってひどい目に遭《あ》うのは目に見えていた。

「おい、陸」

苦々しい声で名を呼べば、子どもじみた仕草で顔を拭《ぬぐ》っていた陸は、赤らんだ目で恭司を見上げてくる。

「おまえ、どうでも身体、売る気か」

「……うん」

駄目押しのように問えば、一瞬その大きな瞳は揺らぎ、それでもこくりと頷いた。

いっそ本気で身体を売るならその手の店も紹介できなくはないと思うものの、どこまでも子供のような見た目の陸にそれが耐えられるのかと考えれば、無理だと恭司は判断する。

(第一、このばかじゃあ稼ぐも稼がねえも)

本人が言うように不感症であるとなれば、演技が出来ればいざ知らず、金を取るレベルに至るには遠い。どころか先ほど恭司の口にした懸念そのままに、冷たい身体になる可能性の方が高かった。

「仕方ねえな……」

言っても聞かないとなれば、わからせてやるにはこれしかないだろう。舌打ちして、恭司は長い腕を伸ばす。

「あ、……あのっ？」

無言で腕を掴み、先ほどまで横たわっていたベッドに放り投げる。軽い身体は簡単に転がって、きょとんとした表情を見せるからよけい、苦々しい。

渋面も隠さないいまま、あえて凄むように笑いながらネクタイを緩め、恭司はその無防備な身体の上へとのし掛かった。

「そこまで言うなら——、まずは俺で試してみるか」

「え……？」

「甘い仕事じゃない。身体売るってのはサービス業だからな。客がどんなプレイを望もうと、全部応えなきゃならなくなる。えげつないぜ？　場合によっちゃ小便飲めだの言われるかもな」

それが俺ならどうすると凄んで脅せば、しかし陸は怯むどころか、小さな顔を喜びに上気させた。

「ほんとですかっ⁉」

「……あ？」

「ほんとに社長さん、おれのお客さんになってくれますか⁉　お金、くれますか⁉」

「おまえ人の話聞いてんのか……？」

えげつなくて云々《うんぬん》、の部分はすっ飛ばし、恭司が商談に応じてくれるかもしれないという期待で手一杯になった陸は、必死に自分をアピールしはじめる。

「おれ、さっきばれちゃったけど、不感症だけどフェラは上手いって言われるから！　で、えと、ほかにも、痛いのも平気だから！　あと、あとは……っ」

「陸……」

喉の細さに比例してか、その声は澄んでいる。ほころんだ表情も可愛らしいと言って差し支えない幼いものなのに、小ぶりな唇から発される言葉は淫《みだ》らというよりいっそ、痛々しかった。

「気にいるようにするよ、だから、……だから、お願いします！」

恭司のシャツを摑み、まるで哀願するように訴える陸に、もはや恭司も「脅しだ」とは言えなくなってくる。深々とため息をつき、もうこうなれば乗りかかった舟だと腹をくくった。

「わかった。……一回につき五でどうだ」

「そんなにっ⁉　あ、じゃあ続けて貰えれば、すぐ十万になるよね？」

「そりゃ、相場よりは上にしてやるが……って、待て」

手のひらを広げて示した瞬間、喜色満面になった陸の言葉に微妙に引っかかる。

「おまえ、単位いくつだと思ってる？」

「え？　ご、せんえんじゃないの……？」

五百円ってことはないよねとおずおず聞くから、恭司は今度こそ本当に頭が痛くなってきた。

「このばか！　万だ万！　五千円じゃうちのイメクラの会員にもなれねえよ！」

「えええええっ、ごまんえん⁉」

一体どういう金銭感覚だとこめかみをひくつかせた恭司だが、逆にある意味では陸がすれていないことにもほっとするような思いがあった。

（最近じゃあ、女子高生が十ふっかけてくるってのに）

つくづくと頭が悪すぎる。十万欲しいというのも多分、ユウジとかいう男がそれくらい稼げと言ったのが妥当なところだろう。

「お、おれ頑張るね！　すぐする？　いまする？」

「っだーもう、落ち着け！」

さすがに仕事中のいまのいま、そんな真似ができるかと恭司はわめいて、いそいそと服を脱ごうとした陸を押しとどめた。

「その前におまえはこれから帰って、病院に行け！　頭打ってんだろうが！」

「でも、……お金ないから」

とにかく待てと押しとどめれば途端にしゅんとして、陸はうなだれてしまう。保険があれば病院くらいと言いかけて、どう考えてもこの陸がまともに国保に入っているとは思いがたいと気づいた。

「おまえ普段なにやってんだ。学生か」

「バイトだけ……」

「親は」

「死んじゃった。事故で……そのあと親戚のとこ引き取られたんだけど」

そこから先は語ろうとせず、少しだけ寂しげに微笑《ほほえ》んで陸は俯いた。ほっそりとした首筋が長い髪の隙間から覗いて、哀れな、と恭司は瞳を眇《すが》める。

いまの男には、行くところがなくて拾われた、と先ほど陸は叫んでいた。そうしていいように扱われて、病院に行く金さえもなくて、見ず知らずの男相手に無謀にも身体を開こうとして。

「わかった。じゃあとりあえず、今日はテストしてやる」

「え？」

そんな危なっかしいのを放っておけるわけもないと、脳裏にちらつく「職務怠慢！　お人《ひと》好《よ》し！」と怒鳴り散らす渋沢の影を払い、札入れから三万を取り出す。

「とっとけ」

「でも……」

ごくりと喉を鳴らした陸は、躊躇《ちゅうちょ》するように手を伸ばしてはこない。その細い指に強引に握らせたあと、こうなったら徹底的に客を取る上での常識を叩き込むしかないと恭司は決めていた。

「いいか、この際だからきっちり全部教えてやる。この手のサービスはまず最初は交渉だ。時間でやるのか一発抜くのか、どっちでもいいが単位を決めろ」

「はあ……」

「それに対して基本、たとえば二万に時間制の加算か、オプションつけるかでまたいくらか乗せる」

だだっ広いベッドの上で、いったいなにを講釈垂れてるんだと思うものの、居住まいを正した陸への恭司のレクチャーは続いた。

「でだ。……AFはいけんのか？」

「えーえふ？」

思わず出た業界用語に、陸はきょんと首を傾げる。それも知らないのか、と頭が痛くなりつつ、恭司は苦い顔を見せた。

「あのな……ケツはオッケーなのかって訊《き》いてんだよ！　ＡＦってのはアナルファックの略だ、覚えとけ！」

「あー、そうなんだぁ」

「そうなんだー、じゃなくてな……って」

なにをけろんとしてるんだと舌打ちすれば、ワンテンポずれて赤くなっている陸がいる。

「なにいまになって照れてんだ、おまえは」

あげくもじもじと指先を揉んでいるから、恭司の目はますます胡乱《うろん》なものになった。

「あ、いやえっと、……はい、できマス。っていうか……それ、するんじゃないの？　みんな」

「あのなあ……っ、売りってのは別に手コキだけでも――……っ」

世の中には色んな形のセックスサービスがあって、と思わず自店の基本サービスからオプションまでをレクチャーしかけた恭司は、このモノ知らずになにを説いても無駄かと口を噤んだ。

「まあ、いい……そっちで金取るつもりだったら、とにかくコンドームだけはつけさせろ。自分でもちゃんと用意しとけ。しけ込む場所によっちゃ備品用意もないだろうし、相手が持ってる可能性は少ない」

「はあ……」

「で、おまえ、フェラは得意だっていうが、それは俺の場合とりあえずパスしておく。まあ、本番ではそっちも料金決めて取れ」

「え、……パスなんですか？」

「今日は試しだろうが、そこまでしなくていい」

もっともらしく言いながら、どこか逃げ腰の自分を気取《けど》られぬように恭司はあえて早口に続ける。

「ともあれ、こんくらいの交渉は最初にやれ。それから……肝心なことだが」

相手に出されたドリンクや薬には絶対に口をつけるなと念を押し、さらに暴力性のありそうな相手をなるべく見極めるように、とも告げる。

「まあそれでも、見た目じゃ難しいが、これは経験積むしかねえな」

「わ、わかりました」

「で、あとは——」

こくこくと真面目《まじめ》に頷く陸に、まったくこれからが思いやられると感じつつ、恭司はついと指を伸ばした。

「ひゃっ⁉」

「不感症ってのはどの程度だ」

「ひ、ひえ、……社長さん、こそばい……っ」

耳朶《みみたぶ》を不意打ちに摑めば、驚いたように声を上げて身体を強ばらせる。

「これわかるか？」

「や、やめ、あは、ひあっ」

その後も脇腹、腋下《わきのした》とつついてやれば、いちいち跳ね上がったまますぐったいと身をよじった。

通常、不感症と言われるタイプにはもともとが皮膚感覚が鈍感で、本当に感じないものと、精神的なものから快感を受けつけられないものとある。

（どうもこりゃ……）

一概には言えないが、陸のようなくすぐったがりはむしろ敏感な部類に入る方なのだ。とすれば後者に当てはまるかと、恭司は吐息した。

「まあいい。んじゃ……こっから、二時間だ。今日の状態でこの先、考えてやる」

「あ、はい……」

それじゃあまずは服を脱いでみろ、と告げれば、一瞬緊張を覗かせたあとにこくりと頷いた。そうして案外に潔く、よれたシャツを脱ぎ捨ててみせる。

（ふうん……？）

肌はなめらかに白く、思ったよりは痩せぎすな印象はなかった。骨格そのものが細いのだろう、まだ男っぽい肉付きになりきれない胸元には幼い少女めいた印象がある。

実際目にした身体に不快感がないのは幸いだった。正直な話、恭司は同性に食指が動くタイプではなく、あまり筋肉質だったりごつければ、いくらなんでも勘弁してくれと告げたろう。

下着を脱ぐ時にちらりと見えた性器もまた、同性のものとは思えないような淡い色に小ぶりな形で、触れるくらいはできるだろうと判断する。

好みはあろうが、陸のやわらかい顔立ちとやや発育不良の身体つきは、恭司の中では合格点だった。——が、しかし。

「……腹がひでえな」

「あ、これ……平気です、ちょっと前ので」

そうした観察をよそに、まず目がいったのは腹部の青黒い痣《あざ》だった。広範囲にわたっていることから、数回殴られたのだろうとわかる。

「ユウジとかにいっとけ。……売り物にする気なら、傷つけんなって」

さりげなく皮肉れば、わかりましたと素直に頷く。かまをかけたつもりがビンゴで、恭司はますますやるせないと思った。

(殴られて、金巻き上げられて、身体まで売らされて)

それでも陸が望むのは、彼に尽くすことなのだろうか。だとすればもう恭司には、告げることなどなにもない。

「あの……どうすれば、いいですか？」

恥ずかしげに視線を逸らした陸に、これ以外にしてやれることも。そう考えれば、ひどく虚《むな》しいような気持ちが襲ってきて、恭司はやりきれなくなる。

（途中で泣いて、逃げてくれりゃあまだ、いいんだがな）

重く吐息しつつ、説明より実地が先、と恭司は全裸になった陸を俯《うつぶ》せに横たわらせた。

「そのまま、腰上げてみろ」

「え……」

あえて羞恥《しゅうち》のひどいだろう格好を取らせるのも、陸の覚悟のほどを見るためだ。というよりもむしろ、これで「できない」と、いっそ泣き言を言ってくれればとさえ恭司は思っていた。

なんだかんだと教え込むような真似をしつつも、正直この子どもっぽい彼に、客を取るような真似ができるわけがないという思いはひどくなるばかりだ。

「ほら、ケツ上げろって言ってるだろうが」

「……っ」

軽く叩いた陸の小さな尻は恭司の手のひらに簡単に掴み取れるほどで、量感のある女のそれとはまるで違う、壊れ物のような印象があった。

滑らかに張りのある皮膚は陸の若さを知らしめ、そしてぎこちなく震える身体がなにより、性行為そのものに慣れていないことを示している。

「見せてみろ」

あえて冷たい声を発してみれば、陸は一瞬震え上がる。どうかこのまま音を上げてくれと内心祈った恭司の思いも虚しく、案外に気丈な彼は、結局頷いてしまった。

「は、い……」

そうして、震える細い脚を広げ、腰を突き出すような恥ずかしいポーズを取ってみせる陸に、恭司の男らしい眉は苦々しく寄せられる。

(ばかが)

舌打ちをしそうになって唇を噛み、なおも温度の低い声で恭司は指示を続けた。

「わかんねえよ。手で広げろ」

「……っ、はい」

両手でやれと告げれば、ほっそりした背中が首筋から、筆で一息に粧《は》いたように染まっていく。

未成熟で幼い印象しかない陸だけに、その変貌は鮮やかで、慣れた恭司でさえもうっかりどきりとさせられた。

(なるほどな)

これは案外、その道で行けば売れっ子になれるかもしれない、などと考えたのは、あるいはやましいような感情を覚えた自分の気を、逸らすためだったのかもしれない。

「見えねえだろ。もっと広げな」

「は、……っ」

気を取り直し、努めて事務的に恭司は声をかける。もう返事もままならないようで、陸はこくりと頷き、震える指に力を入れた。

「こりゃ……」

そうして、真っ赤になりながら陸がおずおずと細い指で広げて見せた、慎ましいその場所を確かめれば、恭司は絶句する。

(ひどいな)

確かに言葉通り、陸が経験者であることは知れた。身体というのは正直で、性器の代用としてこの場所を使えば、筋肉組織が変化し、それが本来あるべき形と違ってしまうのだ。

おまけに、あまりよくない形で酷使されただろうそこは、内部を広げるまでもなく、縁にはいくつかの傷跡が残ってしまっていた。

「よくこれで、普通に生活してられたな……」

「……っ」

指の腹でまるいラインを軽く撫でれば、痛みを知っている人間特有の怯え方で身体がすくみ、ついでその窄《すぼ》まりもきゅうっと縮こまる。

憐れみを覚えつつも、通常に機能していることを確認して恭司はほっとした。場合によっては筋肉が切断され、手術をするか、一生ある種の器具で補強するしかなくなる可能性もある。陸の場合はおそらく、たまたま粘膜その他が柔軟性に富んでいたのだろう。

「安心しろ。痛くしねえよ」

「は、はい……」

そろりと告げても、しかし陸はがくがくと震え、青ざめるままだ。それでいて逃げ出そうともしないから、どうする、と恭司は告げてやる。

「おい。やめるか？」

「じゃなくて、あの……っごめんなさい、なんか……お腹《なか》痛くて……っ」

「あ⁉」

手を離し、顔を覗き込めばなぜか、陸は真っ青な顔に脂汗を浮かべていた。そうして、はたと恭司は思いつく。そうして発した声はもはや、地の底から響くような剣呑さに溢れていた。

「待て。……おまえ、腹ン中洗ってきてるんだろうな」

「え……？　あ、あの昨日から緊張して、トイレ、行ってなくて……」

なんのことかと見上げてくる陸に、今度こそ恭司はぶちぶちとこめかみの血管が切れる音を聴く。

「んの……大ばか野郎が！　基本中の基本だろうが――っ!!　客取るってのにケアもしてない奴があるかあっ!!」

「ご、ごめんなさいいっ！」

いままでの比ではない声量で怒鳴れば、びくんと陸は両手足をまるめて震え上がる。ちょっと待っていろと怒鳴って、大股に恭司は部屋の隅にある、専用自動販売機へと向かった。

「ったくなんで俺がここまで……っ」

憤懣《ふんまん》やるかたないが、それこそいまさらの話だと思いながら購入したのは、ジェルローションボトルの大だった。

「あ、あの……しゃ、社長さ、社長さん……？」

そうして鬼のような形相《ぎょうそう》でベッドに戻るなり、陸の細い脚を摑み上げ、問題の部分を開かせる。

「なっ!?　なん、なにすんの……や、やだあああああ!!」

そうして響き渡った陸の悲鳴は、先ほど村井に殴られた時よりもよほど、哀れなものだった。

＊　　＊　　＊

「おい。……始末はついたか」

めそめそと風呂場で泣いている陸に、ノックと共に声をかければ「はい……」と小さないらえがあった。

あの後恭司が行ったのは、強引なまでの直腸洗浄だった。無理矢理にボトルの中を注ぎ込んで、熱めの湯をためた風呂の中に放り込んだのだ。

――へそから下押さえて、やばくなったら隣の便所でやれ！

身も蓋《ふた》もないそれを、いまのいままでまったく陸が知らなかったことの方がどうかしている。むろん衛生面を考えても必要ではあるが、内部に残留物がある状態での交接は、当然ながら内臓に負担も大きい。どだいそういう意図で使う器官でない以上は、最低限の準備とケアは必須なのだ。

「不感症もくそもあるかボケ……っ」

いらいらと煙草を吸いつつ、いままでの陸が相手の男にどのように扱われていたのか、これで本当にわかったと恭司は頭を掻《か》きむしる。一言で言えば――『便所』だ。

コンディションもなにも無視されて、身勝手に尻を使われていただけなのだろう。それで気持ちよくなれるとすれば完全に、真性のマゾだ。

「出たのか」

「はい……」

呼びかけからややあって、おずおずと開いたドアの向こうに泣き腫《は》らした顔がある。さすがに人としての尊厳を蹂躙《じゅうりん》するようなやり方に、陸はしょげかえっていたが、実際に客を取るとしたらこの程度で済むわけがない。

恭司のように、乱暴には過ぎたが手順として行うならともあれ、ああしたプレイを好む人種もいるのだ。実際その証拠に、このホテルの利用規約にも『意図的に部屋を汚した場合には罰金を』との項目がある。

「あの。……ごめんなさい。知らなくて」

備えつけのローブを纏《まと》った陸は、言いつけ通りきっちりと身体中を清めたのだろう。濡れた髪のままぺこりと頭を下げて、細い肩をすくめている。

「ちっちぇえなあ」

「え？」

なにを考えてのことでもなく見たままを呟けば、またあの大きな瞳が見開かれる。先ほど抱えた時にも思ったが、並んで立てば陸の頭は恭司の肩にも届かない。おそらく身長も一七十センチないだろう。育ちきれない身体は標準サイズのローブにも埋もれるようで、いっそ痛々しい。

「いや。……まあいい、こっちに来な」

見上げる視線もあどけなく、年齢を知っていてもひどく胸に刺す罪悪感に負けて、恭司は素っ気なく告げてきびすを返した。

「今度から、髪は洗わなくていい」

「はい」

乗り上がったベッドの上で、こくりと頷く陸の肩へ腕を伸ばした。恭司のホテルで用意しているローブは質のいいパイル地で、厚手のそれを滑り落とせば、赤く色づいた胸が震えている。

「怖いか」

「緊張は……してる、けど」

問えばふるふるとかぶりを振り、平気だと答えた。これ以上の失敗をしたくないのだろうというのは引きつった頬にも見て取れて、恭司はそろりと手のひらを添える。その瞬間にもまるで、殴られるのを覚悟するようにぎゅっと目を瞑《つむ》るから、ことさらにやさしい声が出てしまう。

「痛くしない。……言ったろう」

こくりと頷いた陸の頬から、濡れた髪を払ってそっと耳朶を摘《つま》んだ。唇を噛みしめ、くすぐったさを堪える様子にはかまわないまま、うなじから胸へと撫で下ろしていく。

「……っ？」

その度、どうしても逃げ腰になる陸の震えが哀れで、吐息した恭司は身体の向きを変えさせ、薄い背中からそろりと抱きしめた。

「あの……」

「目、瞑って。好きな男のことでも考えてろ」

着崩れたローブを床に放れば、真夏でも空調の効いた部屋では寒いのだろう。ぬくもりを求めるように身体を預けられ、どうしてかその時小さく、恭司の胸が痛んだ。

すっぽりと胸に納まってしまう身体、その華奢な肩に顎《あご》を乗せ、ゆるゆると身体のラインを撫でる。それでも、実際くすぐったさ以上のものを覚えようとしない肌は、強ばったままだ。

(どんなもんか……)

陸が言うように不感症というよりも、ただ性感が未発達なだけではないのかと見当をつけつつ、恭司はなるべくやわらかい声で問いながら、指を這《は》わせていく。

「こっちは?」

「ひ、や……っ」

小さな乳首に軽く触れれば、がちがちに強ばった身体がなおも腕の中で小さくなった。

「そこ、い、いつも、だめで……」

痛かった経験しかない、という声は掠《かす》れ、実際指の腹で軽くかすっただけでも陸は呻《うめ》いた。

その声はかなりつらそうであったが、しかし恭司は唇を卑猥《ひわい》に歪《ゆが》める。

「ふん……なるほど」

そうして、にやりと色悪めいた笑みを浮かべ、長い腕を伸ばして、先ほど陸が風呂に入っている間にベッドサイドに用意したいくつかのモノの中から、プラスチックボトルを取り上げた。

「ちょっと冷たいぞ」

「え、あ？　……ひあっ!!」

透明なそれを手のひらにたっぷりと取り、まずは左胸に塗りつける。粘りの強いローションの冷たさに、予告していても陸はすくみ上がった。

「あの、これ……っ？」

「身体の力抜いて、もたれてろ」

意味がわからないように目を白黒させていた陸だが、大きな手のひらを使ってマッサージをするような恭司の指のやわらかな動きに、次第に緊張をほどいていった。

その間にも、恭司の唇はそろりとした動きで細い首筋に這わされる。怯えさせないよう、軽く触れては離れ、陸が彼の体温と感触に馴染《なじ》むまで、慎重な愛撫は施されていく。

「ふ……」

そろり、と詰めていた息を吐いて、細く尖《とが》った肩が徐々にその角度を下げた。脇腹から鎖骨までを入念に撫でさすり、粘ったローションもすっかり体温にあたためられる。

「あ……っ」

頃合いを見計らい、そっと先ほど触れた、小さな尖りへと指を伸ばした。痛いと身体をよじるばかりだった陸は、驚いたように声を上げたが、決して嫌がりはしない。

「どうだ？　まだ、痛むか」

「う、……ううん、なんか……っあ」

もう一度ローションを足し、手のひらがもたつくほどにそこを濡らしてからさらりと撫でれば、別の意味での緊張が走った。困惑したように零れる声は明らかに色づいて、戸惑いを含むだけにどこか艶めいている。

「くすぐ……たい」

「だけか？」

「あん！」

両方を同時に、円を描くようにしてこすってみせると、明らかな嬌声《きょうせい》が上がった。自分に驚いたように目を瞠った陸は、背中を預けた男へ振り向き、目線でなぜと問いかけてくる。

「しゃ、社長さん、……なに、したの？」

「社長さんってなあ……なんか気分出ねえな。名前で呼んでみろ」

キャバクラじゃねえぞ、と苦笑した恭司の精悍な顔立ちに、さらに頬を赤らめた陸はおずおずと上目使いになった。

「え、えっと……きょ……恭司さん、あの……？」

「感じたんだろ。別になにってほどのこと、してないけどな」

「だ、だって、おれ……」

穏やかに笑いながら答える恭司とは対照的に、陸の息は次第に乱れ、頬の赤みはさらに増していく。先ほどまで緊張と恐怖に震えていた、ほっそりと肉付きの薄い腿《もも》は、いまは別の理由から小刻みにわななき、落ち着かない様子で足先の疼《うず》きを訴えるようにうごめいていた。

「あのなあ……陸、おまえは別に不感症でもなんでもねえよ」

「あ、……ん、あっ、やっ、えっ？」

「逆だ、逆」

いっそ笑ってしまうほどに、ことは単純な話だった。耳に触れただけでも飛び上がるほどの陸は、触れてみれば案の定、身体中の皮膚も薄くやわらかい。

そもそもこの細い骨格を見てもわかるように、未成熟な身体なのだ。それだけに刺激に過敏であっても、快感を感じるより痛みとして受け取る方が早かったのだろう。

そうした身体は、取り扱いを充分に注意してやらなければまずい。乱暴に扱ったりしては苦しいだけだし、ましてこの乳首や性器など、ことにデリケートな部分はなおさらだ。

（要するに……）

「ろくな男に抱かれてねえんだな……」

「ん、……ん？」

半ばあきれつつ、半ば同情を含んだ恭司の呟きに、なんのことだと陸は必死に首をよじる。頼りなく眉を下げ、知らないでいた感覚に溺《おぼ》れながらも困惑するその唇へ、これは無意識のまま恭司は唇を寄せてやる。

「……っん」

不意の口づけに驚いたように、陸は一瞬背中を強ばらせた。それでも、幾度《いくど》かやさしく啄《ついば》んでやるうちに、小ぶりなそれもとろりとほどけていく。

「んう……」

軽く唇の端を舌先で辿れば、半ば瞳が閉じられ、どこか恍惚《こうこつ》としたものが上気した頬に浮かぶ。蹂躙されることを望むようにうっすらと開いた唇が舌を待ちわびているのは知れたが、しかし恭司はふいに口づけをほどいてしまう。

「あ……っ？」

夢見心地のそれから解放され、陸は一瞬不満そうに眉をひそめた。そしてそんな自分に驚いたように、またすぐに目をまるくする。その変化があまりに素直で、思わず恭司は笑ってしまった。

「いいか？　セックスでのっけから感じるなんてことは、まずない」

「……っ、そ、そう、なん……ですか？」

どこか甘さを含んだそれは、陸もはじめて見るものだったのだろう。驚いたように何度も目を瞬くのは、告げられた言葉のせいばかりではなかったようだった。

「そりゃそうだ。慣れてなきゃあ、なにが気持ちいいんだか、それもわかんねえだろ？　食ったことのないものが、美味《うま》いかまずいか、好きか嫌いかわかんないのと一緒だ」

「あ、そ、……そっか」

乱暴なたとえだったが、陸は納得したようだった。なるほど、と頷く素直さに、たいして上手いことを言ったつもりのない恭司はいささか鼻白む。陸のこの素直さは、これではどんな奴にもつけこまれてしまうだろうと、どこか不安になりまた、自身がそれこそつけ込んでいるようなばつの悪ささえ感じたせいだった。

「まあ、だからな。ちょっとずつ覚えるんだ」

「おぼ、える……の？　……っ」

しかしこれは陸が望んだことでもあると、誰にともつかない言い訳を内心繰り返し、ぬらぬらと光沢を放ちながら赤く染まった小さな突起を指で押し潰《つぶ》す。

「あ、は……」

「気持ちいいだろう？」

「あ、わか、んな……っ」

息を乱した陸の細い腕は、すがるように、恭司のシャツを掴んでいる。その指先には不安定な力がこもり、次第になにかを堪えるようなものへと変化していく。

「わかんなけりゃ、どんな風か言ってみろ」

「ん、んん……な、んか、びりびりして……っは、ああ、ああ！」

ゆっくりと撫でていたそれを、摘むようにして刺激した瞬間、陸の声がひときわ高くなる。

「びりびりして、それから？」

「あ……じんじん、す……っ、あっ、それぇ……やめ……っ」

「やめてほしいのか？　痛い？」

「あ、ん、くりくり、しちゃ、や……っ」

問いかけは既に、半ば以上陸の耳には入っていないのは知れる。しかし、たどたどしい言葉通り、ぬめりを帯びた指にこね回される場所への体感で手一杯の様子は、恭司の目を充分満足させるに足るものだった。

「感じてるんだろ、陸……？」

「あ、これ……これ、そう、なのっ、あっ、あ！」

自覚はなくとも、陸の細い脚は先ほどから既に、無意味な動きを見せていた。爪先《つまさき》をまるめ、かかとをシーツにこすりつけながら膝《ひざ》を曲げ伸ばしするそれが、感じている以外のなにものでもないことは見て取れる。

「気持ちいい、もっと、って言ってみな？　……もっとよくなる」

「あ、ん、……もち、い……っ」

「もっと、ちゃんと」

「きもちいい……っ、いぁ、んっ、いい……！」

言葉にして自覚させ、気分を盛り上げてやるのも大事だ。恥ずかしさもまた、性感を高めるひとつのファクターであるのは実際で、戸惑いながら小さな声を発した途端、陸の身体は明らかに体温を跳ね上げた。

そうして、ここぞとばかりに恭司は声をひそめ、ひたりと耳朶の裏に唇をつけて囁《ささや》いてやる。

「もっとだ。陸」

「んんあっ、も、もっと、……恭司さん、きもちいっ、もっとぉ……っ」

不規則に背中を震わせた陸の唇から、蕩《とろ》けきった声が迸《ほとばし》る。望む通りに両胸の先を少し強くいじれば、もう痛みを訴えるどころではなく、陸は背中を仰《の》け反らせた。

（化けるな……こいつ）

すすり泣く声は細く、しなる細い腰も羞《は》じらいを含んですり合わされる脚も、未完成だが強烈な蠱惑《こわく》を含んでいる。恭司でさえぞくりとしたものを感じたのは実際で、もしかしたら自分はとんでもない相手に引っかかったのではないかという不安を覚えた。

しかし、次の瞬間聞こえた「もうだめ」という訴えに、その苦みさえも打ち消される。

「あ、も……も、やっだ……ここ、ここだめ……っね、も、お……！」

恭司の腕を摑んだままもじもじと腰を揺らし、必死になって股間を隠そうとする陸は、行き場のないはじめての劣情にすすり泣いている。

「お、おれ、変になっちゃう……っヘン、なっちゃうよぉ……」

「ああ……悪かった」

しつこくしすぎたと手を緩めれば、ほうっと息をついた陸は甘えるように濡れた頰を肩へとこすりつけてきた。強烈な体感にはやはり怯えが先に立つのか、愛撫の中断を不満に思うより安堵するさまが、先ほど恭司の覚えた奇妙な不安感を払拭《ふっしょく》する。

「び、っくりした……」

鼻をすすり、震えている指を嚙んだ陸はまだ涙目で、去らない高揚に戸惑っているようだった。

「よかったんだろう？」

「おれ、だって、……だって、あの、痛いだけ、で……っ」

薄い下腹部は半端な高ぶりに不満げに波打ち、そこをそろりと撫でてやれば、子犬が鳴くような喉声を上げて、くたりと力を抜いてしまう。反して、その先にある幼げな性器はひくりと震えながら角度を変えた。

「痛いだけ、じゃあなかったようだな」

「やだぁ……！」

あえて揶揄《やゆ》の囁きを落とせば、両手で顔を覆って身をよじる。言葉に敏感なのもまた悪くはない。実際の体感以上の昂奮《こうふん》と快感を、お互いに得ることが可能だからだ。

（……こうなると、ますます、こいつの男がヘタだってことだな）

恭司が散漫なことを考えたのは、うっかりとその赤みのある性器に手が伸びそうな自分を知ったからだった。ごく自然に、高ぶったそれをこすってやりたいような衝動に駆られ、そうじゃないだろうと首を振る。

「……と、まあ。とりあえず、第一段階はクリアだろ」

「あ？　え……と、はい」

あえて素っ気なく声を出し、身体を離したのも実際、恭司自身まずいものを感じていたせいだ。自覚があるだけましなのか、それともまずいのかと思いつつも、いまはあくまで「教える」スタンスを取ろうと恭司はおのれを立て直す。

（しかし、あんなんじゃあな）

不感症とはお笑い草で、幼げな身体は敏感に過ぎる。おそらくあのまま胸だけをいじり続けても、陸は達することができただろう。

いっそのこと本当に鈍感で、多少の演技を入れられる余裕があればいい。しかし、毎回本気で感じてしまうようでは、身体をおかしくするのは陸の方だ。

「こんくらい感度がよけりゃあ、客もまあ満足すんだろう」

どうしても案じる気持ちは先に立つが、詮《せん》無いこととそれを打ち消し他人事《ひとごと》のように告げた恭司に、陸のまっすぐな視線が向けられる。

「恭司さん、は？」

「ああ？」

慣れない快感に潤んで赤らみ、けれど濁りはしないそれに、なぜかどきりとさせられた。

「あの、……満足、しますか？」

あげく口ごもりながら、どうだったのだろうと覗き込んでくる瞳に今度こそ、世慣れたはずの男はぐらりとなった。

（やばい）

陸の瞳は危険だ。顔立ちはあどけないのに、大きなそれに宿る光は甘く濡れていて、その気のない手合いでさえも惑わせる。

「だ、だめかな？　あの、あ、……っ」

もういい加減にしておけと思うのに、性懲りもなく恭司は唇を寄せていく。ふっくらと小さなそれに吸い付き口角を舌先でくすぐれば、おずおずと開かれていくさまがいじらしかった。

「んんん……」

「舌、出してみろ」

「は、う、んっ」

従順に言葉通り、小さな舌が差し出される。赤くとろりとしたそれをゆるゆると舐めれば、半端に高ぶったままの身体が苦しいのか、呼気はかなり忙《せわ》しない。

「ひんっ……」

口づけに夢中になっている間にと、恭司はそのままほっそりとした脚の間に指を伸ばした。浮かせた腰の下から、先ほど内部まで洗わせたそこを軽く指でつつくと、さすがに我に返ったようにびくりと陸は肩をすくめる。

「……いれるの？」

怯えの滲んだ表情にひとつ口づけて、もう一度恭司は陸を横たえた。先ほどと同じく俯せのまま、脚を開くように告げれば唇を嚙み、そろそろと膝を立てていく。

「ゆっくり、深呼吸してろ」

「う、……うん」

じいっとすがるように恭司の顔を仰いで見つめてくるのは、やはり怖いからなのだろう。先ほど胸に塗りつけたのと同じものを手のひらに取り、しばらく指で揉んで温めたあと、強ばったそこに馴染ませるように塗りつける。

「あ……っ⁉」

瞬間、陸はひどく驚いたような声を上げた。どうした、と問いかければその視線は恭司の指先に注がれている。

「ゴム……つけないの？　いいの……？」

「え？」

「だ、だってそこ……おしり、だし……勇次、いつもゴムつけてしか、しないよ」

きたないから、とごく小さな声で告げる陸は、恥ずかしそうに細い肩をすくめている。羞恥と、それ以外にどこか窺うような声音の意味に気づけば、恭司はむっすりと眉を寄せるしかない。

「さっき、ちゃんと洗っただろう。それともあれか？　おまえ、病気でも持ってんのか」

「う、うん……病気はわかんないけど、いままでつけないで、したことないから、多分……」

平気だとは思うと自信なさげに口ごもる陸に、恭司はもの悲しい気分にさえなった。自身の欲情を吐き出すためだけに、陸のこの脆弱《ぜいじゃく》な部分を使った男共は、こぞって自分の身体だけは守ろうとしたらしい。

（……くそが）

皮肉にもそれは、陸に感染症の恐怖だけはもたらさずに済んだだろうが、仮にも恋人と言い聞かせるなら、いちいちそんなことを厭《いと》うなとさえ恭司は思う。

「今度、一応検査しておけ。……病院、紹介してやるから」

仕事するなら定期的にやれと告げれば、素直に頷く陸が哀《かな》しい。これで恭司がいいように彼を言いくるめ、妙な知識を植えつけたところで、彼は疑うことさえもしないのだろう。

「それと……ちゃんとしてれば直腸ってのは本来、そう不潔な場所じゃねえんだ。むしろ口の中の方が雑菌多いくらいだから」

「あ、そう……なの？」

「ああ。……覚えろよ、少しずつでいい。あとは……力抜いて、ぼーっとしてろ」

「うん……」

素直でばかで、危なっかしくて、どうしようもない。そう思いながら汗の滲んだ陸の背中を唇で辿れば、くたりと力が抜けていく。

「……ん、っ、んん……」

空いた手のひらで鼓動に弾んだ胸の上をやわらかく撫で、そうしながら幾度もローションを足して、ゆっくりとひとつ目の指を差し入れた。怯えにすくむそこを宥めるように、根気よく揉み込んでやわらげ、ようやく先端が潜り込む。

「ん、あ……？」

痛ませることはしないとの言葉通り、慎重に指を運ぶ恭司に安心したのか、かすかに上擦《うわず》った喉声を上げる陸の身体もまた、ひとつ震えたあとに緊張をほどく。受け入れることをまったく知らない身体でもない、硬ささえ取れればあとは、割合にスムーズに指が進んでいく。

「結構いけるもんだろう」

「あう……っ、んっ」

二本揃《そろ》えた指でゆるゆると内壁を撫でれば、がくがくとうなずく陸の頬に赤みが戻ってくる。

（確かこの辺……）

まさか実践する日が来るとはと苦笑しつつ、店の女の子たちあてのマニュアル通り、恭司は最も直截《ちょくせつ》な性感を探して指を使った。果たして予想通り、柔軟さを増した身体の内側にある一部分を押してやれば、陸は小さく悲鳴を上げて背中を震わせる。

「っあ!? あ、……ああ、あああ……!」

どうだ、と言葉で問うまでもなかった。陸の身体で強ばったのはその背中だけではなく、いま恭司が裏側から刺激した、幼げな性器もまた触れられることのないままにきつく立ちあがっている。

「あん、や、これ……こ、れ……っすごぉ、い……!」

指を噛み、たまらないように次第にうねりはじめる細い腰はたどたどしく、練れていないその動きは逆にひどく艶めかしかった。堪えきれずにびくびくと不規則に跳ね、その度シーツにはとろりとした水滴が散っていく。

「ああ、ああ、……や、も、……漏れちゃ……うっ」

粘ついたシーツに、無意識なのだろう先端を押し当て、うずうずとまるい尻を躍らせる陸の細い肢体《したい》はあまりにいやらしかった。

「——指は、慣れたな。……次だ」

恭司の指を食《は》んだその場所もまた、淫らな蠕動《ぜんどう》を繰り返しては、陸の中に起きた変化を顕著に知らしめた。覚えず、ごくりと喉が鳴って、恭司は気取《けど》られぬように空咳《からぜき》をする。

(ったく……なに勃《た》ってんだ、俺もっ)

乾いた声で呟くなり恭司がその手を引いたのは、その生々しい熱さに取り込まれそうな自分を知りたくなかったからだ。そうして、これも用意しておいた器具へと手を伸ばす。

「あふ、んっ、あ……っな、なに……っ⁉」

「バイブだよ。細い奴だから安心しろ」

つるりとした先端をくぐらせた途端、陸は未知の感触にびくりと跳ねる。凹凸《おうとつ》のない、初心者用のバイブレーターは恭司の親指より少し太い程度の大きさで、陸の痛々しいまでに狭いそこにもすんなりと入り込んでいく。

「これなら痛くないだろ」

「恭司さっ、なに、これ、これなに……っ!」

異物感に戸惑ってはいたようだが、驚きの他にはその表情になにも浮かんでいない。身体の緊張を確かめ、恭司はその先端を軽く、揺り動かしてみる。

「あ、やっ……！　な、……んで？　いれな……の？」

水分を多く含んだ声は上擦り、まるでねだっているようにも聞こえる。背筋に這い上る悪寒《おかん》に似たそれを堪えながら、恭司はあくまでも冷静に告げた。

「ばか。こんな狭いとこにいきなりモノホン突っ込む奴がいるか」

実際、陸のそこは恐ろしく狭い。相当に時間をかけなければおそらく、恭司のものなど受け入れるのには無理がある。

「ここもな。やる日だけいじりゃいいってもんじゃないんだ……わかるか？」

本当は毎日、少しずつ慣らすんだと教えてやりながら、ゆるゆるとそれを動かし、先ほど見つけたあたりを重点的に刺激してやる。

「ふぁっん……！」

かくん、といきなり壊れたおもちゃのように崩れ落ちた陸は、細い四肢《しし》を突っ張らせて甘い声を上げた。

「やだぁ……っ、これ、なにぃ……？」

「だから、バイブだっつってんだろ」

「そじゃ、なくて、違くて……っ、んぁ、なかっ、ここの……っ」

おそらく陸にとって、この場所を明け渡すことは単純に相手の快楽への従属でしかなかったのだろう。思いも寄らなかった場所で感じて戸惑う、その様子はひどく嗜虐的《しぎゃくてき》なものを覚えさせて、恭司をも惑わせようとする。

（……ったく）

いい加減ヤバイ奴だと苦々しくさえ思いながら、あくまでも恭司は冷静に声を出した。

「いいか、陸……相手が下手な時は、自分で合わせるしかない」

「あ、合わせ、って、な……っ」

息を切らし、内部でうごめくものを無意識に締めつける陸へ、なおも恭司は教え込む。

「ココがおまえの感じるとこだ。覚えろ」

「あああっ、そこ、や、そこぉ……！」

まるい先端の部分をあてがい、ゆるゆるとこすりつければひとたまりもなかったようで、ひくひくと喉を震わせて身悶《みもだ》える。

「能のない奴は、ただがんがん突いてくるだろうけどな」

「ひ、んっ、ああ、あん、あ……んっ」

「ただ突っ込みゃいいってもんじゃないんだ。……わかるだろう」

「あ、も、……だめ、腰抜けちゃう、だめ……っまわさ、ないで……！」

どこまでもやわらかに内壁をこすり上げれば、ばさばさと髪を振り乱して陸は喘《あえ》いだ。

（だめ押しとくか……？）

取っ手にある電動用のスイッチを押すか否か迷ったのは一瞬で、判じるよりも先に恭司の指はそれをオンに切り替えていた。

「——……ひっ！」

鈍い振動音が聞こえたと同時に、陸は短く叫んで背筋を硬直させる。がくん、と上下に弾んだ腰に恭司も一瞬焦《あせ》ったが、その動揺はシーツを掻きむしった陸の比ではなかっただろう。

「いあ……あああぁ……っ！」

「どうだ……？」

「あ、い……っ、も、これや、いっいっ！」

もう腕では身体を支えきれないまま、高く掲げて揺らめく腰は、恭司の操る器具に合わせてあまりにも淫らに躍った。

「んあ、いっく、でちゃう……っ、出ちゃううっ！」

「おい……!?」

解放は一瞬で、止める暇もなかった。叫ぶなり、結局一度も触れられないままの陸の性器からは白いものがまき散らされ、シーツとそして陸の身体にも飛び散っていく。

「あはぁ……っ、あっ、いく、また、いく……っやだあ……！」

腰を振るたびに弾《はじ》けるそれに、やや尋常でないものを感じた恭司が慌ててそれを引き抜けば、しかしその余波がさらないままに、陸は腰を揺らめかせ続ける。

「すごいよぉ……すご、んんっ……ああ……！」

「陸……おまえ……」

大丈夫か、と腕を伸ばせば、恍惚とした瞳が恭司を見つめてくる。泣き濡れた、そして焦点の合わないあの透明な瞳にはやはりくらりとさせられ、その瞬間、自身への戸惑いも陸への不可思議な苛立ちもなにもかも、一瞬にして消えていくのを恭司は知った。

「――……っ」

「んふぅ……っんんっん、んー……！」

気づけば重なった唇を吸い上げている自分がいた。陸の舌は恐ろしく熱く、そしてやわらかかった。絡み合わせればそのまま蕩けてしまうのではないかと思うほどに甘く、それがいっそ儚《はかな》く思えて離れがたい。

精液にまみれた身体であることもなにも、もはや気にならないまままきつく腕に抱けば、陸もまた頼るものは恭司だけというようにしがみついてくる。

「あうん、ん、んぁ……っ」

舌を噛んで、すすりあげるようにすれば陸もまた夢中で吸い付いてくる。そのまま震えている胸に指を這わせ、尖りきった乳首を摘めば「ああっ」と泣き叫んで陸は腰をこすりつけてきた。

「きょ、じさん……恭司さん、ねがっ……おねがい……っ、助けて……！」

「んん……？」

「おれ、へん……あそこ、変になっちゃった……っ」

すすり泣く声が耳を痺《しび》れさせ、半ば意味を成さない言葉であるはずの陸の、正しい願いを脳に伝える。もう一度、濡れそぼった器具をそこにあてがえば、怯えていたくせに腰を掲げて鼻を鳴らした。

「これか……？　してほしいのか？」

「あっ、してっ……さ、さっきのして……！」

泣き濡れた顔立ちのあどけない甘さと、淫らな身体の動きのギャップはいっそ卑猥で、恭司はもう自身の身体が情欲を覚えたことを誤魔化《ごまか》せなかった。

「おれも……するから……」

密着した体勢で、気づかれないわけもない。濡れた声の陸がどこか羞じらうような顔で告げてくれれば、先ほど舌で味わったあの、甘く熱い口内の感触に、脳が煮えた。

「くっそ……！」

ミイラ取りがミイラになる、という言葉を痛感しつつ、細い指の愛撫をもう恭司は振りほどけない。頑《かたく》なに乱すことのなかったスラックスを開かれ、その慣れた手つきにも苛立つのに、快さは否めないから心は乱れていく。

「すご……」

陸の手で引き出されたそれに、かすかに驚いた声がする。

「お、おっきいね、恭司さん……こんなの……」

はじめて見たと呟く声はあどけなく、恭司の耳には苦い。なにもかも不慣れなくせに、そういうところばかりは決して未経験ではあり得ない過去が覗いて、どうしようもなく不愉快になった。

「見てないで、するならさっさとしろ……」

「あ、……あ、うんっ……」

ベッドヘッドにもたれて座り、腰の上に陸の小さな頭を載せる。同時に、恭司の手のひらは細い脚から濡れたまるい肉へと辿り着き、びりびりと振動するそれを思わせぶりに近づけ、また肌に添わせて遠ざけることを繰り返した。

「あむ、……ん、んんん！」

「……っく」

ぞっとするほどに狭く熱い場所へと恭司が吸い込まれたのと、手にしたものを陸へ突き立てたのは同時だった。先ほどよりもずっと遠慮のない、それでいて決して彼を痛めつけないやり方で抉《えぐ》ってやれば、鼻を鳴らした陸は恭司の屹立《きつりつ》にしゃぶりついてくる。

言うだけあって、口淫だけは驚くほどに巧みだった。感じる場所を心得ているせいもあるのだろうけれど、その技巧めいた愛撫は、しかし恭司の頭を一瞬で覚まさせる。

（ほんとに、仕込まれてるな）

どこがどう、とも言えないけれども、明らかに陸のそれは技術として教え込まれたものだった。喉奥に吸い込み、中の粘膜で先端をこすり立てるなど、自然に覚えるはずもないそれらに、身体の高揚とは別の部分で恭司はどんどん冷めていく。

その冷え切った中になにか、ひどくタチの悪い熱が凝っているような気もしたが、闇雲《やみくも》な昂奮が冷めたことだけは幸いと割り切った。

（落ち着けよ……俺も）

あくまでもこれは同情で、仕事だ。合意のセックスでない以上、溺《おぼ》れるわけにはいかない。ましてや、それを生業《なりわい》にする自分がだ。繰り返し内心で呟いていれば、ふと陸が無心な顔を上げる。

「あの、……やっぱり、おれ、下手……ですか？」

「あ？　……ああ、いや、……いいんだ」

反応が鈍くなったのだろう、ひどく不安そうに問われ、恭司はなんと答えたものかと一瞬惑う。結局うまい誤魔化しも、胸の裡をそのまま告げるわけにもいかないままに、彼は手にしたものをさらに深く、陸へと埋《うず》めた。

「……んあ！」

無心な瞳は閉ざされ、代わりに濡れそぼった唇は震えながら声を上げるために開かれる。

「今回、よくなるのは、俺じゃなくて、陸だからな」

「あっあっ、だ、って……っ、きょ、じさん……っ」

もうなにをすることも出来ないまま、ぬちゃぬちゃと音を立てて出し入れされるものに夢中になる陸は、ただ細い指を恭司のそれに絡めているしかできなくなった。

（なんだってんだよ）

そうなってむしろ、達者な技巧で追い上げられているよりも疼く自身に笑いがこみ上げ、恭司は先ほどのそれ以上に細やかに、陸の中をかき乱していく。

「あっ、あっ、あっ、あっ」

「次はもう少し、でかいの入れるからな」

どうしてか酷薄な笑みも声も、意識しないままに浮かび上がり、感情と意識が切り離されたような不快感から逃れられない。

「ひ、ん、こわ、れちゃう、壊れ、ちゃう……っ」

言葉に怯え、くしゃりと顔を歪めた陸に、ぐらぐらと脳が煮えるような気分になって、いっそその残酷な気分に任せてしまえと、遠い意識で誰かが恭司を唆《そそのか》す。

「そうならないように、ちっとずつ慣らせ。これも……覚えろ」

自分でやってみろと突き放して、うねうねと揺れるそれに陸の指を添えさせた。抵抗は一瞬で、軽く握った指ごとそれを揺らしてやれば、すぐに自分ですることを覚える。

「あああ、あんっ、これいいー……いいい……っ」

仰向けに抱き起こし、脚を開かせてももう、陸は抵抗しなかった。むしろ、見られることでよけい高ぶるのか、恥ずかしいとしゃくり上げつつ体内に沈めたものを激しく抜き差しさえする。

「そんなに力入れてするな。もっとゆっくりだ。尻もゆるめろ。痛むぞ」

「できっ……いっ、きゅってなっちゃうも……っ」

仕方のない、と腕を伸ばし、尖ったまま震えていた赤い胸の突起を軽く、押してやる。途端びくびくとのたうつ身体はもう、与えられた感覚を持て余して痙攣《けいれん》を繰り返したままだ。

「ひあ……っ！　あ！　そこ、やあ……っ」

「こっちはもう、わかったな？」

多少きつく摘んでも、もう陸は痛いとは言わなかった。ただ問いかけた恭司の声に、がくがくと頷いて、教えられた言葉を朦朧《もうろう》と口にする。

「つん、そこい……っ、すご、いの、じんじん……っ」

片手で自分を犯しながら、すがるものを求めたもうひとつの手が恭司のシャツを握りしめる。

股関節もやわらかいのだろう、淫らに開ききった脚の間にふるふると揺れている性器もも

うねっとりと濡れていて、同性のそれだというのに恭司の目にもひどくいやらしく映る。

とろとろとしたものを零しながら、触ってと泣いているようなものにはわざと触れずにいるのは、嫌悪や違和感からではなく快楽を持続してやるために過ぎなかった。ひと撫でで弾けてしまうだろうそれに愛撫をくわえれば、はじめて陸が覚えただろう犯される愉悦も終わってしまう。

「一緒にやると、もっといいんだろ……？」

恭司の両手は薄い胸をさすり、摘み上げ、揉みしだくようにしながら、声も吐息のタイミングさえ、ひたすら陸の性感を高めるだけに費やされた。

「あ、だめ、くりくりしちゃ、……あそこ、あそこに来るからぁ……っ」

早く終わってしまえと思いながら、それでも陸の喘ぐ声は甘く、じりじりと恭司の胸を焦がす。そうして、一向におさまることのない劣情は、震え上がる尻の狭間《はざま》にあてがうようにこすりつけた。

「来るってどこだよ、……言ってみろ。ん？　いま、陸がいじってるとこ、どこだ？」

唆す声ももう、陸のためとは言えなかった。細い、子どものような身体にはっきりと欲情していることを知り、自嘲の混じった笑みはどこまでも、淫猥《いんわい》に歪んで陸を煽《あお》る。

「ああ、あ……お、おしりに……きちゃう……っ、ああ、あああ！」

叫んだ瞬間、一度として刺激されることのないままつらそうに震えていた陸の性器から、勢いよく溢れてきたものが恭司のシャツを汚していく。

「あっん、ごめ、なさいっああ、あ、いく……いく……」

「陸……っ」

しゃくり上げ、泣きながら何度も腰を震わせた陸の唇に、恭司はものも言わないまま口づけた。

頬まで散った苦いそれを舐め取って、その瞬間、やわらかな肉の震えを知った恭司のものもまた、粘ついた欲を吐き出していた。

(……やばい)

放埓《ほうらつ》に頭が冷えれば、恭司は自分のしでかしたことに愕然となった。よもやこの歳で、触れられることもないままに射精にまで至ったことにも驚いて、しかしうろたえる暇もないままに、耳元に聞こえる陸のすすり泣きに我に返る。

「も、ぬい……抜いて、い……？」

「あ、……ああ」

苦しげにしゃくり上げ、振動を繰り返すそれを持て余した陸の細い指に手を添えて、淫らなそれを引き抜いてやる。ほう、と息をついた陸は一瞬、疲れきったように目を閉じたが、その後慌てて身を起こした。

「どうした、まだ……」

「あの、あの、おれ、合格した……っ？」

横になっていろと告げるよりも先に、急《せ》いた口調で問われる。いままでの甘い声と媚態《びたい》はなんだったのだと思うほどの現金さに鼻白みつつも、その必死さに恭司は胸を打たれる。

「次も、買ってくれる……？」

シャツを握りしめる指は震え、いまだ快感の余韻《よいん》を引きずる瞳は濡れたまま、それでも真摯《しんし》に輝いている。

「……ああ」

引きずられまいと眇めた視線で見やっても、結局はこの表情に勝てないことを悟った恭司は、深々と吐息したのだ。


そうしてその夜、陸と恭司が交わした契約の内容は、ざっと以下のようなものだった。

週に一度ないし二度、この［ホワイティア］への呼び出しに応じること。社長である恭司は定休がほとんどないため、空いた時間を利用しての『仕事』になる。

そうして、その間決して、他の客は取らないこと、恭司の教えた通り、自身の身体が慣れるまでは、無茶なことはしないこと、など細々とした項目がつけ加えられた。

料金は、一度につき三時間で五万。破格のそれを、相場を知らない陸はためらいつつも嬉《き》嬉《き》として受け取り「これで勇次が喜ぶ」と笑った。

「でも、……本当にいいの？」

「ああ。その代わり、そのうちの二万は勇次には渡すな」

その金でまずは自分のための服を買い、ちゃんとメシを食えと苦い顔をする恭司は、結局病院にも行けないままだろう陸の、腹の打撲を痛ましそうに見つめる。

その視線の意味がわからないまま、それでもなにもできない自分を買ってくれた恭司の言うことは素直に聞くべきだと思ったのか、陸はこくりと頷いた。

「自分を売り物にするってことは、結局は見てくれも大事になるだろう。いつまでもよれた服着て、そんな顔色してちゃあ、客もよりつかない」

「あ、そうだよね……これは？」

支度金にしろと告げる恭司の真意を知ることのないまま、それから、と差し出された紙袋に陸は首を傾げた。

「携帯。持ってねえって言ったろ。連絡の取りようがないから、持っておけ」

「え……あ？」

最新式のそれは、陸が身支度をしている間に、近所の携帯ショップで購入してきたものだ。

「時間が空いたら、こっちから連絡する。なにかあったら——いつでもいい、短縮の0に入ってるから、かけてこい」

ありがとう、とほころんだ唇とは対照的に、陸の眉は頼りなく下がる。どうした、と問いかければ、「これって、本当に貰っていいの？」と細い声が問いかけてきた。

「ああ？　まあ……必要だろうし」

ひとに施されることが苦手なのかと思いつつ、恭司が怪訝《けげん》な声を出せば、途端に陸は嬉《うれ》しげに、小さな顔を紅潮させる。

「ありがとう……」

もう一度呟いたその言葉はぎこちなく、拙《つたな》い響きだった。そこには恭司の案じた、プライドを傷つけたような痛みは感じられず、陸はただ与えられたものに感謝して、涙ぐんでさえいる。

（……ばかが）

胸中に呟いたのは、陸に対してではなく、おのれに向けての叱咤《しった》だった。

巻き上げられるばかりで与えられることのなかった陸にとって、恭司にはささやかに過ぎないその贈り物は、どんな重さがあったのだろうか。やるせなく視線を逸らして、この行為は実際、偽善に過ぎないのではないかという自問を恭司は繰り返す。

出会ったばかりの頭の悪い子どもに、セックスの真似事をして幾ばくかの金とやさしさを与えたところで、陸は本当に救われるのだろうか。

そうして恭司の教えてしまったことは結局、陸をさらなる深みに導くだけではないのだろうか。

「おれ、がんばるね……？　いつでも、呼んでね？」

ひたむきな声がひどく痛くて、自己嫌悪から立ち直れないままの恭司は、その物憂い感情の奥底にあるものへ向き合うのが、ひどく怖いような気がしていた。

＊　＊　＊

夏の朝は早く、疲労感はあるけれどもどこか浮ついた身体を引きずった陸が帰宅する頃には、既に空も白みはじめる頃だった。

「いいひとで、よかったなあ」

呑気に呟きつつ、ゆっくりと歩みを進める。足下《あしもと》がおぼつかないのは痛みではなく、まだ身体の奥がじんじんと痺れたような感触が去らないせいだった。

しょっぱなからやくざのような客に捕まり、どうなることかと思ったけれども結果はオーライだったのではないか。

のほほんと考えつつ、久々の満腹感を味わったのも手伝い、陸は小さな唇をほころばせる。

恭司は一見すると、その迫力と背の高さに怖い印象が先に立つが、実際にはとてもやさしいひとのようだった。ことのあと、ぐったりとなった陸の身体を拭いてくれて、ついでに空腹を訴えてしまった腹の虫に気づけば、あきれた顔で出前まで取ってくれた。

「寿司なんか、何年ぶりに食ったっけ……」

特上の握りを取ってくれて、生まれてはじめて食べたウニの甘さを思い出してはうっとりとする。そしてその濃厚でとろりとした甘みと、恭司の印象はよく似ていると思った。

高級そうで見た目はとっつきにくいのに、どこまでも舌に甘い。滑稽なようで卑猥なその連想に、朝方の路上で陸はひとり、赤くなった。

すぐに怒鳴るし睨むし、おっかないとも思う。でもその苦み走った表情を浮かべる顔立ちはひどく整っていた。背も高く脚も長くて、ちょっと強面《こわもて》気味の俳優のようだった。

「ほんと、よかった。かっこいいし、やさしいし……ほんといいひとだな、恭司さん」

陸の身体の奥まで触れてきた恭司が、決して不潔だと言わなかったのにも驚いた。いままで、ゴム製の避妊具越しに触れられることしか知らなかった脆弱な粘膜を、少しざらりとした指にやさしくこすられると、誇張ではなく本当に腰が抜けて、いけないものを漏らしてしまいそうで。

「びっくりしたなあ……」

あんなに何度もいったのは、はじめてだった。というよりも、いままで、誰かに触れられてあんなふうに、わけがわからなくなったことなどなかった。

同棲相手である勇次にも、そしてはじめて陸の身体を好きに遊んだ従兄《いとこ》に触れられた時にもずっと、陸は鳥肌を立てたままがちがちと震えていることしかできなかったのだ。

「なんで、平気だったんだろう……？」

平気どころか、感じまくって喘ぎまくってただただ、腰を振りながら泣き続けた。けれどあの涙も、苦しさや痛みではなく困惑と羞恥にまみれたものだ。終わってみて、このいま、気怠《けだる》いような甘い疲労感しか残っていないことからも、とても慎重に身体を探られたことがわかる。

「いつも、下手すると吐いちゃうもんなあ」

陸はセックスの最中、無理矢理に性器をこすられての生理的な放埒《ほうらつ》以外に、ほとんど快感を覚えたことなどない。いい、と思ったこともないし、とにかく苦しいばかりの蹂躙を必死にやり過ごすのがセックスだと思っていた。事後にもひどい不快感があって、寝込むことも少なくない。

「恭司さんが、プロのひとだったからかなあ」

自身が普段、どこまでもひどい扱いをされているということに無意識に目を背けている陸は、ぼんやりと呟き、恭司を惑わせたあの瞳でぼうっと白い月を眺める。

「それとも……好きじゃないから、平気なのかな」

足を止め、呟いてふと違和感を覚える。好きも嫌いもない。恭司とは今日出会ったばかりで、たまたま助けてくれただけの相手だ。

「かっこいいひとで、よかったよな。やっぱ、脂っぽいオヤジとかやだもん」

ラッキーだったさとふるふる首を振って、幼い顔立ちには不似合いな、無意識の諦念に溢れた笑みを浮かべた陸は、そろそろ見えてきた安普請のアパートに大きく深呼吸する。

「すごい上手だったし、お金持ちっぽいし、……やさしかったし」

自然のろくなる歩みを奮い立たせようと、ラッキーラッキーと繰り返しながらも最後の一言がなぜか、苦く舌を強ばらせる。疲れたからだろうと吐息すれば、どっと疲労に足が重くなった。

「だからやっぱり……好きになれないや」

結論づける頃には、めずらしくも灯《あか》りのついたアパートの部屋の前にいた。薄いドア越しに漏れる派手な嬌声に、知らずかたかたと小刻みに震える指を片方の手で押さえ、そろりとノブを回す。

「ただいま。また、鍵《かぎ》かかってなかったよ」

「んああんっ、あんっ、勇次ぃ……」

おかえりの言葉代わりに陸の耳に届いたのは、女の作り物めいた喘ぎ声と、粘着質な物音だった。一間のアパートで、なにが起きているのかを見ずにいるには、目を逸らして背中を向けるしかない。

（――またか）

締めきっている部屋には蒸れた熱気がこもり、不愉快な音と匂いが陸にその背後での行為をまざまざと教えてしまう。胃の奥がすくみ上がるのをだましだまし、小さな息をついて堪えた。

「ああ、もうちょっとで終わるから、そこで待ってろっ」

陸が普段眠る布団の上から、振り向いた男がヤニに染まった歯を見せたのに、陸はこくりと頷いてみせる。その一見は逞《たくま》しい、しかし生活の荒れが滲んでいる身体の下では、あられもない声を上げ続ける女が「死ぬ、死ぬ」とわめいていた。

本当はこの場から逃げ出したいけれども、待っていろと言われた以上出て行くこともできない。勇次は少し変な趣味があって、自分のセックスを陸に見せつけるのが好きだった。

（我慢しなきゃ……勇次の機嫌損ねちゃ、いけないいんだから）

陸と勇次の出会いはもう二年前だ。当時、やはり勇次と同じように同棲していた男に捨てられ、道ばたで寝ていた陸は、ホームレスに犯されそうになったことがある。

助けてと叫んでも、誰もいなかった。凄《すさ》まじい悪臭を放った相手の目はどんよりと濁っていて、ひっきりなしに首を絞められ、このままでは殺されると思っていれば、ふっと身体が軽くなった。

——ひ……っ。

次の瞬間、陸の半ば裸に剝かれた身体には、錆《さ》びたような音色の絶叫と共に血しぶきが降り注いで、なにが起きたのかと呆然《ぼうぜん》とするばかりだった。

——きったねえオヤジが……うぜえことやってんじゃねえよ。

嘲笑するように言い放ったのが、勇次だった。剝き出しになっていた男の尻に、手元にあったナイフをいきなり突き立て、悲鳴を上げる彼の股間を蹴《け》り飛ばして笑っていた男に、陸はただただ目を奪われるしかなかった。

——あ、あの、あり……。

ありがとう、と起きあがろうとした陸は、しかしその場を動くことができなかった。そのまま、ナイフを引き抜いた男がおもしろそうに乱れた衣服を睥睨《へいげい》した後、のし掛かってきたからだ。

もう今度は、悲鳴も出なかった。助けてやったんだからいいだろうと言われれば、それもそうだと思えたし、実際まともな判断がその状態でつくわけもない。

——なんだよ、おまえ……行くとこねえのかよ。

いいように身体を使われ、だったら来いと告げられて、少なくとも路上生活者の男よりはましな相手であった勇次に、ついてきたのだ。殺されかけ、血塗《ちまみ》れのまま犯されて、陸はその時、彼の手を取る以外にはなんの選択肢もないような気がしていた。

それでもあの夜、勇次があの場所に現れなければ、いまの陸はない。

だから勇次が喜ぶことは、なんでもしなければいけない。不愉快と思っては、彼を怒らせる。

「終わったぜ……なんだ、上手くいったのか？」

「うん、あの……これ、お金……」

生々しい匂いを漂わせ、全裸のまま近寄ってくる彼は、いかにも悪そうな男だった。太陽の下で焼いたのではなく、サロンでまんべんなく焦がした肌に脱色した眉。ぱっと見にはそこそこのルックスだが、ゆるんだ唇に浮かぶ表情が彼の顔をどこまでも下品にする。

恭司が見れば唾《つば》を吐きかけたくなるようなそんな男に対して、陸はまるで媚《こ》びるような笑みを浮かべてみせ、この日稼いだ金を取り出した。

「んだよ、三万ぽっちかよ!?　しけてんな」

「あ、あの、また次、やるから……」

女は声もなく布団の上で失神している。多分よくない薬でもつかっていたのだろう、化粧映えのしそうな唇からは泡が吹き出していた。その女の匂いがまだ残る、濡れた性器を眼前につきつけられ、嫌悪を顔に出さないように必死で陸は笑ってみせる。

卑屈に、歪んだものという自覚のないそれは、強ばった奇妙なものになった。始末しろと言われて、汚れたそれを陸の唇が清めるのも、いつまでも慣れない。

それでも、従順にしてさえいれば、勇次は殴らない。気が向けば抱きしめてもくれるし、なにより冷たいコンクリートではなく、布団の中にも入れてくれる。

「そっちはなんだよ、おまえ」

「あ、それは……」

吐き気を堪えながら、帰って来るなりしゃぶらされたものから口を離せば、恭司に渡された携帯会社の紙袋を取り上げられた。なぜかその瞬間ひどく慌てて、しかし携帯そのものはいま、陸の尻ポケットに入っていることを思い出す。

「うわ、なんだこりゃ!? おまえのっけから変態相手にしたのかよ、やるじゃん」

「そ、……ちがっ」

勇次が嘲《あざけ》った中身は、ホテルで購入したラブローションと、そしてこの日陸の尻を広げた器具に似た数種類のものだった。げらげらと笑いながら床にぶちまけられ、羞恥に陸は頬を赤らめる。

「お、おれが下手だったから、恭司さん、練習しとけって言っただけだよ……!」

「キョウジさんだあ？ ……えらく懐いたもんじゃん、あ？ 変態オヤジに」

恭司はなにも卑猥な意味合いでこれを使えと言ったのではなく、日々そこを広げるためには必要なことだと言った。それには決していやらしい意味などなかったし、プロ中のプロである彼の、まるでマニュアル化されたような説明はいっそ、事務的に清々《すがすが》しいものだった。

「違うよ、あのひとはあの、イメクラとか持ってるから、詳しくて、だから……」

別に言い訳をするようなことでもないと思ったのに、なぜだか恭司が変態扱いされるのが嫌で、そうだと陸は携帯と一緒に貰った名刺を取り出す。

「おれが、下手くそだから教えてくれるって、こういうひとだから」

「ハシヅメ……？　へえ……上物ひっかけたな」

勇次がひったくったそれをそのまま、着服されたり破り捨てられたらどうしようと思いながら、抗《あらが》えないままに陸は震える指を握りしめる。しかし、現金以外は興味がないのか、一瞬だけ面白そうに唇を歪めた勇次は、まあいい、とめずらしくやさしい声を出した。

その肩書きと名前になにか、覚えがあるような反応には気づかないまま、その声音と素直に紙片を返してくれたことにほっとして、陸は少しでも気にいられようと勇次のそれをくわえる。

「せいぜい稼いでこいよ……さぼったら、わかってんだろうな」

「ん、んぐっ」

必死になって頷きながら、遠慮なく喉奥まで押し込み、毟《むし》るような勢いで髪を摑む男を涙目で見上げた。そうしながら、同じことを恭司にした時にはひどく、落ち着かない気分になったことを思い出す。あの違和感は、陸には覚えのない、馴染みのないものだった。

（やっぱり……おれ、勇次が好きなんだよ）

陸にとって、愛情を覚えるというのは、相手に支配されることだった。そのひとを目の前にすれば動悸がひどくなり、ひどくおどおどして緊張して、舌の根が強ばったようにうまくしゃべれなくなる。抗わず言うことを聞いて、セックスの相手をしていれば機嫌良く笑ってくれるから、それでほっとして嬉しくなる。

そういうものを恋だと錯覚するほどに、常に彼は恐怖にさらされていた。

だから恭司がしたように、奉仕している最中にやさしく髪を撫でられたり、無理をするなと言われてしまえば、どうしていいのかわからないのだ。

(あんなの……知らないもん)

恭司の与えてくるあの泣きたいような、身体中の血が騒ぐような感覚を、陸は知らない。知らないから、むしろ怖い。脆《もろ》く弱くなって、くずおれたまま戻れなくなる、そんな予感に怯えている。

「う、う……っく、えう……っ」

鷲掴まれた髪の痛みや、喉の粘膜を強引に犯す汚らしい性器の方が、よほど陸にはわかりやすい。

「行くとこねえ、おまえみたいなの、拾ってやったんだからさ……せいぜい尽くせよ」

だから嘲るような勇次の言葉に、そうだよなと頷くほか、なにもできない。本当になにも──この身体のほかに、陸が陸のものとして、持っているものもない。

恭司に告げた通り、陸に両親はいない。十三歳の時、不幸な自動車事故でふたりともいっぺんに失ってしまった。そうして引き取られた先にいた、五つ年上の従兄が陸のはじめての相手だった。

大学受験で鬱屈《うっくつ》していた彼には、お荷物になるばかりの厄介な親戚は格好のはけ口だったのだろう。身の置き所がなくいつでも小さく身体をすくめていた陸に、甘い言葉で近づいて、なにも知らない陸を組み敷いた。

力任せに乳首をつねり上げ、尻を叩き、握りつぶすように性器をしごいたあれが、陸の受けたはじめての愛撫だった。

――好きなんだよ、陸……おとなしくしてたら、かわいがってやるからさ。

それが免罪符であるかのように、従兄は好きだと繰り返した。だからこうするんだと、痛みと嫌悪に泣きじゃくる陸の口を押さえつけ、いまよりもっと細く幼かった身体を引き裂いたのだ。

誰もかばってはくれなかった。伯父夫婦は成績の優秀なひとり息子を信頼しきっていたし、折り合いの悪かった陸の両親のことも快く思っていないのはありありとわかった。成長期、明らかに食卓に並ぶものは従兄と陸では差があって、それで伸び損ねた身体はいまだに小柄なままだ。

それでも、あからさまな悪意をぶつけてくる方がましなのだと陸が知ったのは、家を出るきっかけになってしまった担任教師の一言だ。

――いいかい、そんなのは普通のことじゃないんだよ。

学校も休みがちで、暗い顔ばかりしている陸に、若かった中学の教師は「なにか悩みがあるのか」と問いかけてきた。

人好きのする爽《さわ》やかな教師は学校でも評判の人気者で、陸も密《ひそ》かに好意をよせていた。

思いあぐね、従兄との関係を打ち明けた時、異常とも言うべき関係を知った教師が取った行動は、陸を庇護《ひご》することではなく、外聞を恥じるタイプで陸を厄介に思っていた、従兄の両親へ告げ口をしたことだった。

――大丈夫、ちゃんと更生しよう。しかるべきところに行って、勉強すればいいんだよ。

散々になじられ、周囲のすべてのひとに嘲られた陸へ「おまえのためだ」と哀れんでいた視線に比べれば、まだしも暴力で押さえつけてきた従兄の方がマシだった。

そうして、神経を病んだ子どもが入れられる施設に運ばれる日の晩、なけなしの小遣いを握りしめ、陸は逃げたのだ。偽善と欺瞞《ぎまん》に溢れた、あの街から。

「ああ……あー……陸は、んっとにこれだけは上手いな……」

「ぐ、う……っ」

そうして、行く当てもなく倒れていた陸を拾った男も、勇次と似たようなタイプだった。

拾われて、飽きたら捨てられて、その繰り返しの中辿り着いた勇次に、今度こそ捨てられたくはないと陸は必死にすがりついている。

(これで、いいんだ)

やさしい顔をした人間に裏切られれば、ひどく傷つく。だったら最初から意地の悪いひとに、たまに甘い言葉を貰う方がいっそ嬉しい。

わかりやすい彼らの傍《そば》は楽だった。言うなりになっていれば殴られず、最初から期待させられないから裏切られることもない。一生懸命に言う通りにすれば、捨てられることもない。

そうして陸は、愛情と暴力とを、はき違えたままでいる。

「ほらっ、出すぞ、飲めよ！」

「うぐ……っ！　っえ、げふ……っ」

「ばか！　きったねえな、床が汚れたじゃんかよ！」

零してんじゃねえよと脚を振り上げた勇次の黒い影に怯えながら、同じ叱咤の言葉でも恭司の声はひどく暖かかったような気がしたと、ふと思った。

次の瞬間にはまた、慣れた暴力に倒れ伏す自分の姿が遠く見えて、そんなことも忘れてしまったけれども。

＊　＊　＊

そうして陸が恭司と二度目に会ったのは、例の仕事で呼び出しがかかったからではなかった。

多忙そうだった彼からそうそう連絡があるわけもなく、それでも気づけばすがるように携帯を眺め、着信がなかったことに落胆して眠る、そんな日々が続いていたある日。

いつになったら稼いでくるんだと殴りつける勇次はなんだか、数日いらいらとしたままで、ひどく腹を蹴られた。それでも最低限の生活費は必要で、日当の出る清掃のアルバイトに怪我を押して出かけていった、そこまでは覚えていたのだが。

「……気がついたのか」

「え……？」

真っ白な部屋の中で、陸がぼんやりと霞《かす》む目を凝らせば、相変わらず怒ったような顔の恭司がいて驚いてしまう。起きあがろうとすれば眩暈と吐き気が襲ってきて、「寝ていろ」と恭司はその大きな手のひらを額に当ててきた。

「ここ……？」

派遣清掃のアルバイトで、この日は新宿のとあるテナントビルに陸は訪れていたはずだった。

「病院だ。覚えてないのか、バイト先でゲロってぶっ倒れたの」

見覚えのない部屋に視線をうろつかせていれば、押し殺したような声が聞こえてぎくりとする。見上げれば、不機嫌な顔の恭司は煙草を取り出しかけ、禁煙に気づいて引っ込めるという落ち着かない仕草をみせた。

「連絡先らしいもんなんも持ってなくて、俺のナンバーが入った携帯だけがあったんだと」

「あ……ご、ごめんなさい……！」

昨晩殴られた場所がひどく痛んだ。ここ数日あまりろくにものも食べていなかったためか、眩暈がしたのまでは覚えている。しかしその後の記憶は曖昧《あいまい》で、ただひどく苦しかったことしかわからない。制服のツナギに着替えても、恭司とのパイプラインである携帯だけは手放しがたく、そっと忍ばせていたのだけれども、それがもとで迷惑をかけてしまったと知り、陸は青ざめた。

「し、仕事中だったでしょう？　ごめんなさいっ」

社長である恭司は、陸には想像もつかないほど忙しいはずだ、それなのに行きずりで契約を結んだだけの男娼のために呼び出され、それで立腹しているのだろうと思ったのだが。

「そりゃどうでもいい、それより……おまえ、結局俺の言うこと聞かなかったな？」

じろりと睨めつけられ、なんのことかと目をまるくすれば「ばか！」とあの迫力のある、しかしなぜか暖かい怒声が降ってくる。

「言っただろうが、殴らせんなって！　ちゃんとユウジだかユウゾウだかに伝えたのか⁉」

「い、言ってません、ごめんなさいっ」

伸びてきた手のひらにぶたれると思って顔をしかめれば、その手はわしわしと陸の髪をかき混ぜただけだ。乱暴だが、少しも痛くはなく、彼が怒っているのは陸に対してではないと知れる。

「頭も念のため診《み》てもらった。打撲のショックで吐いただけで、どうもねえってよ」

面倒かけるな、と吐息して、起きられるようなら出るぞと恭司は顎をしゃくる。どうやらそれが「ついてこい」と言っているのだと気づき、のそのそと陸は起きあがった。

「あの、バイト……」

「クビだとさ。……一応連絡したが、知ったことかってな感じだった」

だろうなあ、とため息して重い身体をベッドから下ろす。学歴も資格も体力もない陸がつける仕事は限られていて、清掃のアルバイトもなんとか頼み込んで使ってもらっていたのだ。

「これから、どうしよう……」

勇次は与えた金を全部遊びに使ってしまうし、アパートの家賃も滞納したままだ。これでは早晩電気も止まってしまうと、内心の途方に暮れた呟きが零れて、細い肩を落とした陸に、恭司は苦い顔で振り向く。

「だから、ついてこいって言ってんだろ」

「え？　あ、はいっ」

早くしろと怒鳴られて、慌てて広い背中を追った。着ている制服は、自分の吐瀉物《としゃぶつ》の汚れがひどい。饐《す》えた臭《にお》いがして困るのは、一緒にいる恭司ではないかと思ったのだが、彼は気にする様子もない。

「あ、治療費……」

「済んだ」

後ろ姿は決して急いて見えないのに、脚が長いせいか恭司の歩みは早い。小走りについてロビーを抜ける時、ようやく思いついて陸が問えば、実費のそれをも恭司は支払ってくれたという。

(なんで？　どうして？)

問いかけたい言葉はたくさんあって、それなのに広い背中が質問を許さなかった。というよりも、うしろについて歩くだけでなんだか安心している自分を知って、陸は不思議になる。

ただ暴力的だった従兄や勇次とも違う、やさしげに笑いながらひどいことをしたあの教師とも違う。怒った顔でぶっきらぼうなのに、陸のためだけに恭司は動き、そのくせろくに感謝もさせない。

(わかんないよ)

乗れと言われた車も、本当なら汚い格好で触れることも躊躇《ためら》われるような高級そうなもので、勇次なら指紋がついただけでも大騒ぎするだろう。それなのに、ぐずぐずしていれば襟首を摑む勢いで助手席に座らされた。

しかし、連れて行かれた先があの、恭司と出会ったホテルだったことから、陸は納得する。

(なんだ……そういうことか、……やっぱり)

きっと恭司はこの借りを、身体で返せと言うはずで、それならばいっそわかると思いながら、陸はしかし、理由もわからないままある種の落胆を覚える自分に驚いていた。

「シャワー浴びてこい」

「はい……」

冷たいような声で言われ、のろのろと服を脱いだ。急がなければと思いながらもなぜか指が震えて、ひどく胸が苦しい。まだ具合が悪いのか、すべての動作が億劫で仕方なかった。

「しっかりしろよ……お客さんじゃん、あたりまえ、じゃん……」

やさしくされれば、裏がある。身体を明け渡して情を貰うのもいつものことで、こんなのなんでもない、呟きながら頭から熱いそれを浴びて、どうにか唇を笑わせる。

そうでもなければ、大声で泣いてしまいそうなほどに哀しかったのだと、陸はまだ気づかない。

「これでちゃらにしてくれるんだったら、助かるよな」

鼻歌混じりに身体を洗いながら、少しでも恭司の気に入って貰えるようにしようと思った。

そうしたらこの間よりも報酬を多めにくれるかもしれないし、もしかしたらまたごはんでも奢《おご》ってくれるかもしれない。

「ほんと、ラッキーだよなあ」

笑うほどに乾いていく瞳に瞼を下ろして、シャワーを止めた指先は、もう震えてはいなかった。

風呂から上がると、あの汚れた衣服は既にない。このまま相手をしろということだろうかと思いながら、肌触りのいいパイル地のローブを着て部屋に戻れば、恭司は誰かと電話をしていた。

「ああ、……ああ、わかってる。これからそっちに――……ああ、出たか。ちょっとこっちに来い」

「はあ……」

手招かれ、わけもわからず近寄れば、大きいシンプルなロゴ入りの紙袋を長い指で示される。

「あけるの?」

「そうだ。――わかった、じゃあ三時に面接頼む。……ああ、ああ? ……渋沢には言うなよ」

ごそごそと陸がそれを開封していれば、仕事の話だったのだろうか、恭司は不機嫌な声で通話を切り上げた。そうして、疲れたように吐息したあと新しい煙草に火をつけるその間に陸は片っ端から包みを開けていく。

「……あれ?」

すぱすぱと忙しく煙を吐いて促す彼の前で、広げた荷物に陸は驚いた。

現れたのは、陸の年代では人気の高いカジュアルブランドのシャツにブラックジーンズ。ゴム部分にロゴ入りの下着まで同じブランドのもので、これは陸が普段着ているシャツより高いはずだ。

「CKのぱんつって、テレビでしか見たことないや……」

どうするつもりなのだろうと首を傾げていれば、あきれたような声で恭司が言うから驚いた。

「おい、ちんたらしてんな、時間ねえんだ。早く着ろ。ああもう、頭も乾かせ、ほら」

「え、……え、これ？　おれ!?」

水滴が落ちるとタオルを手にした恭司が乱暴に陸の頭を拭い、荒っぽい所作ではあってもひとに世話などされたことのない陸は、また面食らう。

「ほかに誰がいるんだ。俺が着ると思うかこんなの」

「あの、そ、……それは、そうだけど」

確かにそれらはどう見ても、恭司に似合うものではないし、大柄で筋肉質な彼はSサイズのボクサーショーツや、二六インチのジーンズなど入るわけもない。

「こ、れ……え……？　な、なんで……」

しかし、わざわざ着替えを買ってもらういわれが思いつかず、困惑するばかりの陸に、ぶっきらぼうな声が聞こえる。

「――バイト、クビになったんだろうが。金もねえんだろ。三時からウチの店で面接してやっから。いくらなんでもゲロまみれの服着ていくわけにいかねえだろ」

「え……」

告げられた言葉に面食らい、がしがしと頭を拭いている恭司のくわえ煙草の口元を、呆然と陸は眺めるしかできない。

（おれの……服？　ほんとに？　そのために……？）

硬直したそれに苛立ったのか、恭司はべしべしとその小さな、回転のよくない頭を叩く。

「おい！　わかったんならさっさとパンツ穿《は》けってんだよっ」

「は、はいっ」

怒鳴られ、大慌てでグレーのボクサーショーツに脚を通す。わたわたと着替えはじめた陸の頭をもう一度、これは軽く叩いて、恭司は手を離した。

（買ってくれたの？　シャワーも、面接で……だから、ホテル？）

タオルをかぶったままの陸は、自分の顔がひどく赤く、泣き出しそうなものになっていることに気づき、鼻をすすって驚く。

（なんで……？）

哀しくないのに泣きたくなるのが不思議で、それでもさっきシャワーを浴びた時のような、胸苦しいものはなにもなかった。ただじんわりと暖かいものだけに満たされて、爪先まで痺れるような甘さだけを知る。

陸の知らない、不思議な感情を恭司はたくさんくれて、それでいてやっぱり、感謝されたがりもしない。見返りも求めない。

（恭司さんって、やっぱり……変なひとだなあ）

そう胸の中で呟くくせに、彫りの深い横顔を眺める瞳は無意識に熱く、潤んでいく。

「早くしろ、陸」

「うん……！」

呼ばれて今度こそ飛びはね、犬のように背中について走る。真新しい服はよく馴染んで、細い脚を軽くする。この勢いのまま、スーツの背中に飛びついてしまいそうな自分を堪えるのが、つらいほどだった。

午後の街は明るく、わんと目に滲みるような暑さに目が眩《くら》む。逆光に映える恭司のシルエットが眩《まぶ》しくて、陸はそっと目を細め、今度はいつ、恭司は自分を誘ってくれるだろうと思う。

待ちわびるようなそれが、決してもう金のためだけではないことに、気づかないまま。

＊　＊　＊

ひどく甘ったるい喘ぎ声が、ホワイティア302号室の部屋中に満ちている。荒れた息が混じり、時折かすれ、鼻にかかった響きのそれが最初、自分の声だということに陸は気づけなかった。

「あ、んー……っ、んっあふ……っ」

くちゃ、と湿った音がして、開ききった脚の奥でなにかが動いたのを体感と同時に耳で感じる。

「どうだ……？」

「あああ……ん、あん、い……っ、きも、ちい……っ」

恭司との『仕事』はこの日ようやく三回目で、その度に陸の感度は増していくようだった。言われた通り毎日後ろのマッサージも欠かさないようにしているせいか、そこを開かれるのになんの痛みもなくなった分だけ、快感ばかりが鋭くなるのが自分でも怖い。

「ひいあ、あっ、そこ……」

「ここが？」

「そこ、いいです……いいですぅ……っえ、ふえ、んっ」

泣きじゃくりながら腰を振れば、長い指がさらに奥まで埋まってくる。付け根までしっかりとはめ込まれた二本の指の腹で、ゆるゆると濡れそぼった粘膜をこすり上げられた陸は、びくりと不規則に、何度も細い背中を反り返らせた。

「ああやっ、いっく、いくー……っ！」

「──こら、まだだっ」

「ひゃっ！」

慣らしてるだけだろうが、と睨み下ろされ尻を叩かれた。小さな痛みにすくみ上がりながら潤んだ瞳を凝らせば、恭司の肉厚で、しかし形のよい唇から、苦いため息を落とされる。

「だって……っいいんだも……っ」

「だってじゃねえよ。ちったあ堪えろ……おまえちょっと、早いぞ」

あきれたような困ったそれにびくりと肩をすくめれば、恭司は陸の鼻を摘んで咎《とが》めた。

「う、うそ……」

「嘘なもんか、これなんだよ？」

言われたことのないそれに微妙に傷つきつつ赤くなっていれば、見てみろと腿を摑んで開かされた。そうして、そのあまりに淫猥《いんわい》な自分の姿に、陸は絶句してしまう。

「うあ……」

薄くやわらかな肌は細やかな愛撫に染め上げられ、その狭間にあるものはひくひくとうごめきながら粘った体液を染み出させている。とてもではないが直視できず顔を歪めれば、くすりと恭司が笑うからよけい、恥ずかしかった。

「触ってねえのにこっち、こんなじゃねえか。べっとべとで」

「ひぃん……っや、だ……っ」

からかう言葉は意地悪な響きで、それなのに嘲られたような哀しい気分にはならない。

恭司の低い声が甘すぎるほどにやさしさを帯びているからか、陸は闇雲な羞恥と同時にじんわりした熱と、そして少し後ろ暗いような愉悦を覚えるだけだった。

「だ、……だってぇ……恭司さ、がぁ……」

「だって、なんだよ」

耳元で低いあの声に囁かれるだけで、震え上がる。くらくらと熱が上がってしまえば、恭司に唆されるまでもなく、恥ずかしいことをたくさん言ってしまいたくなる、そんな風に陸は変わった。

言葉に高ぶり、愛撫に崩れ落ちて、ぐずぐずになる身体が熟れていくのが、日に日にわかる。

「上手なんだも……っ、す、すぐ、よくなっちゃう、もん……っ」

そうしてまた、陸の蕩けていく肌を撫でる恭司の指も、日を追って馴染むようになめらかに動くから、淫らなうねりがおさまらないのだ。

陸を殴らない大きな手のひらは硬いのに、恐ろしくやさしくやわらかく触れてくる。そのひと撫でで肌はとろりと濡れてやわらいでいくのに、胸の先だけはきつく凝って、尖りきってしまう。

「ぎゅうぎゅうに食いつきやがってまったく……ほら、ゆるくしてみろ」

「うー……はい……」

物欲しそうに指を食む場所を指摘され、恥ずかしさに茹《ゆ》で上がりながら陸は腹の力を抜いた。息を深くして、けれど腹筋を力ませなければ、自然と身体は楽になることも、恭司に教えてもらった技術のひとつだ。

「そう、そうやって、力抜いててみろ……ゆっくりするから」

「は……あうん……」

急いて欲しがるだけでなく、愉《たの》しむように快感を引き延ばすためのやり方も、恭司は言葉と所作で覚えさせようとする。ゆったりと四肢を投げ出した陸の中を焦れったいほどの動きで宥めて、それでいて送り込む愉悦は途切れさせない。

「やああん……っ、それも、いい……！」

うねうねと薄い腹部が波打って、刺激を欲しがる腰が揺らめく。激しく追い込まれたりゆるやかに焦らされたりと、恭司の指が触れる限り、陸は感じっぱなしでどうしようもないのだ。

「だめ、ねえ、だ、め……っ」

「まったく……」

すんすんと鼻を鳴らしてすすり泣き、お願いだからと広い肩にしがみつく。甘えかかる仕草をすっかり許している恭司にためらいなく抱きついて、もっと濃い官能を欲しがり、せがむ。

「もっと、も、もっとして……っぐりぐりって、なか、して……？」

誰に対しても顔色を窺い、おどおどとしか接して来られなかったはずなのに。いつの間にか恭司にだけは、どんな恥知らずなことでもねだれるようになった自分を、陸は自覚していない。

「大した不感症だよ……聞いてあきれるぞ」

言葉だけは突き放すように言いながら、恭司の声音はひとつも冷たくないから不思議になる。

おまけに、泣き濡れた頬にそっと唇を押し当てて、髪を撫でる指をやさしくするから、心地よさは何倍にも膨れあがってしまう。

「やんっ、あ……あー……いっんー……！」

望んだ通りに激しく、指が動いた。抜き差しするのではなく、その奥に止めたまま振動を送り込むようにされて、一番感じるその動きに陸はもう身悶えるしかできない。

「あ、あ、きょ、じさ……っひあ！」

首筋を軽く噛んだあと、恭司は尖らせた舌で胸の中心を撫で下ろした。なめらかに熱い感触なのに、なぜかそこをナイフで切り開かれたような、ひやりとしたものが走り抜けた。

「ここも、もう、痛くないだろ……」

「あん！　んっんっ！」

左の胸の先、赤く尖りきった乳首をきゅうっと吸い上げられ、ぞくぞくと震え上がる。一瞬だけ熱を点《とも》されたようになったそこは、次の瞬間には濡れてねっとりとした舌で覆われた。

「は、あうん……っ、ごめ、なさ……っ」

「ああ？　……なにが」

「濡れ、ちゃ……よぉ……シャツ……」

間断なく与えられる種類の違う刺激に、さらに膨れあがった性器はすがりついた恭司のシャツにこすりつけられている。仕立てのいいシャツをこんなもので汚していいわけがないのに、布越しに感じる恭司の硬い身体が余計、陸を高ぶらせて止まらなくなる。

「なんだ、そんなのかまうな」

「あっ、だっておれ……もう、ぬるぬるっ……」

まるく染みのできたそこは粘質な体液を吸い込みきれず、言葉通りぬめりを帯びている。おそらくはその湿った感触を恭司も感じているだろうと思えば恥ずかしく、またなぜか昂奮した。

（恭司さん、汚しちゃう）

広い胸は逞しく、陸の身体をすっぽりと包み込む。長い腕で背中を包むようにされながら、時折なにか囁きかけられ、そうして身体をいじられるのが快すぎて怖くなる。

「は……っ、あ、あ、……はふ……っ」

肺の奥に熱がこもって苦しくて、深く息を吸い込めば、フレグランスが甘く薫る。ヒューゴ・ボスのフゼアフレッシュ、煙草と彼自身の匂いとが混じったこれは、恭司だけの醸し出す香りだ。

いままでの陸が知る性にまつわる出来事では、大抵は饐《す》えたような臭いがつきまとい、その不快感からもつらい目に遭《あ》うことは多かった。

(いい匂い、する)

それなのに、いま恭司から薫る、冷たくて甘い、少しだけ刺激的な芳香に、陸はまるで酔ったようにくらくらとする。鼻腔から入り込んできた恭司の香りに、心ごと抱きしめられているような安堵があることは無自覚なまま、うっとりと陸の瞳が濡れていく。

「や、も……だ、め、……おしりだめ……っ、あ、も……っ」

どこまでも快いものだけに満たされる、まだたった三度しか知らないのに、陸にとって恭司の腕の中はそうした場所になっていた。その安心感が陸の肌をさざめかせ、敏感にしているのだとは知らないまま、譫言《うわごと》めいた呟きを零すしかできない。

「きもちい……すっごい、い……なんでえ……?」

甘い香りと、暖かい広い胸を包むシャツは清潔で、それなのに自分ばかり汗ばんではみだらな雫《しずく》を零しているから、恥ずかしさによけい乱れた。

「あっやっ……そ、そこでぐりぐりしちゃや……っ」

「しろって言ったのはおまえだろうが……」

器用に動く指先の愛撫だけでなく、そんなやさしい甘い抱き方をする男など、陸は恭司のほかに知らない。どうしていいのかわからないままに、ただ無意識に泣きすがる、それが許されると知るからこその甘えを全身に滲ませれば、濡れた頬を拭う恭司はなぜか、苦しげに息を詰めた。

(なに……？)

ほんの一瞬、恭司の視線が揺れた気がした。いつでも堂々として落ち着いている彼の、不似合いな表情に戸惑った陸は、どうかしたのかと問いかけるために口を開く。

急に激しく動いた指に惑わされ、疑問を口にすることもできず一際大きな嬌声を上げる。

「ひい、あ⁉ あ……っん、も、もう……っもうっああっ、……ぐちゅぐちゅって、……っ」

「……どうだよ？」

にやりと笑う意地悪に唆す恭司の声の響きも鼓膜を痺れさせ、脳まで直接響いてくる。ぬるんで蕩けきった場所を、なにがどうなっているのかわからないような動きでかき回されて、もうまともにものも考えられなかった。

「もうだめそうだな……このまんま、指でいくか？」

だから、ただ恭司の告げる言葉に頷き、それを繰り返すしかできない。

「あっあっあっ……いく、ゆび、い……いっちゃう、ああんんっ、きょ、じ、さん……っ」

「あと、十回こすったらな」

「あはぁっ、やあ、も、んっあっ……あう……！　こすって、こすって……ぇっ」

もうだめと首筋にしがみつけば、意地悪く引き延ばされてすすり泣く。濡れた頬を押し当てると、引き締まった恭司のこめかみがなぜか、きりきりと引き絞られるのがわかった。

（あ、れ……？　なんか、しんどいの、かな……？）

よくてたまらなくて、ねっとりとした悲鳴を放つ自分を少し遠く感じながら、ふと陸はそんなことを思う。泣いている自分よりなぜか、よほど恭司の方が困っているように見えて、頬ずりをした顔をずらしたのはもう、なにを考えてのことでもなかった。

「！　……陸？」

「あ、っ……？　あ、ご、……ごめん、だめ……？」

はじめて、陸の方からそっと触れた口づけは、ずいぶんと恭司を驚かせたようだった。目をまるくしたそれははじめて見る表情で、もしかしたらいけなかったのだろうかと慌てる。

どうしよう、と仰ぎ見た先、やはり陸と同じように困惑を浮かべた恭司がいて、お互いに視線を絡め合ったままなぜか、呼吸さえも止まったかのように動けない。

「ん、……んん、んっ……！」

引き合ったのは、どちらからなのかわからなかった。次の瞬間にはしっかりと、恭司の唇は陸のそれを吸い上げて、はじめて触れるわけでもないのにそれはひどく胸を高ぶらせる。

「……陸」

「あ……、ん、……んっ」

はじめてこうされた日も、恭司の口づけはとても上手で気持ちいいと思ったけれども、それよりももっと切羽詰まったようななにかがこみ上げて、体内にある彼の指はもうろくに動いていないのに、舌を舐められているだけで陸の腰は勝手に動く。

「ん、ん、ん、……んふっ、ふっ！　ふぁ……っ」

「陸……り、く」

もっとしたい、もっと舐め合いたい、濡れたものを身体の中に入れたい。そんな衝動は知らなくて怖くて、名前を呼ばれるともっと怯えてしまうから、必死になって唇を求めた。

舐める。噛む。すすって、深く絡めて突きあって、そうしてもっと、確かなものが欲しくて。

「んんう――っ！」

そう感じた時、身体の奥がただ受け入れるのではなく、びくびくと淫らに痙攣しながら、彼の指を吸い込むのがわかった。貪欲に、しゃぶりつくすような、そんな蠢《しゅんどう》動だった。

恭司の手で怯えを忘れた肌は、甘い変容を遂げる。眠っていた能動的な悦楽の欲求を、陸はこの瞬間はっきりと、自覚したのだ。

＊　＊　＊

東京への新店進出と同時に進められていた、仙台の売却物件誘致は、渋沢の見事な手腕により成功をおさめていた。

「――で、サービス的なものは変更なしの、改装のみでオープンか」

「田舎には田舎のニーズがありますからね。都内と同じ状態にするより、いなたい雰囲気の方が馴染みもあるかと」

久々に川崎の本社に戻った恭司の前には書類が山と積まれている。この日は渋沢とふたり、既に内装工事も終わったホテルの最終チェックのため、朝から仙台まで赴いてのとんぼ返りだった。そうして戻るなり、社長室にこもって既に三時間は打ち合わせが長引いている。

「人員は？　仕切れるのはいるのか」

「現在、川崎のホワイティア本店にいる永井《ながい》が適任かと。栄転ですし、本人了承も取ってあります」

このところのハードスケジュールに、タフを自認する恭司もさすがに疲れを隠せない表情だったが、机を挟んで相対する渋沢の甘い低音は揺るぎなく淡々としたままで、細いシルエットはぴんと背筋を伸ばしたままだ。

渋沢はひどくうつくしい男で、色白で細面《ほそおもて》の輪郭に淡い色合いの髪、フレームレスの眼鏡《めがね》を引っかけた鼻梁は繊細なラインを描いて高く、その切れ長の瞳もまた虹彩の色まで淡い。身長こそさほど変わらないが恭司よりも一回りほど細く、全体にシャープな印象が強い。

恭司とはまたタイプの違うこの美形は、一見すれば上品で繊細な女顔であるのだが、細身のシングルスーツの中の身体は相当に鍛えられており、なめてかかればとんでもない目にあう。

おまけに顔に似合わぬ気性の激しい部分もあり、普段の慇懃な態度はその本性を自覚しているからこその、化けの皮だった。

「それじゃあ、秋のオープンで問題ないな……」

新幹線はやての中でも延々、決算書だの稟議書だのと目を通し続けていた恭司は、最後の一枚にサインと社長印を押したあと、書類を机に投げて眉間を軽く指で揉む。

「お疲れのところ申し訳ありませんが、こちらも」

「んだよ……まだあんのか？」

「これだけはどうしても、目を通して頂きませんと」

疲れに赤らんだ瞳を閉ざし、だらしなく椅子の背に身体をもたれさせていた恭司は、がさりという音と渋沢の声に、胡乱《うろん》に片目を開けた。

「なんだもう、社長決裁なくても通るもんならおまえが――」

厚みのある紐《ひも》付きの書類封筒を取り上げて、恭司はふっと眉をひそめる。そこに印刷された社名は、先日交際費で大揉めした［株式会社鷲尾］のものだったからだ。

「そういう顔は、中身を確認してからにして下さい」

「……接待費ならもう出さねえぞ」

ぶつぶつと零しつつ、動じない渋沢を睨みつけながら開封した恭司は、しかしそこに現れたのが粒子の粗い写真であることに一瞬怪訝な顔を見せ、その後硬直する。

「社長にそちらの趣味があったとは、ついぞ存じ上げませんでした」

白々と告げる渋沢の前で、恭司は渋面を浮かべるしかない。そこにあったのは［ホワイティア］内部のモニター映像からのプリントアウトで、日付と時間が少しずつことなるが、同じ部屋へと入っていく恭司と陸の姿がある。

「手回しのいいことだ」

いずれればれないわけもないと思ったが、写真に添えられた書類は『遠矢陸に関する調査書』と銘打たれたもので、株式会社鷲尾、つまり鳥飼組若頭である工藤の子飼いである調査会社のものだった。

「おそれいります……っつうかな」

悪びれた様子もない恭司に苛立ったのか、いままでの慇懃な口調と態度をがらりと変化させた渋沢の、レンズ越しの切れ長の瞳が剣呑に光った。

「うかつにもほどがあんだろうが、恭司。てめえのホテルでなに乳繰り合ってんだ」

「乳繰り合うってまたおまえ、古風だな……ジイさんみてえだぞ」

「ふざけてる場合かっ。どういうつもりだ、これはこの間のガキだろうが！」

つきつけられた証拠にも皮肉にもうろたえない恭司に、苛立ったように語気を荒くする秘書を、だからなんだと恭司は睥睨した。

「それでバイトの口まで世話したって？」

「渋沢には言うなっつったのになあ……」

「バレねえわけねえだろが、このアホンダラッ！　誰が人事の管理してると思ってる！」

がみがみとやられつつ、予想していたよりも平静な自分を知って、恭司はふとおかしくなった。表情にもそれは表れていたらしく、渋沢はさらに言い募る。

「公私混同しねえのがハシヅメのポリシーじゃねえのかよ、おまえは自分の立場わかってんのか⁉　風俗の社長が男の愛人を連れ込んだなんざ、いい嗤《わら》いもんだ！」

口さがない連中の格好の噂のタネだと渋沢は声を低くする。

「……どこまで調べたんだおまえ」

「調べるもクソもあるか！　週に二回三時間ずつ、同じ部屋を毎回押さえてやることやってんじゃねえか。モニターチェックの奴はまだ子飼いだからいい、けど清掃のバイトなんかに足下見られる真似してんじゃねえよ！」

使用済みのシーツやその他を誰が片づけてると思っているのだと嚙みつかれ、さすがに憮然となって恭司は押し黙った。

「いろいろあんだよ、事情ってもんが」

「なにがいろいろだ。だいたいてめえはソッチじゃねえだろうが……半端に野良犬にえさをやるような真似はよしとけよ、それとも色ボケか？」

いつか嚙みつかれるぞと冷たく告げて、恭司が放り投げた書類の中から渋沢はまた別の調査書を投げて寄越す。

「陸はそんなんじゃねえよ……しばらくほっといてくれ」

「そうもいかねえんだよ。いい加減目え覚ませ、恭司」

一瞥《いちべつ》もくれようとしない恭司に苛立ったように、彼は言葉を続けた。

「川原《かわはら》勇次……篠田のとこに最近出入りしてる、腐れチーマーあがりだよ」

「……あ？」

そうして意外な名前に目を瞠れば、ボケてんじゃねえつったろうと渋沢はにべもない。

「なんでこんなにあっという間に遠矢陸の書類が集まったのかわかるか？　工藤さんがあそこの連中張ってたおかげだ」

「まさか……」

嫌な胸騒ぎがして、冗談だろうと言いかけた恭司の耳に、渋沢の激しい声が響く。

「どだいあのガキがおまえと会った時の状況を考えろ！　横にいたのは誰だ？　……愛人潜り込ませて細工するなんてのは、定石だろうよ」

「おい、ありゃ事故みたいなもんだ。陸はそこまで……ひとをはめられるような、頭はない」

良くも悪くも、賢いとは言い難い陸だ。あの素直さではひとをだますよりだまされる方の人種でしかないと、気づけば庇《かば》うように恭司は言葉を発していた。

「その陸だかはそうかもしれねえさ。けど、まわりはどうだ？」

篠田は恭司ににべもなく袖《そで》にされ、面子を潰されたと憤っている。どこかしら弱みはないかと水面下で探りをかけているのは承知だったが、陸の無垢《むく》な様子にそちらへの連想が及ばなかった。

「陸ってのはまだこの川原勇次と切れてないんだろう。その男に唆されればどうだ。そうでなくても、おまえはいまこのガキ盾に取られて、それでも正面切っていけんのか」

渋沢の指摘に、恭司は声も出ない。ただ険しい顔のまま、はじめて見た陸の男を、睨むように見つめるだけだ。

（こいつが……）

浅黒い肌に下卑た表情。陸を殴り、犯して、意のままにした男のひとり。

「遊ぶなら、あと腐れないのにしろよ……いままでだって、そうしてきただろう」

胃の奥が焼けるほどの不快感に、渋沢のあきれた声も耳に入っては来ない。

「おおかた、弱ってるとこ見ちまって、ほっとけなかったんだろうが……おまえのそれは、正直、いい趣味じゃねえよ。……同情だけでやさしくしても、いつまでも続くわけ、ねえだろ」

長く恭司を知る友人でもある渋沢の言葉は苦かったが、しかしその一言が、恭司の中のなにかを揺さぶった。

「だったら、見殺しにしろってのかよ」

そうだと頷く渋沢も、それを睨む恭司の視線も、相手を射殺すような鋭さで相対する。

「できるか！　あのままほっといたら、あいつはこの男に殺されちまうかもしれねえだろ！」

「だからっておまえがなにしてやれんだよ！　一生買ってやるつもりか!?　ケツの穴ゆるくなるまで抱いてやって、それで金出してやって、それがこの男とどう違うってんだ!?」

「——抱いてねえよ！　んなことしたら陸が壊れっちまうだろうが！　可哀想じゃねえか！」

叫ぶように反論した瞬間、渋沢は目をまるくした。

「おまえ、……なに言ってる？　だったら毎回毎回、なにやってんだ？」

問いかけに、本当になにをやっているんだと恭司は自分に頭を抱えた。その様子を見た聡《さと》い男は、まさかと思うけれどと口調を変える。

「……マジか、おまえ」

「だったらなんだってんだ……」

自嘲気味に呟き、そうしてはじめて恭司は、いい加減深みにはまっていることを知った。仕事と称して陸を呼び出すたび、やわらかくほどけていくのはあの細い身体だけではない。少しずつ恭司の存在に慣れ、時には無心な笑みを浮かべる陸を、可愛いと思ってしまっている。

懸命に尽くそうとするさまがいじらしく、ささやかな事柄にも大げさなほどに感謝の気持ちを浮かべる姿に、情に弱い恭司がほだされないわけもないのだ。

「しょうがねえだろ……それしか、してやれねえんだから」

それでも陸には男がいる。強引に奪うにも、あの趣味の悪さからいって、恭司のことはいいところ上物の客か恩人くらいにしか思われていないのだと、ばかばかしいまでに思い詰めていた。

「買ってくれってんだから、それしかしてやりようがねえだろ。……見てて、やるしか」

「おい、恭司……」

恭司の見せた複雑な純情にあきれ顔をしつつ、打つ手なしと悟ったのか渋沢は深くため息をつく。

「どこがいいんだ、このガキの。どこにでもいるじゃないか、この程度の……可哀想な奴は」

「ばかなんだよ、こいつは。ばかすぎて……ほっとけねえんだよ」

力ないその声に「泣きを見ても知らないぞ」と渋沢は告げ、言ったら聞かない友人をあきれた表情で見やった。

「俺は手を引かない。……陸が、もういいって言ってくるまではな」

「おまえはそれでいいんだな……？」

しかし、思わず零れてしまった言葉こそが本音であると居直った男は、その強情さを露わにしてしまい、打つ手なし、と敏腕秘書にため息をつかせる。

「わかった。……その代わりやることはしっかりやれ。部屋を使うにしても、メイクも決まった奴にやらせろ」

「……ああ？」

思うよりあっさりと引いた渋沢に驚き、恭司が顔を上げれば、なにごとかを思案する顔で渋沢はスーツのポケットから携帯を取り出した。

「どうにかしてやるさ。……ハシヅメは俺が守るって、先代にも約束してるしな」

「おい、渋沢……？」

慣れた手つきでジョグダイヤルを扱った怜悧《れいり》な男は、うつくしい唇に笑みを刷く。

「その代わり、花代にプラス百万。それが目を瞑る条件だ」

「そう来るかよ……」

取引の条件にしては悪くないだろうと、ハシヅメの暗部を一手に担う秘書は言い捨てて、さっさと書類にサインしろ、と言い放った。

これでしばらく、意に染まない契約も目を瞑るしかないのかと、おのれの情の深さを持て余す恭司は、苦々しく唸るばかりだった。

＊　　＊　　＊

恭司《きょうじ》の紹介してくれた陸《りく》のアルバイトは［チュッパリップス］というイメクラでの受付だった。

仕事は比較的簡単で、店内の清掃と客の案内、それから女の子たちのシフト管理。拘束時間は結構あるが、ほとんど座っていればいいし、汚れ物を片づけるのはもともと慣れている。

それと、触れあう機会がないままだったせいで苦手に思っていた女の子とも、案外に上手《うま》くコミュニケーションが取れていた。まれに嫌な客に当たれば不機嫌顔で愚痴《ぐち》られることもなくはなかったが、暴力をふるうでなくさばけていて、同年代の彼女らは陸にとって気軽だ

った。

「あーっもう、今日暇ぁ！」

「陸ちゃん、なんかおやつないー？　お腹空《なかす》いちゃった」

「お疲れです、クッキーならあるよ」

お茶飲むひと、と声を上げれば、待機休憩中の数人が「はあい」と手を挙げる。この店はアニマルコスプレが売りで、それぞれの頭にはネコやウサギのような耳つきカチューシャがあり、一見奇妙なそれにも慣れた。

「ユキエちゃんはココア、ナナコちゃんはブラックでいいよね」

呼びかけたそれはいずれも源氏名で、人気女優のそれをもじったものばかりだ。似ているのかと言われれば、髪型くらいしか類似点はないが、いずれも皆タレント並みに可愛らしい。

「ありがっとー！　あ、ねえねえ陸ちゃん……会員の江藤《えとう》さあ、ちょっとアレかも……」

甘いモノ大好きの、ちょっとふっくらめのユキエがネコ耳をつけたまま渋い顔をする。

「どうかしたの」

問題客だろうかと首を傾《かし》げると、ユキエはダメ出しをしているオプションでの、ＡＦを強要されそうになったと言った。

「ああ……じゃあ、店長に言っておこうか？」

「店長じゃだめだよお、あいつ話通すの遅いもん。ねー、恭ちゃんにゆってて っ」

小腹が空いたとクッキーを数枚食べ、コーヒーを飲み終えたナナコはそのままがしがしと歯磨きをはじめながら、ユキエの甘えた声に笑い出す。

「出たぁ。ユキエの社長好き」

「だってチョーかっこいいじゃん！」

風俗に勤める女の子たちもさまざまで、クールなナナコとちょっと甘えたな雰囲気のユキエは好対照だ。なんだかお菓子の勉強がしたくて、留学するため短期間で金を貯めると決めているナナコはプロフェッショナルで、どんなえぐいオプションも淡々とこなす。対して、遊びたいからこの仕事をすると公言するユキエは、少しばかり軽いけれども、性格がおっとりしているので売れっ子であることも鼻にかけないし、店員である陸にも態度を変えはしない。

「ねえ、ねーってば。陸ちゃん、恭ちゃんと仲良しなんでしょ？　おねがーい、ゆって？で、お店に来てってゆって？」

社長みずから面接に連れてきたことで、陸が恭司と知己《ちき》の仲であることはこの店の全員に知られていたが、仲良しと言われれば陸は笑って誤魔化《ごまか》すしかない。

「話が別じゃないのよ、ユキエ」

「だって社長の顔見るとやる気でるんだもん！」

「どっちのやる気よ、あんたそれ」

げらげら笑う彼女らは明るく、陸の持っていた風俗に従事する女性のイメージを根底から覆した。

本来この店では女の子の意志を優先して、やりたがらないコースはすべて断っていいことになっている。それをごり押しするのは問題客としてブラックリストに載り、恭司の持つ店すべてでの会員資格を失う。

むろん、東京では新参とはいえハシヅメのところを追い出された客はその後他店でもあまりいい顔をされないので、彼らも一様におとなしいのだが、たまに勘違いをするのはいるのだ。

恭司が店の女の子たちに人気なのも、ルックスだけでなく、その徹底した社員たちへの庇《ひ》護《ご》があるからだろう。

保険制度の適用を、恭司の店では泡姫などの女の子たちにも回るようにしている。ただし彼女らはアルバイト扱いで通常の保険は難しく、その代わりアリバイ会社を作ってそちらの正社員として登録するのだ。

給料もよく待遇もよく、安心して働ける場所の社長がかっこよくて渋いとくれば、入れ込んでしまうのもまた頷《うなず》ける。だから恭司の店では、業界にありがちな女の子の入れ替わりが少ないのだ。

「社長だったらオプションフルコースでもいいけどぉ……ねえねえ、今週来ないの？」

「あんたさあ、社長がそんなに飢えてると思うの？　あの顔にあの身体《からだ》よ？　んなもん金払ってもいいって女、掃いて捨てるほどいるに決まってんじゃん」

本気で惚《ほ》れているわけではないけれど、いい男は目の保養と言い切るユキエに苦笑していれば、ナナコの言葉が陸の胸に突き刺さる。

「今週は、また仙台に出張だって言ってたよ」

笑ってみせながら、その話をされた折りのことを思い出し、陸は尻ポケットに入った携帯をきゅっと押さえ、そこから覗《のぞ》いたストラップを眺める。

新幹線はやてのグリーン車オンリーで販売されるそれは、土産《みやげ》だと彼がくれたものだ。

ナナコの言う通り、恭司を知れば知るほどに、陸は自分の立場がわからなくなってくる。金を出してまで陸を呼び出す彼は、道を歩けば振り返る女が絶えないほどの男前で、決して抱く相手に苦労するような男ではない。

気配からいってもそもそも男を好きな手合いではないようで、それなのに出会った日から、三日とあげずに陸を呼び出すのだ。きちんと客が取れるようにしてやるなどと言いながら、そのくせに自分以外の客は取るなという。

様子見と称してこの店にも何度も顔を出し、世の社長というのはそれほどに現場を見るものではないと思い込んでいた陸はひどく驚いたが、恭司のそれは別段めずらしいものではないらしい。

だが、ユキエが『仲良し』と揶揄《やゆ》するように、陸をことさらかまいつけることだけは別のようだ。

これまでには、ひとりの店員だけをあがり時間に連れ出しては食事をさせるなど、ひいきと見られるようなことは一切なかったというから、陸はそれをどう解釈していいのかわからなくなる。

(それに……)

結局あれからもう五回は行為を重ねたのに、恭司はその間一度として自分の欲を満たそうとしなかった。口を使わないでいいと言ったあげく、陸のそこをほころばせどろどろにするだけで、そればかりか服さえ脱ごうともしない。

だから陸が知っているのは恭司の指と、時折くれる甘すぎるような口づけの際の、器用な舌の感触だけだ。どうしてと毎回問うつもりでも、恭司が唇を重ねてくればもう、なにもかもが吹っ飛んで、その舌を吸うのに夢中になってしまう。

(きもちいいし……ぼーっとなっちゃうんだよなあ)

陸はキスの経験があまりない。大抵この身体を使った男たちは、愛撫もそこそこに突っ込むのだけが目的で、陸の身体になにかを与えるようなことなどしなかった。

なのに恭司との行為は大抵、驚くほどにやさしい口づけからはじまる。キスからセックスまで、ただ一方的に蹂躙《じゅうりん》されることしか知らず、それが普通だと思っていた陸にとって、彼の施すものはあまりにも甘く、たまらないような気分にさせられた。

そしてあの淫《みだ》らな器具を使って中をいいだけいじって貰《もら》って、最近では自分から欲しがるような感覚まで覚えた。

ねだった声に、複雑そうな顔をして、それがいけないのだろうかと怯《おび》えれば求めた以上に与えられて。それでお金まで貰っているのは、どうにも腑《ふ》に落ちない。

(これ……変だよね?)

ちゃんとした方がいいのではないかと思うのに、どうしてか恭司はその話題を避ける。そうして、陸がなにも考えられない状態にまで蕩《とろ》けさせてしまって、苦い顔のまま背を向けるのだ。

その背中がやけにせつなく映って、もう何度も手を伸ばそうとは思った。けれど拒まれることに怯えた心が、いつでも半端に陸の指を引っ込めてしまう。

「……っ」

ぼんやりと思い出していれば、携帯のバイブレーター呼び出しがかかる。どきりとしたのは、この携帯に着信するのが彼しかいないことと、恭司の扱うあの卑猥《ひわい》なオモチャにその動きが似ているせいだった。

『二十四日、四時』

明日の逢瀬《おうせ》を伝える短いメールの文面に、じくじくと胸が疼《うず》く。いま錯覚した震えと同じ甘い痺《しび》れが広がって、陸の細い喉《のど》は上下する。

明日こそは、恭司は抱いてくれるのだろうか。義務感だけでなくまるで、願うような思いでそう考えている自分に気づかないまま、陸は素《そ》っ気《け》ない液晶画面をただ、見つめていた。

＊　＊　＊

ホテルに入るなり、長い腕がそろりと伸ばされて、無言のまま重なる唇を受け入れれば、それだけでぼおっと頭が霞《かす》んでいった。煙草《たばこ》を吸う恭司の舌は少し苦いのに、なぜか勇次《ゆうじ》とのそれのようにざらついた感じはなかった。

「っふ……んっ、んっ……」

「練習、してきたか？」

立ったまま何度も舌を舐《な》め合って、低い、深みのある声で問われながら尻をきゅっと摑《つか》まれると、じんわり腰が痺れた。すぐにも脚の間が強《こわ》ばりはじめて、どうしてだろうと陸は思う。

（上手だからかな……？）

何度かの行為で、恭司が絶対に自分の嫌がる痛いことをしないのは知った。安心して、だから身を任せることができるのはわかるけれども、それ以上に先走る身体を最近は持て余している。

恭司とこのホテルで会う日は、その前の夜からなんだかいつも、熱っぽい。当日になればひどくそわそわして、せっかく紹介してくれたバイト先でも気がそぞろだ。

「ちゃんと、言った通り、いじってたか、陸？」

「あ、ん……や、あ、してた……っ」

おまけに、恭司の言いつけがまた、会えない間も彼を忘れさせない。毎日後ろをほぐして、少しでも楽になるよう『練習』するように言われたのはむろん、陸の身体が早く商売できるようにするためのレッスンだとわかっているのに、気づけば夢中になって自慰を重ねてしまっている。

その間中、思い出すのはなぜかこの、背の高い甘い声の男のことばかりなのだ。

「あれ、入るようになったか？」

「……っ、ちょ、ちょっと、だけ……」

だから、からかうように笑って告げる恭司の整った顔立ちに、日に日に恥ずかしさは募っていく。そうしてまた、胸の奥に巣くったちりちりとする痛みも、ひどくなる。

(やさしいから)

誰にも分け隔てなく、恭司はその大きな情を与えてみせる。店の女の子にも社員のひとにも、そうして陸のような、通りすがりのばかな子どもにも。

（恭司さんのこれは、ボランティアみたいなもんなんだから）

証拠に、どれほどやさしく扱ってもいままで、恭司はその身体を使って陸を抱こうとはしない。唇での愛撫も、陸がやらせてとねだればさせてくれるけれど、放埒《ほうらつ》まで至ったこともほとんどない。

指と、あの淫らな器具で身体を慣らして、散々に蕩けさせられて、それでお金を貰うのも奇妙な話ではあるけれど、恭司がそれでいいというのなら仕方がないのだ。

「ああ、怪我《けが》も大分、消えたな」

シャツをたくしあげ、ほっとしたように目を伏せる表情が、映画やドラマの俳優のようでぼうっとする。男らしい容貌《ようぼう》の恭司は、まっすぐに見つめるにはやや迫力がありすぎるが、こうして伏し目に顔を傾ければはっとするように甘く映るのだ。

「う、うん……最近、勇次、いなくて……あんま、殴られないし」

女性的では決してないけれどきれいな顔に見とれつつ、ぽろりと零《こぼ》れた言葉はずいぶん気楽な響きだった。ふっとなにかに気づいたかのように恭司が目を合わせてきて、陸は意味もなく慌てる。

（あれ……おれ……？）

このところなにをしているのかわからないが、勇次は数日ばかり家を空《あ》けることが多くなっていた。気づけば一週間も顔を見ないこともあって、そのことに寂しさより、なぜかほっとしている自分を陸はもう知っていた。

「だからなんか、えっちも上手くなったんだかなんだか、わかんないや、あはは」

そんな自分がひどく、悪いことをしているような気がして、陸は早口に言い募る。

「ご、ごめんね、せっかく教えてもらってるのに……」

「……いや」

自分でもあきれるほど軽薄な声が出て、その瞬間恭司はふっと不機嫌そうに目を逸《そ》らした。

なにか不愉快なことを言ってしまったかと慌《あわ》てつつも、しかめてもなお魅力を増すばかりの横顔に、ぼんやりと陸は見とれてしまう。

はじめて会った時から思っていたけれども、店の女の子たちが憧《あこが》れる恭司は本当にハンサムで、時々こうして会話することさえも現実味がないとも思う。

（だからかなあ……？）

やさしいかっこいいひとにはどうしても猜疑心《さいぎしん》が立つのに、不思議に恭司にはそれがない。

言葉は時折きついけれど、それも裏表がない性格ゆえと、いまの陸は知っている。

「無事なら。……それでいい」

「も、……もー、なに、言って……」

あげく、痛みを載せたやさしい表情で笑いかけられれば、我知らずのぼせ上がりそうになる。赤くなっているだろう頬《ほお》を誤魔化すため意味もなくまた笑ってみせれば、恭司はその広い肩を落とし、声を低くした。

「……おまえは」

「え？」

逡巡《しゅんじゅん》するような気配のあと、なにかを堪《こら》えたような響きで問いかけられ、陸は目をまるくする。

「なんで……その男が、いいんだ？　いつも殴られて、金取られてこんな……真似《まね》までして」

「恭司……さん？」

唐突な、いまさらの問いだった。もうそんな話は最初の夜に済ませたはずと思っていたのに、どこまでも苦く痛ましい声で問う恭司のそれに、陸はなぜか無意識の哀《かな》しい笑みを浮かべる。

「もっと、ほかにいくらだって、いい男がいるだろう。おまえのことちゃんと、こんな風に使わない、やさしいやつだって――」

憤りを抑えきれないような恭司は少し早口で、なにか言葉を探してもどかしそうな、そんな気配を滲《にじ》ませている。案じる声がどうしてか痛くて、このまま言い募らせれば、きっとお互いにとってなにかよくない言葉が彼の口から零れてしまうようで、わけもなく怖いと思った。

「……いいんだよ」

だから陸は笑いながら恭司の声を制する。

「恭司さん、それは、いいんだよ」

「いいって……」

「やさしいひとって、誰にでもやさしいでしょう？　……恭司さんも、そうだけど」

そうして、少し遠くを見るような表情のまま、淡々と続ければ、なぜか恭司は押し黙る。

(勘違い、しちゃ、だめなんだ)

なにを、ともつかないままに必死で自分を戒め、陸はことさら明るく笑って見せた。

恭司から誰にも等しく与えられるそれが、いままでに知らないような甘さだからといって、溺れてはいけない。第一自分には勇次がいるのだと、最近ことさらに胸の裡《うち》で繰り返すのはなぜなのか、陸にはまだわからないでいるけれど、どこかで線を引いておかなければいけないと感じていた。

それが彼のためなのか、自分のためなのか、もはやわからないけれど、このまま行けばなにか、過去の自分を否定するような変質が待っている気がして、怯えていた。

「あ、ええと……恭司さんはちゃんとやさしいけど、……ちゃんとやさしいってのも変か」

少ない語彙《ごい》から、彼に当てこすっているのではないと告げるにはどうしたらいいのか必死に探す陸は、曖昧《あいまい》に笑うまま、長いことかけて歪《ゆが》んでしまった心をそっと、少しだけ打ち明けた。

「けど、やさしい顔だけしてても、もっとずっと怖いひともいるし……だったら最初から、わかりやすい方がいいなあって」

「陸……」

「だから、あんまり普段はやさしくないひとがいいんだ。……その方が、あとで嬉《うれ》しいから」

なんでもないことのように言う陸は、自分が恭司の深い色の瞳《ひとみ》にどれだけ哀れに映るのかなど気づくことはない。

「おっかなくても、……おれだけにやさしいひとが、いいんだけどな」

そんな風に歪んでしまった陸の心を、しかし恭司の存在はひどく揺さぶってしまう。

口にした、その言葉はそのまま、恭司のことを表しているような気がして、少しうろたえた。

「あ、あのでもね、勇次もね、たまにやさしいんだよ」

それは主に、陸がこうして恭司と会って、抱かれたあとの話というのは皮肉だったが、そこを伏せて告げれば、自分でも言い訳がましいような言葉に彼はただ「そうか」と髪を撫《な》でただけだった。

「えとね、上手にできた時とか、あとは」

「わかった。……いいから。もう」

抱き込まれ、埒《らち》もないことを続けようとする陸の唇を、そろりと恭司は塞《ふさ》ぐ。目を閉じれば彫りの深い顔立ちに甘さが増して、じんと陸の爪先《つまさき》が痺れていく。

「は、ん……」

もう、ローションを使わなくても胸を触られれば感じてしまう。耳元に吹き込むようにしゃべられただけで、じんとあそこが痛くなって、必死に広い背中にしがみつけば、端整だが野性味の強い顔がかすかに笑う。

「あの……あのね」

「うん？」

悪戯《いたずら》をするように、ぴんと硬くなった乳首を弾《はじ》かれ、ぐずぐずになった身体をベッドに横たえられながら、陸はどうにか口を開いた。

「あの、今日ね、……うしろ、にね……ってきた」

「うしろ……？」

言いつけを守っている自分を少しでも褒めてほしいと、そんな風に考えることさえも浅ましいと思ったが、どうしてか恭司には甘ったれたことを言ってしまう。

だからこそこの時間が待ち遠しいのかもしれない。鼻に抜けるような声を上げて、広い胸に必死にすがりついても、ベッドの上ではそんな仕草こそが陸に求められる。

「あの、……いつも恭司さん、そこ、時間かけてくれる、から、悪いから……」

もう、すぐにも受け入れられるよう、ローションを塗り込んで準備してきたと告げるのは、さすがにためらわれた。それもしかも、昨晩恭司のよこした太めの器具で広げたまま、とろとろにほぐれきっている。

練習だから、恭司に言われたからと言い訳をしながら、何度もそれを出し入れして、それでも達することはできなかったけれど。その奥深くに、彼の手を待ちわびるもっと深い欲があることには気づかないまま、陸は恥ずかしい事実を口にした。

「……それでここまで来たのか？」

しかし、褒めてくれるかと思った恭司はいささか硬い声を出して、陸はびくりとしてしまう。

「う、ん……い、いけなかった……？」

「いけねえもなにも……この、ばか」

おずおずと問えば、渋面を作っても魅力的な男は、深い吐息をして額を小突いてくる。なにか悪いことだっただろうかと一瞬血の気《け》の引いた陸を、しかし恭司の長い腕はきつく、抱いた。

「そんなんじゃおまえ、歩いてて気持ち悪かっただろうが」

「え……う、ううん、別に……あの」

大丈夫なのかと、無茶を咎《とが》めるように覗《のぞ》き込まれ、きゅうっと心臓が痛くなった。知らず喘《あえ》ぐように小さく息を零しながら、近づいてくる唇を待ちわびる。

「ん、ぬるぬるし、たけど、……でも……んん、んっ！」

「漏れてこなかったか？」

小さく啄《ついば》まれながら、開かされた脚の奥を押されてしまう。じわっと滲み出て来そうな感触に焦《あせ》れば、どこか恭司は苦い表情のままだ。どうしたの、と目顔で問いかければ、広い肩が上下し、なにかを堪えたあげくのような吐息が零れる。

「あ、……恭司さん……っ」

ひそめた眉《まゆ》を見てとれば、痛烈に喉が渇く。いままで、自分から性的な衝動を覚えることなどほとんどなかった陸は、男らしい顔立ちを近くに見つめて、息苦しいほどに高鳴る心臓を知った。

「い、……いれて……すぐいれて……」

すがりつき、ねだるようなことを告げるのが信じられなかった。それでも止められず、お願いとすすり泣くような声で陸は首筋にすがりつく。

「……わかった」

触れた精悍《せいかん》な頬が一瞬硬く強ばったあと、ゆっくりと腕を剝《は》がされた。空調の効いた部屋では恭司の体温がいっそ安らぎさえ感じさせて、離れたくないと身をよじるより先、恭司がネクタイをほどき、シャツのボタンに手をかけたことに驚いてしまう。

「きょ……じさん、あの」

「脱げよ」

はじめて見る、裸の胸にくらくらした。身体の上にまたがったままの恭司が、普段よりもずっと大きく見えて恐ろしく、そのくせに腰から下が痺れていく。

いつも、ローションや陸の体液にどれほど汚れようとも、彼はネクタイひとつほどくことがなかった。抱きしめられた重みで、逞《たくま》しい身体なのだろうとはぼんやり想像していたけれど、直視するのが恥ずかしいほどに恭司の身体は見事なものだった。

「すご……い」

勇次の荒れた生活が覗く崩れた身体とは比べものにならない、引き締まって鍛え上げられた胸板と腹筋に、思わずうっとりとした声が漏れる。脱げと言われたのも忘れ、ただ赤くなって震えていれば、怒るでもなく恭司は陸の服へと手をかけた。

脱衣を手伝われる間中も、恭司の唇は陸のそれを何度も啄んだ。この日、大して触れられているわけでもないままに高ぶった場所を解放される時、さりげなく指が触れた性器はもう、じっとりと濡れて痛いほどになっている。

「ほんとに待てなかったみたいだな」

「あ、や……っ」

お互いにもう纏《まと》うものはない状態で、大きな身体に押し潰《つぶ》されれば、同じように硬く強ばった恭司のそれがわかる。熱くて大きくて、そろそろと指で触ればかすかに震えた。

（熱い……）

直《じか》に触れた恭司の肌は、痺れるほどに熱くてしっとりとしている。長い腕に包まれてしまえば、ひとりでに息が上がってしまう。

「なめ、てもいい……？」

「ん？」

口にしたそれに、陸自身も驚いていた。唇で相手に喜んで貰うのは、あくまで機嫌を取るためでしかなく、自分で進んでしたいと思ったことなどない。それなのに、恭司の高ぶりを指にすればどうしようもなく喉が渇いて、大きく深呼吸をすれば今度は、彼の身につけたコロンの香りでくらくらになる。

「だめ？　それ、したい……だめ……？」

甘ったれた声で告げれば、恭司はいつものようにだめだとは言わなかった。既《すで》に息が上がりはじめている陸の唇をそっと指で撫で、ばねのような腹筋でしなやかに起きあがる。

「んん……っ」

そっと髪を撫でられ、夢中になって吸い付いた。不思議なもので、恭司はこんなところの形までかっこよく整っている。滲んでくる体液の味はするけれど清潔で、勇次やそれ以前の男たちのように、汚いものを始末しているという意識は陸にはない。

（変だ……おれ）

むしろ彼のくれる口づけのように、この熱い性器で口腔《こうこう》を愛撫されているような気分にさえなる。内側から頬を撫でていくそれと、髪を梳《す》く指の動きが似ているせいかもしれないと感じながら、次第に自分の腰が疼くままに揺れはじめていた。

「んふ……あ、……あ……っ」

「欲しいか？　こんなにして」

背中を、大きな手のひらが撫でる。そのまますするりと尻を掴まれて、恭司に告げた通り既にたっぷりと潤されていたそこは、呼吸するような動きを繰り返していた。

「ほし……い、ああ、あああ……！」

叫んだのは、いま唇に吸い込み、差し出した舌にこすりつけているもののことだったけれども、あてがわれたのは結局、いつものあの機械だった。それでももうかまわないと腰を上げ、上目に見つめた先の恭司にわかっていると笑われて、陸はどろどろになっていく。

「あふ……うう、ん、んんん！」

俯《うつぶ》せにされたまま、中に入ってくるものを受け止める。今日のそれは練習用と渡されたものではなく。先日の仕事の際に使われたものと同じで、慣れた質量を動かされるたびに甘い声が出てしまった。そうなればもう、恭司にしゃぶりついていた唇はただ惚《ほう》けたような喘ぎを漏らすだけで、名残惜《なごり》しくまとわりついていた指をほどかれても抗《あらが》えない。

「もう少し……いけそうか？」

「あ、うん……うん、……いれて……」

背中から抱きしめるようにされて、シーツを嚙《か》みしめながら堪え、耳元の髪を撫でる手の持ち主に頷いて、うんと腰を上げてみせる。湿った髪を梳いたのは指ではなく恭司の舌先で、そのまま器具を押し込まれ振動がはじまるのと、耳朶《みみたぶ》を舐め上げられるのは同時だった。

「あああ……！　っひ、いん、ひぁ……んっ」

「もうずいぶん、いけるようになったな」

顔を覗き込まれ、涙と唾液《だえき》にべとべとになったそれが恥ずかしくて身をよじれば、恭司がそろりと頬を舐めてくる。宥《なだ》めるようなそれにさえ感じて仰《の》け反ると、顎《あご》を摑まれて舌を嚙まれた。

「ん、ん、ん、……っ」

「いい子だな、陸……上手になった」

「ああん、ん、……ほ、んと……っ？」

本当に、いいのだろうか。恭司はやさしいから噓《うそ》をついているのかもしれないと不安になって、息を切らしながら頼りない表情で見つめれば、本当だ、と髪を撫でられた。

甘やかす手つきに胸が苦しくなって、しかしそれは普段、勇次に覚えるようなあの冷たい痛みではない。だから陸には、この血の騒ぐような、落ち着かずに泣きたくなるような感情がなんなのか、まだ、わからない。

「あふ……っ」

無機物を通して恭司と繋《つな》がった部分がただ熱くて、知らぬ間に覚えたはじめてのときめきを持て余したままに、身体だけが暴走する。

「すご、よお……恭司さ、い、い、よぉ……っもっと……も……っ！」

それでももの足りず、がくがくと身体が淫らに跳ねる。慣れたはずのそれを必死に食い締め、もっと違うものがほしいと訴えるようなそれを、陸はそのまま口にした。

「もっと、いっぱい、いっぱいがいい……っ」

そうして愚かにも切なく疼くその感覚を、慣れたがゆえの快感と取り違えてしまった陸に対して、恭司は逡巡するような苦い声を聞かせる。

「陸。……今日は、ちゃんとするか？」

「え……」

恭司のこうした声は、普段では決して聞くことはない。陸が身悶《みもだ》え、ベッドの上で濡《ぬ》れていく時間にしか聞けないそれが、この日はさらに重く響いた。

「本当はあれはもう、入るんだろう……？」

聞いたことのない、押し殺したような囁《ささや》く声にどきりとした。そうして、恭司の言う「あれ」の意味に気づかされれば、昨晩の淫らな自分を言い当てられたようで頬が熱くなる。

先ほど目と唇で確かめた、恭司のそれと同等の、練習用のバイブレーター。恥ずかしくて、上手くできたと言えなかったのは、それで自分をいじる時に誰のことを考えているのかばれてしまいそうだったからだ。

「あ、の……」

しかし、ふわりと甘いような気分を自覚するより先に、恭司の苦々しい声がその熱を冷ました。

「いつまでもオモチャで練習してるわけにいかねえだろ。……どうせそのうち、客を取るなら」

「そ、……う、だね」

すうっと、浮ついていた気分に冷水を浴びせられた気分だった。このところ忘れかけていたけれども、陸が行おうとしているのは、恭司専属の愛人になることではない。

恭司が『他の客を取るな』と言っていたのは、どこか矛盾しているようでいて、結局は陸を独り立ちさせるための手助けに過ぎなかったと、その言葉に思い知らされた気分だった。

「最後の練習、するか？　俺と」

「さい、ご……」

それなのに、頬を両手で包んだ恭司の言葉に胸が痛い。どうしようもなく苦しくて、しかしそれこそが自分の望んだことだと、忘れてしまったわけではない。そしてまた、じくじくと膿《う》んだように痛む胸の奥で、一度でいいから、という言葉が駆けめぐっている。

（一回だけで、いいから）

見上げた先、恭司もまたなぜか痛ましいような瞳をしている。どうして、と思いながら陸は必死に唇を噛んだ。いまなにか言葉を発すれば、いままでの自分とそして勇次をすべて裏切るような、そして恭司を困らせるようなものが零れてしまうと感じて、ひどく恐ろしかったのだ。

「いれて、くれる……？」

代わりに告げられたのはそんな、相も変わらず色気のない直截《ちょくせつ》な言葉だけで、瞬間恭司の眉がきつく寄ったのを見ていられずに陸は目を閉じる。

言葉もなく重なった唇は変わらずやさしく、けれどいままでに感じたことがないほど、痛かった。

（なんでだろ……泣きそう）

じくじくと胸が痛くて、無言のまま開いた脚の間に重なった恭司のそれが奥をつつけば、ごくりと喉が鳴ってしまう。ぬるっとこすれ合う感触だけでも、いままでの比ではない質量なのは知れた。

「……あっ、……あ、あ……え？」

ぐっと押し当てられ、息を飲む。そうして驚いたのは、予想した圧迫感や痛みの代わりに、ざわりと背筋が粟立《あわだ》つような感覚を覚えたせいだ。

「んあ、はっ、あは……っ、これ、……これ……？」

弾力のある肉を押し広げる恭司の性器が入り込んでくるたびに、腹の奥からなにかがこみ上げてくる。堪えなければそのまま、押し出されるように甘い悲鳴が上がってしまいそうで、陸は混乱のままに目を瞬《また》かせた。

「ああ……ん、恭司、恭司さんの、……おっき、のに……っ？」

少しも苦しくないのはどうしてと思いながら、陸はもう、自分の指一本さえも動かすことがままならない。ただ長く続く、ゆるやかな挿入に全身の骨が溶けるような感覚を甘受する。

「はいっちゃう……きょ、じさんの、はいっちゃう……っ」

「ああ……そうだな」

艶《なま》めかしいものに犯されて、ぼうっと頭が霞んでいく。そしてまた、恭司のそれがあの避妊具で覆われていないことにも気づいてしまえば、陸の顔はまたくしゃりと歪む。

（きたなくないの……？）

熱くて逞しいそれが、自分の身体の中で最も汚い部分に入ってしまった。本当にいいのだろうかと思いながらも見上げた先の男は、気にした様子さえもない。

（恭司さん……恭司さんの、……すごい）

息が震え、押し当てた手の甲を噛んでそれを殺す。最奥で知る恭司の形を脳裏に描けばそれだけで軽い絶頂感を味わうほどで、その上動き出されてしまえばもう、陸はただ泣きよがるしかない。

「ああ、あ、あん、なに……っなに、してるの……？」

「んん……？」

揺すり上げる動きはごくわずかと言ってもよかった。激しく突き入れたり、闇雲《やみくも》に抽挿を繰り返すようなそれしか陸はいままでに知らず、ねじ伏せられるようなそれをセックスだと思っていた。

「やってんだろ。俺が……陸を」

「……っがう、もん、ちが、……これ、ぇ……っ」

男の性器を受け入れるのは陸にとっていつでもただ、耐えるばかりの時間だった。腹の中から殴られ、吐き気を堪えるのが精一杯で、腰を打ちつけられれば肉の薄い尻から腿《もも》には痣《あざ》ができることさえもあった。そうして恭司のそれはいままでに陸が知らないような大きさで、だから苦しさもきっとすさまじいだろうと思っていた。

「なんで……っ、ん、ん、恭司さ……あっ」

それなのに、痛むことさえもなく感じて、たまらない。たっぷりに濡れたそこをいっぱいに広げるような大きさなのに、それすら足りないと身体が恭司にしゃぶりついてしまう。

深くゆっくりと繋ぎ合わされただけでもう、びりびりと身体中が痺れて、そしてゆるやかに動き出されれば、なにもかもがよくてたまらなかった。

「んっあ……あふ、んぅ……」

甘ったるいような喘ぎがこぼれ落ちて、自然に腰が浮き上がる。爪先立って不安定なそれを大きな手のひらに支えられれば安堵《あんど》の息が漏れて、なにもかも委《ゆだ》ねたくなってしまう。

「ここが……いいんだろ」

「うん、うんっ……いぃ……いい……っど、して……？」

心が読まれているのではないかと思うほど、欲しいと思ったところに過《あやま》たず恭司が触れて、どうしてと陸は思う。感じながら戸惑う気持ちは瞳に表れたのか、ひどくやさしく笑った恭司は耳朶をそっと噛みながら呟《つぶや》く。

「見てりゃわかるんだよ」

「ん……ん？」

少し引いて、浅い部分で何度か早い動きをされるとがくんと力が抜けてしまう。もうすがりつくことさえできないまま、くたりとシーツに四肢《しし》を倒した陸は、喘ぐしかできなくなってしまう。

「いい顔するだろう……ほら」

「ああああんっ、あんっ、そこ、あ、すごっ……」

身体の中にたまった甘くどろどろとした液体を、恭司にやさしくかき回されていく。さざめいたその波紋が指先まで波のように押し寄せるから、溢《あふ》れるのは嬌声《きょうせい》とそして、張りつめた性器の先から滴《したた》る体液になる、そんな錯覚を陸は覚えた。

「脚、もうちょい広げてみろ」

「んー……ん、ん、……っ」

言われるまま、がくがくと痙攣《けいれん》する腿を広げた。もっとだ、と言われて頷きながら自分の腕で腿を摑めば、左の足首を持ち上げられて逞しい肩に担ぎ上げられてしまう。

「あ——……っ!!」

「ここが、好きだろ……陸は」

タイミングを計ったように恭司がそのまま強く腰を進めるので、陸は知らないような深くまでを暴かれる。悲鳴を上げたのは痛みではなく、彼の言う通り、いままで散々あの淫らなオモチャで慣らされた場所を強くこすられたせいだった。

「ひっ!?」

そうしてはしたないほど開いた脚の間に、硬くざらっとしたものが触れて陸は目を見開く。

「ひ……んっ、い、や……いや……っだめ、っ触っちゃ……」

「ああ……いきそうか?」

恭司が陸の性器をいじったのははじめてだった。大きな手のひらに包み込まれたそこはもうべっとりと濡れていて、根本までを揉《も》むようにしてぐちゃぐちゃにされると、赤面するほど卑猥な音が立ってしまう。

「っめ……いっちゃう、どっかいっちゃう、飛んじゃう……っ」

あげく、動きを合わせるようにして身体の奥では恭司が動いて、なにがなんだかわからなくなった。恭司がなにをしているのか、自分がどんな格好をしているのか、そんなこともすべて理解できないまま、うねうねと身体だけがいやらしく蠢動した。

「はっ、は……あ、ああん……いあ……っ」

息が切れて眩暈《めまい》がする。身体中が心臓になったかのようにどきどきとして、霞んでいく瞳を凝《こ》らせばそこには、熱っぽい視線で陸を見つめている恭司がいた。

「あ……恭司さ……っ」

男らしい整った顔に汗が浮いて、いつもよりも少し崩れた前髪。胸がひときわ苦しいほどに高鳴って、心に連動した身体が彼を強く締めつければ、かすかに瞳を眇《すが》めてみせる。

「……っ、やだぁ……!!」

生々しく連鎖するそれらに、陸はいま自分が恭司とセックスをしていることを意識した。

痛烈なまでの羞恥《しゅうち》が不意にこみ上げて、思わず悲鳴じみた声を発していた。

「なに……どうした？」

「やだ、こん……やらし、すごい……っ」

急にもがきだした陸に驚いた顔で、恭司は怪訝《けげん》そうに顔を覗き込んでくる。見ないで、と両腕で顔を隠せば、繋がった部分の立てる水音も恭司に捕らわれた粘つく性器の感覚も、怒濤《どとう》のように押し寄せてくる。

（濡れちゃう……っ、恭司さん、恭司さんのが……）

自分で施したそれよりも、もっと奥が湿っている。恭司の性器から溢れたものに濡らされているのだと思えば、喉が干上がるような感じがした。

「だめ、……も、こんな、……っ、だめ……！」

無言で見つめ合い、唇を重ねたあの日にも、同じように感じたことを思い出す。恭司に与えられるだけでなく、施されるのではなく、互いに求めた瞬間のあの、甘い飢餓感。

欲しくて、たまらない。そう思うことがひどくいけないことのような気がして、陸はただ怖い。そうして自分を戒めないと、あの日のようにきっともっとと、身体が求めてしまう。

「嫌なのか？」

「ちが……っ、だ、おれ……」

動きを止められればなおたまらなかった。体内で脈打つ恭司のそれも、不満げな蠢動を繰り返す自分の身体をも同時に知って、こんなこと、と陸は喘ぎながら泣きじゃくる。

「陸……？」

「おれ、どうしたの……？　これ、こんなの……」

いままで誰に抱かれても、こんなに心まで揺れたことはなかった。怖くてただ、終わるのを待つのが当たり前で、だから身体を売れと言われても平気だったのに。

「はずかしい……恭司さんと、エ、エッチするの、すごいはずかしい……」

こんな風に後ろに入れられて、めちゃくちゃにされたいと思う、そんな風に欲しがる身体に、本当に変わった。この行為を好きな自分がひどく浅ましく思えて、羞恥が陸を苛《さいな》む。

「やらしいこと、きょ、恭司さんに……し、してもらって、こんなの……」

そうして最も知られたくないのはなぜか、誰よりも陸の淫らさを熟知しているはずの男になのだ。

「みんな、平気だったのに……なんで？　恭司さんだけ、……すごい恥ずかしいよ……」

鼻をすすりあげて告げれば、恭司が身体を強ばらせたのが繋がった部分でわかる。

「陸、おまえ……」

その後ゆっくりと頭上からため息が落ちて、なにか不興を買うことを言ったかと陸はうろたえた。

恥ずかしい格好をして欲しがり、そのくせにわけのわからないことでぐずりだす。そんな自分にあきれられたらどうしようと、そう思ったら急に、怖くてたまらなくなった。

「あ、あの……でも、あの、し、したくないんじゃなくて……っ」

行為をやめてほしいわけではなかった。怖いくらい欲しているからこその動揺で、拒んだと思われたくない陸が慌てて濡れた瞳を瞬かせれば、中にいる恭司が突然、跳ねるように動いた。

「……っ、あ!?」

「もう、いいから」

奥に響いたひどく強い刺激に、喉声を上げた陸はびくんと腰を揺らした。けれど恭司の腰はなんの揺れも見せておらず、その意味に気づいた陸はまた赤くなる。

「おっきい……なん、なんで……？　すご、すごい……っ」

「陸、もう、頼む」

体内で、恭司のそれが膨れたのだ。それも内壁を弾くほどに激しく、驚き振り仰いだ恭司の顔がひどく切なげで、またきゅうっと陸の身体がすくむ。

「さっき、あっ、……あ……っ、だって、も……おれ、おしり……いっぱい……っ」

「あんまり、しゃべるな……」

ぴったりと彼の形に添ったそこが甘痒《あまがゆ》く痺れて、ああ、と濡れた声が頼りなく零れた。そうしてまた、して欲しいと思うよりも先に抉《えぐ》られて、閉じた瞳からはぼろぼろと涙が零れる。

「ふぇ……っ、え、んっ……いい……い……っ」

涙のあとを辿《たど》った舌が首筋まで降り、そのまま鎖骨を齧《かじ》られた。恥ずかしい音を立てて何度も揺さぶられながら、ぴんと張りつめた乳首を舐められれば、陸は両脚を空に向けて強ばらせる。

「あー……あ、吸わない、で……っ、こすっちゃ、やだぁ……！」

入れられたままそこを刺激されると、もうどうしようもない。ぬるぬると舌が這《は》わされて、蕩けてしまったあとにまたきゅっと吸い込まれ、下肢《かし》の間を握りしめる指も絶え間なく動くから、指を噛んだまま身悶えるしかない。

「一番いいと思うこと、言ってみろ、陸？」

「んっ……ん、い……？」

問われることの意図がよくわからず、泣き濡れた瞳でぼうっと見上げれば、どこか苦い顔で笑う恭司がいた。

「気持ちよくなる……おまえの、好きなとこを、口にして、ちゃんと覚えるんだ」

「きょ……じ、さん……」

その笑みと言葉はたまらなくあたたかくやさしいのに、ひどく陸をせつなくさせた。誰かに抱かれる時にはそうして、せめて自分で努力して少しでもよくなるようにと、ことあるごとに恭司には言い聞かされてきて、いまの時間もその問いもまたレッスンの延長線上にあると知る。

（ちゃんと、しなきゃ）

もう大丈夫だと言ってもらって、褒められるようにしなければ。身体を使って誰かを喜ばせる方法をこそ、こんなに時間をかけて教えてくれる彼に応えなければと陸は思う。

感じるところ。いやらしいこと。気持ちよくて、陸をどろどろにするなにか、必死に回らない頭で考える。

「恭司さん……」

それなのに、陸の口からは彼の名前しか出てこない。

穿《うが》たれ身悶えながら、すがるような指を伸ばして、逞しく広い肩にすがりつくだけで、胸が痛い。

「恭司さ……恭司さん、ああ、あ……っ」

「……っ、だ、からな」

どうして、と思いながら腰がうねった。恭司を包んだ場所をまるくこねるようにしてうごめくそこに、顔をしかめた男が咎めるような視線をよこしてもう、陸には見えない。

ただ名前を呼ぶだけで高ぶってしまう身体を持て余し、最後の高みへと駆け上がってしまったから。

「いくぅ……いく、恭司さん、きもちいい……っ、あ、あぁ……！」

「り、く……っ」

「い、く、でるっ、ぅんっ！」

その瞬間ぶるりと震えたのは、放埒の瞬間恭司が突然身体を引き、繋ぎ合わされていた場所をほどかれてしまったせいだ。どくどくと陸から溢れるそれがまだ終わらないのに、息を切らした恭司はいまだおさまらない高ぶりを陸の身体から引き抜いていた。

「や……あっ」

ずるりと引き抜かれた恭司のそれを惜しむようにやわらかい肉は閉じ、最後には先端を食《は》むようにして窄《すぼ》まった。抜かないで、まだやめないで。そう言いたいのに上手く言葉が話せない。

「ど、して……っふ」

強烈な喪失感に泣き出しながら、焦って呼吸を整えた陸は噎《む》せてしまう。咳《せ》き込んだ背中をさすられ、違うのにと必死で首を振った。

「でき、できなかった？　おれ、へただった……？　よくない？　全然、よくなかったっ⁉」

「……陸？」

つまらない身体だと、飽きられてしまっただろうか。自分だけ愉《たの》しんで、恭司を満足させられなかったことにひどい恐怖がわき起こる。恭司と身体を繋げた瞬間の、幸福とも言える感覚が強かっただけに、揺り返しの不安は陸をひどく狼狽《ろうばい》させた。

「ねえ、……ねえ、ちゃんとする、だからっ……っあ、な、舐めた方がいい？　すぐ、するよ？」

「違うって、……陸、落ち着け。……な？」

唇を震わせて言い募れば、繰り言を告げる場所をそっと塞がれる。痛いほどにきつく抱きしめられ、苦笑した恭司が触れてきたのは先ほどまで彼を食んでいた場所だった。

「……あ、んんっ」

「いくとな、……ここが、締まるんだ。そのままじゃ、きついだろ」

「ん、ん……そんな、そんなのい……っ、いいから、ねえっ」

硬い指の腹で撫でられた場所が、呼吸をするようにうごめいた。恭司が案じてくれたのは嬉しいけれども、まだ彼の形を覚えているそこが寂しくてたまらずに、陸は広い背中に腕を回す。

「い、いれて……恭司さん、……恭司さんのおちんちん、ほしい……」

「……は？」

ぽろりと零れた、稚拙《ちせつ》でだからこそ卑猥なそれに、恭司は驚いたように目を瞠《みは》る。そんなに驚くことはないのにと、恥ずかしさのあまり陸は半ば怒りながら思う。

「好きなの言えって言ったのに……っ」

「り、陸？」

なじるような声はもう濡れて甘ったれて、早くと揺れた腰もまた、凶悪なまでの艶《つや》を放つことも知らず、陸はただだちょうだいとねだった。

「一回しかだめなら、……最後なら、もっと……っ」

そうして言い募りながら、ぼろぼろと零れていく涙を知る。どうしてなのかも、最後との言葉になにがそんなに哀しかったのかもわからないまま、ただ離さないでほしいと広い胸にすがった。

「ねえ、おれでいって……中でいって……っ」

「……陸、おまえ」

「がんばるから、……我慢、するから、お願い、よくなっ……んん！」

脚を抱え上げられたのと、唇が塞がれたのはほぼ同時で、忍んでくる舌も性器も、逃したくないと陸は細い脚を恭司の身体に絡めつかせる。

「陸……陸、いいか？」

「ん、あ、……いいっ、い……から、もっと、もっとぉ……っ」

先ほどとは比べものにならない激しさで穿たれて、軽い痛みを感じたけれどもかまわなかった。肉のぶつかる音がして、その浅ましい響きさえも、まるで恭司が自分に夢中になってくれているようで、嬉しくてたまらなかった。

「なあ、……中で、いいのか？　本当に？」

「うん……うん、い、いって？　おしり、ぐしょぐしょにして……っ？」

息を切らしながら忙《せわ》しなく口づけ、互いの舌を吸い合う合間に交わす言葉は、淫猥《いんわい》にかすれている。そうして、情欲を露《あら》わにしてなお崩れない男の顔を、うっとりと陸は眺めてしまった。

「う……ん、あ、恭司さ、ぬれてきた……っ、ぬるぬる、す……っ」

「ああ、もう……やばい」

肩に顔を埋《うず》めて、きついと苦く笑う顔にも腰が砕ける。いつもならば愛撫の手を緩めない恭司ももう、意識が回らないように腰を使うばかりで、それでもその淫蕩《いんとう》な動きだけで陸は充分過ぎるほどに官能を貪《むさぼ》った。

恭司が動くたび、奥深くからは粘ついたものが溢れ、それが腿を伝ってシーツを濡らす。滴り落ちていくものが塗り込めた潤滑剤なのか恭司のそれなのか、それとも——彼によって変えられた身体から、溢れてくるなにかなのか、もう陸にはわからなかった。

「ああ、うそ、……おしり、いっちゃう……っいく、いいぃ……っ!」

貫かれた場所から伝わるあまりに強い刺激に、悲鳴じみた声があがったのと、ぱっと熱が散るような感触を覚えたのはほぼ同時。

恭司の奔流を受け止めたその粘膜は、一滴も漏らすまいというかのようにきつく彼を締め上げる。すすり泣くしかできない陸の無自覚な心の代わりに、恭司への執着をまざまざと、見せつけて。

＊　＊　＊

シャワーを浴びて部屋に戻れば、先に身繕《みづくろ》いを済ませた恭司は、難しい顔をしたまま煙草をくわえていた。なにか考え事でもしているかのようで、その先にはいまにも零れそうな燃えさしが引っかかっている。

「灰……落ちるよ」

「あ、……ああ」

声をかければようやく我に返ったように、灰皿でそれを押し潰した。なにとはわからない違和感を覚えつつ、おぼつかない足取りでベッドへと近づけば、大丈夫かと声をかけられる。

「なにが……？」

「ちゃんと、歩けてない」

お互いに目を合わせないまま話すことはめずらしい。普段では感じたことのないような気まずさが漂う部屋で、陸はまだ濡れた髪を拭《ぬぐ》うふりで俯《うつむ》いた。

「別に、平気……」

「……これ」

空気が濃厚で、息苦しい。次はいつと無邪気に訊《き》けた自分はどこにいったのか。

「あ、ども……」

差し出された封筒を、いつものようにありがとうと言って受け取るけれど、その声は自分でも驚くように低かった。普段はそのままポケットに突っ込むくせに、陸がぐずぐずと封筒の中身を確認するような真似をするのは、どうにもこの場を去りがたいせいだったろうか。

そうしてつと眺めただけでも、明らかに枚数の多い紙幣を確かめ、陸ははっとなる。

「恭司、さん……これ、多いよ」

「ああ。……いいんだ。とっとけ」

「でも」

最初に決められた金額の、明らかに三倍は入っている。恭司の店でもひと月真面目《まじめ》にバイトしたのと同じほどのそれは、とてもすんなりとは受け取れない。

かぶりを振る陸になにも言わせまいとするように、恭司は立ちあがって早口に言葉を紡いだ。

「それより、腹減ってないか。なんか、食いにでも行くか」

「そうじゃなくて！　だって、……だってこれ、おかしいって！」

慌てて大柄な身体の前に回り込み、陸は震える指で封筒を広い胸に押しつける。じっと見下ろされれば息が止まりそうになって、はっとしたあとにぎこちなく視線を逸らす自分がわからない。

「なにがおかしい？」

「お、……おれ最初、知らなかったから、そんなもんかって思ったけど……でも、高すぎるよ」

あの店で働くようになって知ったけれど、性風俗にも最低限の相場というものがあって、会員制の「チュッパリップス」は質のよい優良店であることからも、お高い料金設定になっている。

しかし恭司から陸が受け取っている料金は、それに比べてもどう考えても破格としか思えないのだ。そんなことを、社長である恭司が知らないわけもないのにと、ずっと不思議だった。

「普通でも多すぎるのに、こんなに、……こんなにもらえないよ」

それほどのことなどした覚えもないし、結局今日も、恭司は始終陸を気遣ってばかりで、快楽を得るというよりもどこかつらそうにさえ見えた。

「きょ、……恭司さんは、ほんとによかった？　あれでよかった……？」

「……陸」

多分恭司はあまり満足できなかったのではないのかと思えば申し訳なく、また途中でやめられそうになれば哀しくてたまらなかった。もっとと口走った言葉が本心であればあるほどに、こうして金を受け取ってしまうことがどうしても納得がいかないのだ。

「こんなのはな。……思っただけの金額でいいんだろ」

目を逸らしがちな陸に反して恭司はじっとこちらを見つめていた。頭上から聞こえる声はしっとりと落ち着いた響きで、嘘を言っているようにも聞こえない。

「俺が、おまえにはそれだけ価値があると思ったんだから、それでいいんだ」

「でもっ……」

けれども、どこか苦しそうにも響くから、陸はざわざわと落ち着かない気持ちになってしまう。なにかとても、取り返しのつかないようなことをしているような、そんな気分でようやく見上げた先には、どきりとするほどにまっすぐな瞳があって、胸が震えた。

（どうしよう）

なにか言わなければいけない気がして、喘ぐように口を開閉していれば、そろりと頬を包まれる。もうすっかり覚えた恭司のぬくもりに、ふわふわと足下《あしもと》が頼りなくなる。

（このままでいたい……！）

力なく崩れそうな身体に気づいた長い腕が支えるように身体に巻き付いて、抱きしめられたのだと気づけばただ、長く震える息が零れた。

「陸……」

頭が真っ白で、無意識のまま抱擁に応えようと上がった腕が、その呼びかけにぴくりと強ばる。

「川原《かわはら》勇次のことだけどな——」

「……っ」

言いかけてためらうような気配を滲ませた恭司の声に、浮ついた気分がすうっと冷えていくのを陸は知った。

（そうだ……）

いまここにこうしているのがなんのためであるのか、すっかりと忘れそうになっていた。そう思って手のひらを握りしめれば、恭司にもらった紙幣がくしゃくしゃと音を立てて潰されていく。

（おれ、なんでここにいるんだっけ）

恭司にもらったこの金を勇次に貢げば、彼が飲み食いをして、場合に寄れば女を抱くための資金になる。あらかじめわかっていたことで、いままでそれも仕方ないと感じていたすべてが、たまらない嫌悪を呼んだ。

「はな、して」

「……陸？」

「離してっ！」

青ざめた顔のまま思わず恭司を突き飛ばしたのは、厭《いと》わしかったのではない。触れられて安堵するような権利など、最初からなかったことにいまさら気がついたせいだった。

「お、……おれ、帰らないと」

「おい、陸っ」

驚いたような顔の恭司を見ていられずに、がくがくと震えるままに陸は後ずさる。追いかけようとした恭司の足を止めたのは、鳴り響いた携帯の音で、空気を切り裂くようなその電子音に彼は舌打ちし、その間に陸は走り出した。

「陸、待て！」

後ろ髪を引かれる思いで逃げ出しながら、背中に刺さる恭司の声が、痛くてたまらなかった。


自宅のアパートの玄関に上がるなり、陸はずるずるとその場にしゃがみ込んだ。部屋は暗く、饐《す》えたような臭《にお》いと熱気に、勇次がまだ帰宅していないことを知る。

駅からの道のりを歩いてきたせいだけではない汗が、陸のなめらかな頬をしっとりと湿らせ、こめかみから流れ落ちる。その感触にさえもぞくりとして、華奢《きゃしゃ》な腕はなにかから自分を守るかのようにきつく、その身体を抱きしめた。

がくがくと震える脚で立ちあがり、ささくれのひどい畳にそのまま寝転がった。饐えた臭いのもとである、勇次が食い散らかして放置したとおぼしきコンビニ弁当の残骸があったけれど、いつものように片づける気にもならない。

「どうしよう……」

力ない声で呟き、まだ怠《だる》い身体でごろりと寝返りを打つ。腰の奥に力が入らなくて、ここまで帰ってくるのも一苦労だった。

冷房もない部屋の熱気に息苦しさを感じて、楽な体勢を探そうと膝《ひざ》を立てれば、尻の奥に感じた違和感が恭司の身体を受け入れた瞬間を思い出させた。かあっと身体中が熱くなって、目を瞑《つむ》ったまままるく身体を縮めた陸は、小ぶりな唇から湿った息を吐き出す。

まだ、あそこが恭司の形に開いたままの気がする。痺れて重く、少し湿った感じが残っていて、何度も出された彼の精液を掻《か》き出される間にも、感じてしまうほどだった。

「……っ」

鼻がつんと痛くなって、泣きそうになっていることに気づく。そうしてふと、恭司の前では泣いてばかりだったなと思った。

勇次の前で陸はまず、泣かない。ひどくされて痛みのあまり生理的なものが浮かぶことはあっても、めそめそとすれば鬱陶《うっとう》しいと殴られるだけだから、無理にでも笑んでいるしかなかった。

従兄《いとこ》に組み敷かれた時も、あの先生に裏切られた時も、なにが起きているのかわからないままにぼんやりと、目を瞠っていただけの気がする。

「なんでかなあ……」

それなのに、恭司のことを考えるだけで簡単に泣けてくる。

——……わかった、わかったからもう、泣くな。

出会いの日、困ったように頭を撫でたあの大きな手。陸を傷つけない、あやすように触れてくる乾いたあの感触は、陸の身体の中で一番脆《もろ》い部分を穿ってさえも変わらなかった。

なにかを堪えるように両手を握りしめて、陸はまた赤くなる。長かった行為の最中、感覚を持て余して混乱した陸の手を、恭司はずっと握ってくれていた時のことを思い出したからだ。

「恭司さん……」

ささやかな身じろぎにも仕草にも、まだこんなにも恭司の感触が残っている。肌に染みついたようなあれは、どうやったら消すことができるのだろう。

「おれ、ばかだよな……」

思い出せばまた身体が疼く。じわりと湿ったような気がする下肢をうごめかせ、あんなに搾り取られてまた節操もなく欲しがる自分が信じられないと思った。ずきずきとする指先を嚙んで堪え、同じほどに痛む胸の奥が、罪悪感と後悔となって陸を苛む。

「最後、って言われたのに……」

そして、身繕いのあと差し出された、いつもよりも多めの紙幣に陸はひどく打ちのめされている。

「こんなに……結局、もらっちゃって」

その瞬間、陸は自分がどれほどにばかな真似をしていたのかようやくに、悟ったのだ。

「それとも、最後だから、サービスなのかな……？」

なにを言えばいいのかもわからず、胸が震えた。気づいた恭司は無言のまま抱きしめてきて、あの抱擁の意味はわからないけれども、陸が離してほしくないと感じてしまったのは事実だ。

「こんなんじゃ、無理だよ……」

泣き笑いを浮かべた陸は、赤らんだ目で天井を睨《にら》んだ。

「ほかのひととなんか、できないよ……っ」

散々に使い回されたような自分なのに、身体を繋ぐということの意味をはじめて知った気がする。骨からぐずぐずと溶けて、なにもわからなくなって、ただ中にいる恭司だけが確かだった。

「もう、だめなのに……！」

最後まで陸を気遣うそぶりを見せ続けた恭司に、なんだかまるで、とても大事にされているようで、肌で感じる快楽だけでなく、心までがどろどろに甘く崩れて、求めてはだめだと思うのに止められなかった。

「だって、したかったんだ……恭司さんと、おれ……っ」

わななく息を吐けば、ついに涙が零れる。口にして自覚したその気持ちは、これまでの自分と勇次と、そしてなにより損得なくやさしくしてくれた恭司を裏切るような気がしてたまらず、陸は小さく身体をまるめて鼻をすすった。

泣く資格もない、と何度も手の甲を噛んで、それでも堪えようときつく目を瞑った瞬間だ。

「――……おう、なんだ帰ってたのかよ」

「っお、かえり……」

軋《きし》んだ音を立てて開いたドアの向こうから、聞き慣れたざらつく声がする。なぜか背筋に悪寒《おかん》が走って、陸は慌てて身を起こした。

「今日はあれだろ、ハシヅメんとこ行ってたんだろ？　上手くいったか？」

「あ、……うん、あの、これ……」

鼻歌でも歌いかねないような勇次の上機嫌な様子に戸惑いつつ、いましがたの煩悶《はんもん》に後ろ暗いものを覚えていた陸は封筒を差し出す。そうして、なぜ長いこと留守にしていた勇次が、恭司と自身の逢瀬を知っているのかという疑問に気づき損ねてしまった。

「うっわ、張り込んでんなあ……よっぽど気にいられてんだな、おまえ」

「そんなこと……」

よれた紙幣を数えて喜色満面になる勇次にも苦い感情がこみ上げるばかりで、陸は俯いてしまう。

「なあ、これでなんか食いに行こうぜ」

「え……？」

「近くに焼き肉屋できたじゃんか。これなら上カルビもタン塩もがんがん行けるじゃん」

言われた言葉の意外さに、ぽかんと陸は口を開けた。いままで自分がどれほど稼いできても、早く寄越せとむしり取るなり勇次はそのままふらりと出て行くのが常で、こんな風に誘われたことなど一度もない。

「で、……でも勇次、いいの……？」

「なに言ってんだよ、おまえが稼いだ金じゃんか」

付き合ってはじめてと言ってもいいほどにやさしい彼に嬉しく思うより、むしろ不気味に思ってしまう自分を訝《いぶか》っていれば、不意にその距離を詰められて陸はびくりと身をすくめる。

「な、……なに？」

「いや？　……ふうん、やっぱ色気出てきてんじゃん」

にやりと目を細めた勇次の顔に、どうしてかぞっとする。肩にかかった手から、虫が這うような嫌悪感を覚えてそんな自分に驚いていれば、なあ、と猫撫で声を出した勇次が抱きしめてきた。

「ちょっ……」

「あ、なんだよ、おまえ半勃《はんだ》ちじゃん」

「それは……っ」

生暖かい息を首筋に吹きかけられれば、鳥肌が立つ。それなのに無遠慮な手のひらは陸の股間に触れてきて、示唆された事実と勇次に感じる生理的な不愉快さとに、同時に陸は驚《きょう》愕《がく》を覚えた。

（おれ……）

先ほど思い出していた恭司との行為のせいで高ぶっていた身体を、勇次に知られることがたまらなく嫌だった。それは恋人であるはずの男に、別の誰かの名残を知られることが嫌なのではなく、むしろその正反対であると、ここに来てようやく陸は気づいてしまう。

「ゆ、勇次……おれ、おれ疲れて」

「だからなんだよ。久しぶりじゃんか、可愛がってやるからさあ……言うこときけよ」

勇次の言う可愛がるがどんな意味を持っているのか、それこそ身をもって知っている陸は総毛立つが、強ばった身体はぴくりとも動かず、嫌だと言うこともできない。

「そうそう、……そうやっておとなしくしてりゃあ、ひどくしねえし」

「……っ、ゆ、じ……」

逃げれば殴られ、もっとひどい目に遭《あ》わされる。裸で外に叩《たた》き出されたこともあり、足で性器を潰れるかと思うほどに踏まれたこともある。もうあんな目には、遭いたくない。

恭司のやさしさに甘やかされることを知った身体は、痛みと恥辱にひどく弱くなっていた。

「ほら、腰上げろって」

「勇次……ゆう、じ、頼むから……っ」

服を脱がされながらがちがちとこめかみが鳴るほどに震え、異様なまでに心臓が早く波打つ。ざわざわと皮膚の下一枚を何百という虫が走るような違和感。陸がいままで、ときめきの高揚と錯覚していたそれらを、この瞬間純粋な恐怖だと知ったことは、決して幸福ではあり得なかっただろう。

「あ、なんだ……いい具合に緩んでんじゃん」

「ひ、い……！」

恭司の丁寧《ていねい》な愛撫に溶かされたそこは、ゴムをまとっただけでなんのぬめりもない指を乱暴に突き入れられても痛みはなかった。だからこそ、その指が不快でたまらないことへの理由をひとつしか見つけられずに、陸は背中を強ばらせる。

「なあ、陸……おまえ、もっと上手く稼ぐ気ねえか？」

「……っ、え……？」

粟《あわ》立った背中をべろりと舐め上げられ、すくみ上がりながら告げられた言葉に陸は強ばった顔を向ける。その間も好き勝手に指をうごめかす勇次は、嫌悪に上がった息を快感のそれと勘違いしたようだ。

「簡単だよ。なあ、次にハシヅメと会う時に、これ持ってけよ」

「な、に……」

満足顔で指を引き抜いた勇次にほっとしつつ、怯えきった手足を縮めている陸の眼前に、なにか小さなビニール袋が差し出される。その中には白い粉状のものが少量入っていて、まさかと陸は目を瞠った。

「お、……おれ、そんなの使うのやだよ……！」

中身はおそらく、エクスタシーと呼ばれるドラッグだ。陸自身は使われたことがなく、それは勇次に言わせれば「おまえなんかに勿体《もったい》ない」という理由だったが、彼が連れ込んだ女たちが局部にそれを塗られて悶絶しているさまなら見たことがある。

「ばーか、おまえになんざ使えなんて言ってねえよ」

狂ったような悲鳴と痴態は、目を瞑っていてもおぞましいものがあった。冗談じゃないと青ざめれば、勇次は震え上がった陸の頬を手の甲で叩く。

「どうせハシヅメのホテルで会うんだろ？　どこでもいいや、いかにも隠してまーすってとこにこれ、置いてこいよ」

「な、に……？」

簡単だろうと笑う勇次の濁った瞳をまっすぐに見つめた陸は、信じられない言葉を聞いた。

「大丈夫だって、マトリが来るのはおまえがホテル出たの確認したあとだって、村井《むらい》さんちゃんと約束してくれてっからさあ、やばいことなんもねえって」

「ゆ……」

勇次がなにを言っているのかわからず、がんがんと痛み始めたこめかみを押さえて、陸はゆるくかぶりを振った。

「マトリ、って……なに？　やばいって……」

「おっまえモノしらねえなあ！　マトリっつったら麻薬取締官に決まってんじゃん」

自分こそが常習者でありながら、ばかじゃねえかと笑う勇次が不気味だった。そうしてようやく、陸はこの男がとんでもない事態を画策しようとしていることに気づく。

「ゆう、勇次、……どう、して？　だって、おれちゃんとお客取って、してきて……っ」

「あのなーあ？　陸。おまえはばかだから、ちゃんと教えてやるよ」

それでもまさかという気持ちは捨てられないまま、がくがくと震える指で勇次にすがれば、ひどく軽薄に明るい、だからこそ残忍な笑い声をあげる。

「おまえの尻なんかいくら使ったって、稼げるのはたった数万ぽっちじゃねえかよ？　そんなかったりいこといつまでもやってると思うか？　俺が」

「なん……っ」

勇次がもうなにを言っているのかわからない。ぐにゃりと世界が歪んで、陸は喘ぐような呼吸を繰り返すほかになにもできない。

「まあ、おまえのツラがそれだから、どうでもなるとは思ってたけど」

薄笑いを浮かべる勇次はそもそも、カモが引っかかれば未成年に見える陸とのそれをネタに強請《ゆすり》をかけるつもりだったと言った。信じられないと目を瞠れば、だからおまえはおめでたいよと小さな頭を小突かれ、陸はわなわなと唇を震わせる。

「そん……そんな、つもりで……」

そもそもが買春も立派な犯罪ではある。けれど、肉体労働との対価として受け取るだけならまだ、どこか許されるような気がしていた。けれどそれは、もっと悪質な犯罪への足がかりに過ぎなかったのだと知らされれば、もはや陸はどうしていいのかわからない。

「最初っからそっち目当てだったのさ。のっけから大物釣り上げてくれたから万々歳だったけどな……偶然とはいえ半分は、村井さんの手柄だけどな」

「村井……って」

恭司のホテルへと陸を連れ込み、乱暴をはたらいたあの男は確か、田川《たがわ》傘下の村井だと吠えていた。既に遠い記憶に思えるそれを思い出した陸は、息を飲む。

「おまえが村井さんのシマで立ちんぼやったって聞かされた時はこっちも青くなったけど、まあ結果オーライってことで許してもらったしさ」

思った以上の大物が相手で、手を出しあぐねていれば、そこに話を持ってきたのは田川組の篠田《しのだ》だったという。

「おまけにハシヅメだ。上出来だぜ？　あそこには田川組の篠田さんも煮え湯飲んでたらしいし、当然村井さんもな。……ほんと、よくやってくれたよ、陸」

鳥飼《とりかい》組のシノギを奪いたい篠田に取っては、新規参入でしかも大口の恭司の店は、是非《ぜひ》とも欲しいものだった。しかし、懐柔策にも落ちないまま鳥飼へとついた恭司が腹立たしく、なにか弱みはないかと探らせているうち、陸と勇次に行き着いたらしかった。

「まさか、あのハシヅメが男に引っかかるとは思わなかったたって、篠田さんも笑ってたけどなあ……。あ、おかげで今度、正式に構成員にしてもらえるかもしんねえよ、俺」

へらへらと笑う勇次は気が大きくなっているのだろう、訊かれもしないことまでを自慢げに語り、声もなく青ざめ強ばる陸を面白そうに眺めていた。

愕然《がくぜん》とする陸の脳裏に、出会いの日に凄《すさ》まじい声で叱咤《しった》した恭司の言葉が蘇《よみがえ》る。

——ぬるい考えでやってけるほど、甘くねえんだよ！　おまえみたいな慣れてねえガキ、金もろくに貰えねえでいいだけされるのが目に見えてるだろうが！

必死に止めようとしてくれた彼は、この可能性さえも知りつつ、陸をあの広い胸に抱いて、せめてもと腕の中で守ってくれていたのだろうかと思えば、ぎしりと胸の奥が軋んだ。

「なあ、やってくれるんだろ？　おまえ、俺の言うことなんでも聞くもんな？」

疑いもしないまま言い放つ男に絶望を見つけ、陸は暗い瞳でゆるゆるとかぶりを振った。

「で、……できな、いよ……そん、そんな、薬なんて……っ」

「なあんだよ、びびってんのか？　だいじょぶだって、信用しろよ、なあ？」

いまさらなんの信用をと思いながら、陸はとにかくこの事態をどうにか、自分の手で終わらせることはできないのかと必死に思いを巡らせる。

「あ、だってもう、恭司さんは最後って……っ」

「もう一回とかなんとか言えんだろ？　んなもんてめえがねだれば、言うこと聞くだろうよ」

なにしろハシヅメが骨抜きだって噂《うわさ》だからなと、げらげらと勇次は笑う。いい笑いものだと嘲《あざけ》られ、陸はふっと身体が怒りに熱くなるのを知った。

「おまえみたいなガキのどこがよかったんだかなあ、ハシヅメも悪趣味」

「恭司さんはそんなんじゃないっ！」

「ああ……？」

しまった、と思った時には遅く、口答えをした陸は次の瞬間、壁まで吹っ飛ぶような勢いで殴られていた。そのまま髪を鷲摑《わしづか》みにされ、呻《うめ》くより先に頬を張られる。

「てめえ、なに調子くれてんだよ、ナニサマだ、あ？」

「きょ、じ、……恭司さんは、……ちが……っ」

それでも身体より、恭司を侮辱されることの方がよほど痛くて、はじめて勇次に刃向かった。

「あのひとは、違う！　勇次とは違うよっ！」

　案の定また殴られたけれども、いつものように凍りつく心臓の苦しさよりも、爆発するような憤りの方が強く、ぎりぎりと陸は唇を嚙みしめる。

「な……っにタメなつもりになってんだ、オカマ！　言うこと聞けってんだよ！」

「や、だ……っ」

　のしかかり、何度も殴られながらも強情に、陸は首を縦には振らなかった。もがいた指先が勇次の頰を引っ掻いて、力でねじ伏せてきた相手の思わぬ逆襲に逆上した男の暴力は、容赦《ようしゃ》がなかった。

「イイ度胸じゃねえか、この野郎……っ、血が出たじゃねえかよ！　ばか！」

「ぐ、ふ……っ」

「なにが恭司さんは違うだ！　おまえみたいなのを、ハシヅメが本当に相手するわけねえだろ！」

　首を締め上げられ、何度も床に頭を打ちつけられながら、暴力癖のある男は次第に昂奮《こうふん》してきたようで、息を切らしながら股間のものを取り出した。

「なんだよ、ケツの穴ゆるくしてりゃいいと思いやがって……それとも、あれか？　俺がかまってやんなかったから、拗《す》ねてんのか？」

　勇次はこんな切羽詰まった局面でもなお、自分のそれにゴムをつけることを忘れなかった。

そもそもが小心で潔癖な部分もある男で、部屋の汚さは気にしないのに、自分の身繕いだけは完璧にしようとする。

「ほれ、きたねえケツに入れてやるよ……嬉しいんだろ？　ほら、なあ？」

「い……や」

喉の中程を親指で押さえつけ、息もままならない陸はもう抗うこともできない。そうして膝頭に大きく脚を広げさせられ、恐怖と嫌悪に引きつった瞳が大きく瞠られた。

「おまえの好きなチンコだ、ほら！　ケツ振って喜べよ！」

「いや……いやだ、や、……あ、ああああ！」

ぞっとするようなものが押し当てられ、潤みの足りない部分に入り込もうとする。かすれた悲鳴は喉を痛ませるほどに大きく、だというのにそれもかまわずに勇次は怒張したものを無理矢理に押し込んできた。

「いた、い、いや、やだっ……やだあぁ……！」

「……っ、なんだ、よ……具合、よく、なってんじゃんかよ」

ぐいぐいと腰を使われて、内臓を押し上げるようなそれに吐き気がした。苦しくて気持ち悪くて、裸の背中が畳にこすれる痛みもまた陸を呻《うめ》かせる。

（助けて……たすけて、恭司さん、助けて……っ）

叫んでも届かない男に、せめて目を瞑って心の中ですがろうとする。その瞬間、この中にいて欲しいのはただ彼ひとりしかいないのだと、陸は思い知った。

腹の中から突き破られそうで苦しく、こんな時に恭司はどうしろと言ったろうかと、ぼんやり霞みはじめる頭の中に、ふと彼の声がよぎった。

――いいか、陸……相手が下手《へた》な時は、自分で合わせるしかない。

「ん、ぐ……っ」

――ココがおまえの感じるとこだ。覚えろ……能のない奴は、ただがんがん突いてくるだろうけどな。

せめてダメージの少ないように、腰を浮かせて、力を抜いて。相手を喜ばせるためだけでなく、最低でも身を守るためにと教えられたことを、勇次の身体で実践したくはなかった。

それでも、この苦痛から逃れる方法を知った身体は、じりじりと脚を広げ、少しでも早く楽になれるようにと、動きはじめてしまう。

「ああ？　なんだよ……腰動かして」

「ん、ん……っ」

気づいた勇次は下卑た嗤《わら》いを浮かべたが、聴覚さえ遮断した陸は恭司の影だけを追い求める。

――いい子だな、陸……上手になった。

甘い声を出して抱きしめてくれた彼は、ここがいいところだろうと陸の内部を穿った。ただ身勝手に腰を振るだけの勇次に合わせ、腰の角度をずらしてみれば、教えられた通りの場所に確かにそれはあって、頑《かたく》なに目を瞑ったまま陸はこみ上げるものを堪える。

「んんん……っ、んっ、ん」

「なんだよ……スキモノだよなあ、結局それかよ……」

声を嚙んでも溢れてくる喘ぎに、勇次の生臭い息が被さった。なにも聞きたくない、見たくないと陸は両腕で顔を覆って、どこまでも汚されていく身体を耐える。

（恭司さん……恭司さん……恭司さん……！）

そうして何度も、彼の名前を胸の裡で繰り返した。壊されていく陸の、たったひとつ残ったよすがはそれしかなく、彼の名と同じ数だけごめんなさいと呟くのもまた、胸の奥深くでしかできない。

揺さぶられ、切れ切れになる吐息の合間、陸のこめかみを伝って流れていく雫《しずく》があった。

それが涙なのか、汗であるのかは、もう陸にもわからなくなっていた。

ぐったりとした陸の手に、問題の小さな包みが握らされたのは、数回に及ぶ行為に満足した勇次が身体をようやく離してからのことだった。

「えらく仕込まれたもんじゃん……これなら、ハシヅメだってまんざらじゃないわけだよな」

もう口をきくこともできないまま、虚《うつ》ろな顔で横たわった陸の頬を、やってくれるだろうと勇次は撫でる。

「やれよ、陸……そうじゃねえと、おまえもだけど、ハシヅメだって危ないかもしれねえぞ？」

「……？」

どういう意味だ、と恭司の名前だけには反応して、陸が憔悴《しょうすい》しきって赤らんだ瞳を向ければ、勇次は底の見えないような暗い笑みを浮かべる。

「このクスリで騒動が起きて、ちょっとばかし田川に借り作るのと、動けない身体になるのと……どっちがハシヅメにとっちゃ、マシか考えろよ」

「ま、さか……っ」

起きあがろうとして身体中に走った苦痛に呻き、陸はぐったりと身体を横たえる。その頬をなぶるようにして叩く勇次の顔は、笑っているままだからこそ恐ろしく、いったい自分はいままでこの男のなにを見てきたのか、と陸は唇を噛みしめた。

「俺もさあ……切羽つまってんだよ、なあ？」

その頬に、ひやりとしたものが押し当てられて息を飲む。ちりっと肌を傷つけた感触は、勇次がチーマー時代から大事にしていたバタフライナイフだった。陸が知っているだけでも数人、彼のナイフは誰かの血を吸っている。

勇次との出会いの日にも、陸を殺しかけたあの男は、このナイフで刺されていた。

頭上からしぶいた血に凍り付き、真っ青になっていた陸を引きずり上げた勇次に、助かったと思ったのも束の間、乱れた服になにを催したのか、そのまま路上で犯された。

（あれは……）

ずっと、助けてくれたのだと感謝していた。けれどもいまにして思えば、あのホームレスと勇次と、陸を痛めつけ犯す相手が変わっただけのことではなかったのだろうか。

都合のいい時だけ上手く使って、笑ってみせて嘘をつく、それもあの故郷にいた頃の教師と勇次と、なにが違ったというのだろうか。

（おれが、そんなんじゃないって……思い込んでた、だけ……？）

それを知ることが嫌で目を瞑り続けていた陸に、鈍く光る刃先が現実を突きつける。

「村井さんにはさあ、俺もよくしてもらってるからさあ、この辺で点数稼いどかねえと、これが」

ひたひたと刃を押しつけられ、陸は小さな声でやめてと告げる。

「こう、ぶすーっと、ハシヅメの腹に、なあ？」

「……やめて」

「まあ、上手く細工してくれるらしいから、いいとこ傷害で一年くらいだろうって言うし？」

勇次の言葉が脅しで済まないことを知っているだけに恐ろしく、陸は悲鳴を上げるしかない。

「やめて！　やめろよ！　やるから、やるから！　おれ、やるから……っ！」

必死の声に、しょうがねえな、と笑った勇次は名前の通り蝶《ちょう》のように折りたたまれるそれをしまった。そして、うっすらと笑いながら、やるんだな、と念を押す。

「今月のうちにカタ、つけろよ。わかったな？」

「わ、か……った」

がくがくと頷きながら、このまま消えてしまいたいと陸は強く思う。

いいように使われた身体の痛みも、恭司にとって最低の裏切りを仕掛けることになったいまの、心の苦しみに比べれば、矮小《わいしょう》なものでしかない。そうして打ちのめされながら、わんわんと頭の中でこだまするのは恭司の声だ。

——陸……。

自分の名前ひとつでも、恭司の声になにか囁かれるだけで、身体の芯《しん》がなくなってしまう気がした。怖くないのに不思議と心臓が高鳴って、落ち着くのに落ち着かない気分を、慣れない不安感だとずっと、決めつけていた。

本当はずっとかっこいいひとだと思っていた。どこか手の届かない、遠い世界のひとのようで、だから安心して憧《あこが》れていられたのだ。

はじめて身体を触られた時、どうして鳥肌が立たないのか不思議だった。それはきっと自分の好みではないからで、好きじゃない相手だから平気なのだとさえ思っていた、あのばかな自分を殺してしまいたいとさえ思う。

従兄によって刷り込まれていた思いこみを取り払えば、いままでの自分は恐怖によって従わされることを、恋愛だと勘違いしていただけだと気づいた。そうして、心ごと許してしまったのが、恭司ただひとりだということにも。

(でも……)

けれどそれに気づいたところで、なにになると言うのだろう。いま自分はこうして勇次に犯され、なによりも焦がれた相手を破滅へと向かわせるしかできない。

ただひとり、欲望でなく陸を抱きしめてくれた相手に、結局はこんな災厄しか運ぶことができない自分のことが、たまらなかった。

＊　＊　＊

陸が部屋を飛び出していった日から一週間が過ぎ、恭司はその間仕事に忙殺されていた。

東京で各店舗の状況確認をすることもままならないまま、「ホワイティア」の新店長も決まり、じりじりとしながら本社の社長室で山積みになった書類を片っ端から片づけていく。

いままでのツケだとばかりに会議に会合、苦手な決算処理とこなしつつ、いらいらと煙草のフィルターを噛みしめるのも、突然三日ほど本社を空けると言い出した渋沢《しぶさわ》のせいだった。

「まったく、このクソ忙しいのにどこにいったんだ、あいつは……っ」

普段ならば自分が散々言われている悪態をそっくりと呟きながら、ばさりと恭司は書類の束を放った。やけくそのように決済印を押しまくったそれらが床に散って、ちょうどコーヒーを運んできた総務部の中田《なかた》がびくりとすくみ上がる。

「悪い、なんでもない」

「だいぶ荒れていらっしゃいますねえ」

ばつが悪く苦笑してみせれば、お疲れですねと穏和に笑った男は先代からの付き合いだ。本来なら定年退職してもいい年齢だが、彼の家計の苦しさを知っていた恭司は、年齢を鑑《かんが》みて半ば閑職でもある総務の部長を彼に任せている。

中田は気のいい好人物で、若かりしおのれを知られている分だけ、微妙に恭司も頭が上がらない。

「たまには息抜きでもなさってはいかがですか」

「渋沢もアンタくらいゆるけりゃあね。中田さんだってこんな遅くまで頑張ってるじゃないですか」

「私は老兵ですからねえ……のんびりしたもんですが」

とぼけた顔でコーヒーを差し出す中田に礼を言えば、ところでと穏和な男は口を開いた。

「最近はあれですか、あの、男の子はどうしたんですか」

「……あっつ！」

ここにも噂は飛んでいたと見えて、飄々《ひょうひょう》と問われた言葉に思わず動揺した恭司がコーヒーを零してしまえば、素早く台ふきが差し出される。ただし恭司のスーツより先、染みの付きそうな書類を拭うあたりはさすがではあった。

「中田さんまで知ってんのかよ……」

「渋沢さんは怒鳴《どな》ると声が大きいですからねえ」

はっはっは、と快活に笑った白髪の男は、この間のやりとりを聞いていたものらしい。参った、と頭を掻きむしった恭司は、どうという感慨もなさそうな中田をいっそ不思議に思う。

「いいんじゃあないですかねえ。色事に悩むのも。大体が恭司さんはストイック過ぎる」

「ストイ……おいおい、そりゃちょっと違うんじゃねえのか？」

「先代やら先々代に比べりゃあ、かわいいもんですよ」

なにを知っているものやら、ふふふと笑った自称老兵は、微笑《ほほえ》ましいと言わんばかりのまなざしで恭司を見やった。

「まあ、なんだ。あれですよ。社長が男妾囲ったところで、あなたがたの信用をなくすほど、ハシヅメは落ちぶれちゃあいないってことです」

それだけの話ですよと笑う中田は、先日の渋沢の言葉を恭司が気にしていると思ったのだろう。

——風俗の社長が男の愛人を連れ込んだなんざ、いい嗤《わら》いもんだ！

きりきりと眉間《みけん》に皺《しわ》を寄せた親友の声は実際、厳しくも痛いものがあって、少なからず恭司を落ち込ませたのは事実だ。しかし、そんなことではないのだと恭司はかぶりを振る。

「なあ、中田さん。……もっとくだらねえことだよ」

「はい？」

もうこんなことはやめて、自分だけのものになれと口走りそうになった恭司を知っていたかのように、陸は逃げた。

あの日陸に突き飛ばされた手のひらの形に、ずっと胸が痛いままだ。拒むようにして去った彼は、恭司が続けようとした言葉を知っていたのかもしれないと思えば、つらい。

「男のいる相手に惚《ほ》れたってのはさ、……どうすりゃいいのかね」

「社長……？」

それでも、最後と告げたあの言葉にひどく傷ついたように見えた陸を知ってしまっているから、結局は諦《あきら》めもつかないのだ。

「それでまた、相手は俺のことを金づるくらいにしか思ってないとしたらさ」

恐ろしく弱気な言葉が零れて、恭司は自嘲を浮かべる。さぞやあきれていることだろうと思った中田はしかし、ふむ、と軽く首を傾げたあとにつらっと、思いもよらないことを言った。

「まあ、惚れてくれってのは難しくても……金にものを言わせてがんじがらめにするっていう手もあるんじゃないですか」

「――はあ!?」

てっきり正気付けだのなんだのという説教を半ば期待していた恭司は目を剝《む》いて、「だからあなたはストイックだというんです」と中田は笑う。

「だいたいが、私も四十年ハシヅメで飯を食ってきた男ですよ。いまさらなにに驚いて、正論めいたこと言えっていうんですか」

「中田さん……?」

そういう問題か、と呆然《ぼうぜん》とする恭司に、中田はふっと笑みを深くした。

「年を取ってきますとね。時間のなさに気づくんですよ。だから、どうしたらいいだろうだの、ああすればよかっただの、迷ってる時間が惜しくてね」

言葉を切った皺の深い横顔に、恭司は黙って目を伏せる。七十に手が届きそうな彼がいまだに仕事を辞められないのは、かつてハシヅメに勤めていた妻女が重い病のために伏せているせいだ。

「だいたい口があるんだから、口説《くど》きゃあいいじゃないですか。金だって魅力のうちだ。そして社長の男ぶりなら、大抵の人間は落ちるでしょう」

「……すまん」

若い頃苦労をかけたという中田の奥方は、いまはもはや意識さえもない。私なんかもう、詫《わ》びることもできないと笑う中田の穏和な顔に、ひとかどでない重みを見た恭司は黙って頭を下げた。

「私に詫びるより、渋沢さんにこそ言ってあげなさいよ。あれで一番、社長を心配してんのはあのひとなんですから」

「ああ……そうだな、……っと」

しんみりとした空気を壊すように、恭司の携帯が鳴り響く。軽く会釈《えしゃく》をして出て行った中田に手を挙げて、相手の確認もしないままに恭司は通話をオンにする。

『決算書類は終わったか』

「もしもしくらい言えよ。っつか、どこにいるんだ、おまえは」

開口一番聞こえてきたのは傲然《ごうぜん》とした渋沢の声で、どっと疲労が募った恭司は握った拳《こぶし》で額を叩く。責める声も力なく、そんなものは聞こえないとばかりに渋沢は淡々と言葉を紡いだ。

『まあいい、戻ったらわかることだ。……それより、遠矢《とおや》陸から連絡はあったか』

「……ねえよ」

オフだからというつもりなのか、もう丁寧語さえも使う気配はない彼に「嫌なことばかり並べ立てるな」と憮然《ぶぜん》となった。知るかと恭司が返せば、そうか、と渋沢はなにかを案じるような沈黙を落とし、次に連絡があったら、と続けた。

『あの部屋で会うことになるんだろう。その際、なにかがあったらすぐに俺に連絡をよこせ』

「ああ？　なにか、っておまえ」

『そのうちわかる。悪いようにはしない……言ったろう。花代だ』

「おい、なんのことか説明を——おい!?　渋沢!?」

『じゃあな。明後日《あさって》には出社する』

ふざけるな、と噛みつこうとした恭司には応えず、そのままふつりと通話は途切れる。

「なんだってんだよ……っ」

連絡があるもなにも、もう陸には最後と思われているのだ。ああして逃げられてしまった以上、これ以上追いかけることが果たして陸の望むことだろうか、そう考えてふと、恭司は唇を歪める。

「違う、か」

もう一度拒まれるのが、結局は怖いのだ。そうして二度と、あの痛みを知りたくはないと感じている自分の臆病さに、笑いたいような気分になってくる。

「金でどうにか、か……」

あの日、普段よりも多い金額を渡してやったのも、結局は恭司以外にこれほどの金を与える男はいないと踏んだからで、それにつられて勇次が唆《そそのか》すことを期待した部分も否めない。

そうした汚い算段を、結局自分に許せてはいないのだ。

「できるもんなら、そうしたいよ、中田さん……」

呟き目元を覆ったまま吐息した恭司は再度、手にした携帯が鳴り響いたのに反射的に出てしまう。

「渋沢か、今度はなに――」

『……あの』

てっきりあの秘書がもう一度、書類の件ででも連絡をつけてきたのだろうと思っていれば、聞こえてきたのは少しおどおどとした、陸の声だった。

「どう……した？」

喉の奥に引っかかった声に驚き、軽い咳払いをする恭司は、おそろしく動揺している自分に気づいて内心舌打ちをする。

『あの、……ごめんなさい、この間、最後って言われたんだけど』

「ああ、いや、……それは、いいんだ」

そうして、大丈夫だからと告げたそれがあきれるほどに甘い響きを伴うことに自分でも鼻白んだが、陸のひどくためらいがちな口調と、そしてあまりのタイミングのよさにふっと訝しむ。

どうかしたのかと問うよりも先に浮かんだのは、先ほどの渋沢の言葉だ。

(あいつ……これがわかってたのか？)

陸からの連絡は、実のところこれがはじめてだ。多忙な恭司はいつ身体が空くのかわからなかったし、そもそも陸も途中からは申し訳なさそうにするばかりで、積極的に金銭をねだるようなあの行為を、重ねようとはしなかった。

『も、……もう一回、買って、くれない……？　お金、欲しいんだ……』

その陸が、いままでにも聞いたことのないようなストレートな台詞《せりふ》で告げてくる。あの日、こんなにもらえないと震えながら口走った彼の言葉とも思えず、なにかが引っかかる、と恭司は知らず眉間を狭めていた。

『ね、あの……恭司さん、だめ、かなあ』

「いや……」

携帯を通して響く声はひどく暗く、まるでだめだと断ってくれることを望むかのように弱弱しかった。あの小さな肩が震えているさままでが見て取れるようで、仕方のないと恭司は平静を装った。

「明日、そうだな……昼の二時なら空いてる」

『そ、……そう、ですか』

望みが叶《かな》ったというのに気落ちした声を隠せない陸は、いったいなにを抱え込んでいるのだろう。問いただしたいような気持ちを堪え、怯えきった陸に聞こえないように恭司はため息をつく。

「……待ってるから」

そうしてただひと言告げたそれに、陸はまるで泣いているかのように声を震わせた。かぼそく聞こえる、了承の言葉は遠くいまにも消えてしまいそうで、すぐに迎えに行ってやると口走りそうになるけれど、渋沢の冷たく微笑むようなあの声が、ぎりぎりのラインで恭司を押しとどめる。

――そのうちわかる。悪いようにはしない……言ったろう。花代だ。

そうして、陸との電話を切り上げ、渋沢へと電話をかける恭司の頬には緊張が走る。

『遠矢陸から連絡があったのか』

「そうだ……明日二時、［ホワイティア］で」

『解った。おまえはそのまま普通にしてろ』

ごく短い会話を交わし、そのまま通話は切り上げられる。普段通りの恬淡《てんたん》とした声の中に、隠しようもない緊張をかぎ取ったのは長年の付き合いからだろうか。

そうして、渋沢の背後に誰か、強大な存在があるだろうことも、うっすらと想像がついている。そうしてそれが、あの秘書が強引に話を取り付けた鳥飼組の誰かであることも。

「花代か……百万ぽっちで、工藤《くどう》はどう動くつもりかな」

呟き、恭司は目を閉じる。それでも渋沢が、恭司に悪いように動くはずもないことだけはわかっていた。

「まあ、どっちにしろ、明日が正念場らしい」

言葉が届くうちに。後悔をするその前に。この身体とすべての言葉と、そして情熱をもって陸を口説き落とすしかないだろう。

もうあとはなるようにしかならないだろうとうそぶいて、もう一度開いた恭司の瞳にはもう、迷いはなかった。

＊　＊　＊

指定した時間きっかりに慣れた部屋のドアをノックした陸は、ひどく青ざめていた。ほんの一週間顔を見なかっただけだというのに、ずいぶんと痩《や》せて見える姿に恭司はつと眉を寄せたが、なにも言わないままに細い肩に腕を回し、そっと引き寄せる。

「ごめんなさい、あの……急に」

「別にいいさ。……それより、来いよ」

入口付近で突っ立ったままの陸に笑いかけ、部屋の中央に誘えば、しかし陸は無言のまま拳を握りしめて顔を伏せる。いままでにも見たことがないほどに緊張し、がたがたと震えている陸の様子は明らかにおかしく、よく見ればその小さな顔には、治りかけの傷がまたできていた。

「また、殴られたのか？　それで……ここに？」

「ちが、……あの、……っ」

恭司と会うにも大分慣れて、一頃には無意識であろうけれど心を開き、甘えるような様子を見せていたのに、この状態はどうしたことなのだろう。例の件をまだ引きずっているのかと怪訝な顔を隠せないまま、そろりと恭司は声をかける。

「なあ、本当はおまえ、具合でも悪いんじゃないのか？」

尋常でなく震える身体は生汗が流れ、青ざめた顔色に、それが決して外気の暑さから来るものではないと知れる。血の気《け》をなくした頬に触れれば、驚くほどに冷たい。

「無理はしないで、帰って寝た方がいい」

「おれ、……おれっ、あの……っ」

そっと頭を撫でてやれば、弾かれたように陸は顔を上げ、そのまままた目を逸らす。しかし、大きな瞳に浮かんだものに恭司が気づくには充分で、陸、と呼びかけようとしたそれを遮るように小柄な身体はすくみ上がった。

「できない……っ！」

「え？」

唐突に引き絞るような声で叫んだ陸に面食らえば、わななく身体を陸は翻《ひるがえ》す。

「ごめん、もう、できない、もう会えないから、……おれ、やめるから……！」

「陸!?　おい、どうした……待てよ！」

そうして、きびすを返し走り去ろうとする腕を、恭司は今日こそしっかりと捕まえた。

「おまえ、いったいどうしたんだ」

「違う……ごめ、なさい、呼び出したのに、こんな……っ」

ほっそりした肩は恭司の手のひらで容易《たやす》く摑めるほどで、いままでに知ったそれよりなお尖《とが》った感触に知らず表情は厳しくなる。それをどう解釈したのか、唇を震わせたまま必死に笑おうとする陸は、痛ましくてたまらなかった。

「や、やっぱりおれ、……か、身体売るなんて、やだし……っ」

「陸？」

「ゆ、勇次ももうしなくていいって、言ったし、やっぱりほら、カレシ以外とするのやじゃん？」

告げる言葉はもっともなのに、それだけに奇妙な感じがした。なによりこの、追いつめられたような陸のやつれようは尋常ではないと、恭司は瞳を眇める。

そうして気づいたのは、先ほどから陸が決して、右手を開こうとしないことだ。

「陸、……おまえ、なにを持ってる？」

「な、にもっ……なにもないよ！」

恭司を押し返そうとする左手は汗ばんでいるのに、隠そうとするかのように後ろ手にした利《き》き腕は、強ばりすぎて血管が浮き出している。

「見せてみろ。なにもないなら」

「や、だ……」

じりじりとあとじさり、かぶりを振る陸は来ないでくれと涙目になった。懇願する瞳に盛り上がった涙はいまにも零れそうで、恭司はどこまでもこの目に弱いと思いつつ、その長い腕を伸べる。

「やだ、恭司さん、だめ……やだっ！」

「ごめんな」

細い腕をひねり上げるのはあまりに容易く、ぎりぎりと締めつけた手首が折れてしまいそうだと思った。痛い、と泣きながら強情にも指を開かない陸が、力なく胸を叩くのにもかまわず一本一本をほどいていく。

「これか……なるほどな」

果たして、震えた手のひらからこぼれ落ちた小さな包みの正体は、なにも聞かなくてもわかる気がした。驚愕に目を瞠りつつも、先日の渋沢との電話以来、どこかでわかっていたことだと恭司は苦く笑う。

「だめ……！」

「はめてこいって言われたのか？　これで……俺を」

拾い上げた瞬間、悲鳴を上げて陸はそれを取り返そうとしたけれども、抱き込んで抵抗を抑えれば、しゃくり上げながら震えるしかできない。

「おおかた、これをどっかに仕込むか、使うかしてこいって……川原勇次に言われたんだろう？」

あくまでもやさしく問う恭司に、ごめんなさいと陸は泣きじゃくった。

「……っ、ごめ、なさ……っ、でも、……でも、しないと……っ勇次が、ゆ……っ」

「いいさ。……また、殴られたんだろう」

それとももっとひどい目に遭ったのだろうか。やつれきった首筋から続く、襟ぐりの深いシャツから覗く鎖骨も尖りきっていて、そこに歯形のようなものがまだ鬱血《うっけつ》を残していることに気づけば、どこまでもやるせない。

「おれ、おれが殴られるのは、いいんだ、でも、……でも勇次、……っ」

「いいんだ、陸。……いいから、泣くな。怒ってない。わかってるから」

寄る辺ない彼が、暴力に屈することは仕方のないことだ。なによりあの男に捨てられることにあれほど怯えていた陸が、抗えるわけもない。軋む胸を堪え、許すと告げようとした恭司は、しかし続いた言葉に目を瞠る。

「さ、刺すって……恭司さん殺すって……っ」

「陸……？」

「やだって、やめてって言ったらじゃあ、これ置いてこいって、そしたらしないって、だから……っ」

愕然とする恭司には気づかないまま、陸はおぼつかない言葉を綴《つづ》って咳き込んだ。

「ごめ、なさい……おれ、ほかにどうしていいかわかんなくって、あ、あのまま逃げようと思ったけどでも、ずっと見張られて……っ」

泣きじゃくる陸は、自分がなにを言ったのかもわからない様子で、必死に許しを請うている。

愚かに過ぎない行動を取ったにせよ、その瞬間、陸が誰を選び、誰のために動いたのかをわからない恭司ではなかった。

「逃げて……この後、ま、マトリっていうの、来るから……っ」

「……陸」

「お願い、おれ、おれがこの部屋に入ったら勇次、通報するって、だから、だか……っ⁉」

こみ上げてくる感情が抑えきれないまま、恭司は痩せた身体を抱きしめる。そのまま小さな唇を塞げば、陸はびくりと強ばったままに目を見開いた。

「きょ、じさ、こんな、こんなの……っ」

「いいから、もう」

黙っておけと告げて、抵抗する唇を深く奪った。呻いた陸が腕に爪を立てるけれども、恭司にはなんの痛みもない。

「口説き落とす前に、転がってきたな」

「ふ、あ……っ？」

「いいんだ。……なあ、陸」

なにがなんだかわからないという顔を見せた陸に、隠しようもない歓喜を載せたまま微笑めば、血の気の失《う》せていた顔がふわりと上気する。腕にした身体もまた暖かく湿り、そのすべてがこれから問う言葉の答えと知りながら、恭司はあえて言葉を発した。

「俺が、好きか」

「そん、……なに、言って」

「ぐだぐだ考えるな。好きか嫌いか言え」

中田に太鼓判を押された男前の顔立ちを、思い切り甘く笑わせて告げれば、陸は小さく震える。

「なあ、好きだって言え。……そしたら、全部もらうから」

「きょ……じ、さ」

「勇次のところにも返さない。おまえだけにやさしくして、おまえだけずっと大事にするから」

言えよ、と傲慢《ごうまん》なふりで詰め寄りながら、頼むからと瞳に懇願の色を載せる。

「なんで……?」

信じられないとかぶりを振りながら、陸はその場から逃げることもできないようだった。

「おれ、……こんなんだよ?」

「ああ」

「頭だって悪いし、お、お金でひとと、寝ようとしたんだよ……?」

言い募りながら、細い指が恭司のスーツの裾《すそ》を握る。信じたい気持ちと信じられない心が葛藤《かっとう》を起こしている小さな頭の中身よりも、素直な身体の方がよほど正直だと恭司は笑った。

「知ってる。だから俺が買ってやったろう」

「だまそうとしたんだよ!? 恭司さん、あんなによくしてくれたのに、おれ、だまして、……っ」

「あのなあ、陸……教えてやるよ」

どだい嘘の下手なおまえに、ひとがだませるわけがないだろうと笑って、恭司は続けた。

「惚れた相手には、だまされちまっても文句なんざ言えないんだよ。ばかになっちまうから」

「恭司さ……っ」

その言葉についに陸は声をあげて泣き出して、抱きしめた腕を拒むこともなかった。むしろもっととねだるようにしがみついてきて、塩辛い唇を恭司は堪能する。

「ん、んん……っあ、あっ」

そのまましなる背中を撫で下ろせば、感じ入った声を上げて陸は腰をよじった。そうして、ひくひくと喉を鳴らしながら、火のついた身体を持て余すように抱きついてくる。

「おれ、おればかだから……っ、身体もばかになっちゃって」

「陸……？」

「勇次とやってんのに、すっごい、やで、痛くって……なのに、なのに恭司さんのこと考えたら、すぐいっちゃって、いっぱい出て、それで勇次また、やりそうになったから、イヤで……！」

苦しげな告白に、やはりひどい目に遭わされていたかと恭司は顔を歪めた。その表情を見ていられないかのように、陸は俯いて唇を噛みしめた。

「こん、こんなこと、言ってもいまさらなんだけど、……でも」

自分がなにを言ったのかわからないほどに陸は愚鈍ではなく、また、それを言う資格がないことも同時に、充分理解していたと震える肩は痛々しかった。

「恭司さんじゃないとやだ……い、いっぱい、いろんなひとに、されたけど、おれ……っ」

「ああ、……俺じゃないと、だめなんだろう？」

「うん、……うんっ……」

すすり泣き、何度も頷いた陸に、もうそれで充分だと恭司は告げる。そうして、手にした小さな薬包を険しい視線で睨みつけ、片腕で陸を抱いたまま携帯を取り上げた。

「恭司さん……？」

「いいから。……ああ、俺だ」

急になんだ、と顔を上げる陸の頭に手を載せたまま、恭司は渋沢と繋がった電話で状況を知る。

『五分前に川原勇次は押さえた。いまは支配人室だ。そっちは、カタがついたのか』

端的な声の背後では、なにかケモノじみた叫びを上げる男の声が聞こえていた。むかむかとしながら恭司は吐息して、発した声が我ながら驚くほどに冷たく低いものになることを知った。

「問題ない。……で、そっちはどうするつもりだ」

『既に工藤さんの配下がこっちに待機してるが……どうする？』

収まりのつかない心情を察したように、渋沢はあえて選択権を委ねてくる。迷ったのは瞬時で、これから行くと短く告げたまま恭司が通話を切れば、不安そうな陸の視線とぶつかった。

「逃げ、ないの？」

「理由もないのに？」

大丈夫なのかと震える身体をもう一度抱きしめ、恭司はその耳元に囁きかける。

「ついてくるか？」

ある意味で、これから陸に見せようとする場面は残酷であるかもしれなかったが、細い身体を縛りつけている歪んだ情の鎖を解き放つには、必要なことかもしれないと思った。

「どこにでも、行くよ……」

それでも理由もなにもわからないまま、陸は頷く。地獄にまでと言いかねない陸のひたむきな視線に、満足げに笑って、恭司はその長い脚を踏み出した。

＊　　＊　　＊

最上階へと恭司に連れられた陸が目にしたものは、数人の男に取り押さえられた勇次の姿だった。

「てめえ、この野郎……ただで済むと思ってんのかあっ⁉」

「勇次……」

吠える男は結構な目に遭ったらしく、造作だけは整っていた顔立ちは醜く腫《は》れ上がっている。どうして、と振り仰いだ傍《かたわ》らの男の顔は見たこともないほどに厳しく、陸は息を飲んだ。

「おい……その子まで連れてきたのか」

ひどくうつくしい顔をした黒いジャケット姿の男が、低くなめらかな声で咎めるような言葉を発したが、恭司は動じることもない。

「てめえ、陸……どういうことだよ⁉」

むしろ動揺を露わにしたのは憎々しげに顔を歪めた勇次の方で、ぞっとするような表情にすくみ上がれば、恭司の力強い腕が肩を抱いてくれる。

「どうやってハシヅメにちくりやがった、ああ⁉　おまえの携帯も全部取り上げてやったのに！」

「おれ……っ」

そんなことはしていないとかぶりを振っても、裏切り者と罵《ののし》る勇次の剣呑《けんのん》な態度は変わらない。あげく隣にいる恭司を認めてせせら笑うような表情を浮かべ、その卑屈な醜さに陸は目を瞑った。

「あんたもあんただよ、こんなクソガキのどこがよかったんだ、ああ？　陸のケツはそんなにいいのかよ⁉　ホモ野郎！」

「――そのガキに無茶するだけして、利用しようとしたクソはどこの誰だ」

わめき立てた勇次の声に比べ、恭司のそれはどこまでも穏やかにさえ響いた。そのくせ、血が凍るほどの冷たさでその場を凍らせ、一瞬怯《ひる》んだように勇次は息を飲む。

「……っ、俺に、こんな真似をしてただで済むと……っ、田川組が黙ってねえぞ！」

「だ、そうだが？　渋沢、どうなんだ？」

あげく、虚勢混じりの脅しを吐いた勇次のそれをため息でいなし、恭司はぞっとするほどに端整で、理知的な顔立ちの男を振り返った。

「話にもならないんじゃないのか。だいたい、ここにいるのが誰かも、自分の立場も、わかってないようだし。……なあ、工藤さん」

取り押さえた男たちとは別に、涼しい顔をした渋沢の隣にもまた、陸の知らない顔がある。億劫そうに足を踏み出した四十過ぎとおぼしき壮年の男は、上等なスーツを纏っていても隠しきれない迫力を滲ませている。顔立ちは端整だがそれだけにおそろしく、陸は震えながら恭司の腕にしがみついた。

「篠田《しのだ》は、川原なぞ知らんそうだ」

「なん……っ」

ぽつりとなんの感情もない声で一言だけを告げ、工藤はすっと恭司の前に手のひらを差し出す。それだけで恭司はわかっていたかのように、先ほど陸から奪った薬包を彼の手へと落とした。

「鳥飼がクスリ嫌いってのは、知ってるな？」

そうして呟くように言った恭司の声は冷たいままで、まさかと目を瞠った勇次はもう、声もない。

「ついでに言えば、おまえの部屋にはもうガサ入れが入ってる。イイ度胸だ、後ろ暗い奴がこのハシヅメの三代目をはめようなんてな」

あとを引き継いだのは、笑みさえ浮かべた渋沢だ。しかし切れ長の瞳は決して、笑ってはいない。

「相手を見てから喧嘩《けんか》売れよ、小僧。しばらくおとなしくしてな」

「あ……、あ、……り、陸……」

がたがたと震えはじめた勇次は、いまこの場ですがれるなにかを探すように、必死で視線を巡らせていた。そこには先ほどまでの威勢のよさはかけらもなく、惨《みじ》めに怯えるばかりの男がいる。

「た、助けてくれよぉ、陸……なあっ」

あげく向けられた言葉は哀れに過ぎて、陸はじくじくと痛む胸を堪えた。思わず踏み出そうとした肩を、しかし恭司の腕がしっかりと摑んでいる。

「なあ、陸……っ！」

どうしよう、どうすればいいんだろうとうろたえ、振り仰いだ恭司の厳しい顔を見つめる。

「どうしたい？　……陸」

「……おれ」

勇次への気持ちが恋では決してなかったことも、自身がずいぶんな目に遭わされていたことも、いまの陸はちゃんと知っている。彼を裏切ってまで、恭司に向けた心が止められなかったことも。

その上で、赦《ゆる》してくれと告げるのは結局、ずるいのではないだろうかと気持ちは揺れて、声に出せないままに震えていれば、仕方がないと恭司はため息をついた。

「悪い。……そいつ離してやってくれ、渋沢」

「恭司っ!?」

なんの冗談だ、と目を瞠ったのはその場にいた恭司以外の全員で、陸もまた例外ではない。

「しょうがねえだろ。いいから離してやれ」

怪訝な顔をした工藤もまた頷き、軽く顎をしゃくって勇次を解放する。

「陸、陸、そうだよなあっ、おまえは俺のこと、捨てないよなあ？」

まろんだ男は嬉しげに陸へと近寄ってきて、どうしてと戸惑うままに恭司が背中を押してくる。

「恭司さ……っ」

先ほどの言葉を忘れ、自分を勇次に返してしまうのかと怯えた陸が振り返れば、ひどくやさしい目で笑っている恭司がいる。なにより雄弁な視線に射抜かれたまま、陸は痛む胸を押さえた。

「なあ、陸、もうこんなことしねえからさあ、一緒に帰ろうぜ？　なあ……」

いまこの場で陸を味方につけることが一番の得策と知った男の、哀れな声も聞こえない。だまされてもいいとまで言った恭司は、結局陸自身の選択を信じてくれるのだろう。無条件にただそう感じられて、陸は恭司へと微笑み返し、ぎこちなく勇次へ向き直った。

「勇次。……いままで、ありがと」

「陸……？」

明らかな決別の言葉に驚き、勇次は冗談言うなよと卑屈に笑ってみせる。けれどその表情にもきっぱりと陸は首を振り、震える指先だけを恭司に伸ばした。

「あの時、……助けてくれて、嬉しかった。それだけはほんとだよ、……でも」

包むように触れてきた暖かい手のひら、この手をもう離せないのだと陸は哀しく笑う。

「ごめんね、一緒に行けない」

「んだよ……っ、てめえ、結局そうかよ……！　飼い慣らされやがって！」

そうして、必死の思いで別離を口にすれば、底の浅い男はすぐにも目つきを尖らせた。見慣れた凶暴な視線にびくりと怯えた陸へ、許すかと摑みかかってくる腕はしかし、目の前まで迫ったところでぴたりと止められる。

「いてええっ！」

「もう、やめろ。……これでも、我慢してる方なんだ」

造作もなく勇次の腕をひねり上げ、押し殺した顔で恭司はぎりぎりと歯を食いしばっている。そうして堪えきれないように深く息をつくと、陸に許せ、と告げた。

「やっぱり一発入れとかせろ……っ」

「ひっ！」

呻いた恭司の声と同時に響いたのは、陸と勇次の悲鳴だった。鈍い音がしたあとに、恭司の強烈な拳がめり込んだ腹を押さえた勇次はその場でうずくまり、ややあって痙攣したあとに血まじりの吐瀉物《としゃぶつ》を床にまき散らす。

「あーあー……誰が掃除すんだよ、ここ」

「口の軽いバイトにでもやらしとけ」

汚い、と磨かれた靴先でその身体を蹴《け》ったのは渋沢で、いまだ憤りはおさまらないと肩で息をした恭司はそのまま、強引に陸の肩を抱く。

「恭司さん……あの……っ」

「悪い。限界だ。そのツラ見てるとまた殴る。あと、任せた」

「了解しました、社長」

汚れ仕事は俺の分担だ、と笑んだ渋沢のそれは、うつくしく整っているだけに恐ろしい。

ぞくりとしながら、部屋を出ようとする恭司に引きずられた陸は振り返り、ごめんね、ともう一度勇次へ告げた。

「ばいばい……勇次」

「……っざけんなよ……」

許さない、と呻いた彼をもう一度男たちの手が押さえ込むさまを見たくない陸が目を瞑れば、乱暴な所作で恭司がその部屋のドアを閉めてしまう。

「勇次……どうなるの？」

「しばらくは出て来られないだろうな……あの男は、ちょっと悪戯が過ぎた」

あとのことは俺も知らない、と答える恭司はにべもなく、それ以上を問うなと陸に告げているかのようだった。

「おまえの部屋の荷物も、多分全部処分されるだろうな。……あそこまで手が回してあるとは、俺も知らなかったが」

「うん……」

陸もまた、どこか疲れたような声の恭司にはこれ以上を聞いてはいけないのだと悟り、抱きしめてくる腕に身を委ねる。

そうしてそのまま部屋に戻るのかと思っていれば、恭司の指はエレベーターのボタンで地下を押した。どうしてだろう、と思いながらも、理由のわからない喪失感に浸っていた陸はぼんやりと引きずられるまま足を運ぶ。

勇次との終わりに後悔はなかったけれども、それでもあの瞬間、また自分の住処《すみか》を失ったことと、そしてあまり穏やかとは言い難くとも、最も長い時間を過ごした相手との決別はやはり、やるせないような気持ちが強い。

「どこ……行くの？」

だから駐車場に降り、病院に運ばれたあの日に乗せられた車の前で、自分のこれからを思って途方に暮れた陸は、頼りない声で恭司に問いかけてしまう。

しかしそれに笑うばかりの恭司ははっきりとは答えずに、早く乗れと車のドアを開けてくる。

「どこにでも行くって、言ったろう？」

疑うこともない様子で告げられればもう頷くほかはなく、精悍な顔に浮かぶ笑みに誘われたままその手を取ってしまう。

握りかえされた指の強さだけを、ただ一途に信じて。

＊　＊　＊

高速を乗り継いで走る車は、いつの間にか神奈川にまで辿り着いていた。見慣れない街並みに車窓を眺めていた陸は、ようやく着いたと告げられた先が、随分《ずいぶん》と高級そうなマンションであることに驚く。

「ここ……？」

「俺の家だ。まあ、つってもあんまり帰らないけどな」

車を降りるなり、長い脚でさっさと歩き出す恭司に小走りについて行けば、エレベーターに乗り込んだところでいきなり抱きしめられ、陸は目をまるくする。

「きょ、……恭司さんっ？」

「やべえなあ、もう……」

しかしその抱擁にあまり性的な意味合いはなく、どこか困惑したような声の恭司が肩先に顔を埋めたまま呟くから、おずおずとその形よい頭に手のひらを触れさせる。

「やばいって、……あ、仕事……？」

「ちげーよ、ばか。……おまえがさ」

「おれ……？」

あのまま勇次と行くと言われたらどうしようかと思ったと、態度ほどには自信のなかったらしい呟きをこぼされて、陸は驚いてしまう。

「おまけに、あのばかやろうにやられたのかと思ったら……くそ」

頭が煮える、と呻いた恭司にぎりぎりと身体を縛《いまし》められ、痛みさえも感じるけれども嬉しかった。

同時に申し訳なさも感じるから、必死にその背中を抱きしめ、陸はごめんなさいと告げる。

「謝ることない。……痛くされたか」

「ううん。……でも、嫌じゃ……ない？　おれ……きたなく、ない？」

誰かの手垢《てあか》のついたような身体を差し出して、果たして恭司はそれでもいいのだろうか。

どうしても自身の汚れが気になって仕方のない陸は弱々しく問いかけるが、なにを言ってるとあきれた声で告げる恭司に一蹴《いっしゅう》された。

「処女をありがたがるようなタイプか、俺が。……第一、そんなのいちいち考えて、こうなるか？」

「あ、うわ……っ」

ぐいと腰を抱き寄せられれば、なにか熱いものが当たって陸は赤くなる。

「だから聞いてんだよ……痛くねえのかって」

「恭司さ……っ」

ざわりと血が騒いで、それだけのことで腰砕けになりながら恭司の首にすがりつけば、ぽんという音と共に軽い浮遊感におそわれ、目的の階へ辿り着いたことを知った。

「平気なら、抱くぞ？　どうする、陸」

耳元でひっそりと囁いて、早く来いと腕を摑まれて、陸になにが言えるだろう。

「あ、……も、お、……痛くても、いいから……っ」

先ほどまでの虚《むな》しいような喪失感もなにもかも忘れて、引き寄せられるまま口走ったのは結局、どうにでもしてという気持ちの表れでしかない。

「恭司さんが、いいなら……して……っ」

ふたりして、まるで駆け込むようにして玄関に入り、恭司が後ろ手に鍵《かぎ》をかけたのと、唇が合わさったのはほぼ同時だった。

「んむ……っ」

恭司の言葉通り、長いこと不在だったことを示してむっとした熱気の満ちた玄関先では、抱き合っているだけでじっとりと汗ばんでいく。頬を伝う汗を舐められて喘ぎながら、陸がべたべたと汗ばむ身体の不愉快さに首を振れば、自分の身体の匂《にお》いがひどく気になった。

「お、……おれ、臭くない……？」

「ああ？　別に気にならねえけど」

陸が恭司に会う決心をつけるまで、勇次の部屋でほぼ軟禁状態にいた。その間、ろくに食事も風呂もままならず、勘弁してくれと泣きついてシャワーを浴びさせてもらったのは二日も前だ。

「でも、お風呂……入りたい……」

自身の不潔さに恥じ入ったままの陸が泣き顔で告げれば、面倒そうに一瞬顔をしかめた恭司は、その後にやりと笑ってみせる。

「んじゃ、先に入るか……一緒に」

「え、……ええ!? いいい、一緒っ!?」

「身体洗ってやるから、来いよ」

暑さのせいだけでなく一気に頭が茹《ゆ》で上がり、うろたえたままの陸を置いて恭司はさっさと風呂場へ向かう。目を回したままの陸がろくな思考も働かないうちにと思うのか、ひとに命じることに慣れた声は淡々と指示を飛ばしてきた。

「換気して、クーラーのスイッチ入れておけよ。テーブルの上にリモコンあるから」

「は、……はあ」

言われた言葉に抗えないのはあの声のせいか、陸が天然でばかがつくほど素直なせいなのか。いずれにせよぼんやりとしたまま、無駄に広そうなリビングへと陸は向かってしまう。

3LDKのマンションはモノが少なく、必要最低限の家具とベッドがリビングから間続きの部屋にあるだけだ。ベランダへ続くサッシを開ければ、勇次と暮らした部屋からは望むことも叶わなかったような高層マンションからの眺めがあって、その開放感に陸は息をつく。

夕暮れに近づいた時刻の風はまだぬるいけれど、オレンジに染まった街並みの光景と相まって、清々《すがすが》しく汗ばんだ身体を通り抜けていった。

(恭司さんの部屋、って感じだなあ)

すっきりと無駄がなく、それでいて居心地がいい。そういえば彼のホテルも、あのイメクラでさえもあまりごちゃごちゃとした装飾はなく、印象が似ていると陸はいまさらに気づいた。

そうして、許してくれるならたまに、ここに遊びに来ることをねだってみようかと考えていれば、ふわりと背中に体温を感じる。

「いい眺めだろ。あんまり帰れねえけど、ここ気に入ってるんだ」

「……うん」

気づけば長い腕が背後からそっと伸べられて、腰の前で長い指が組まれる。背の高い恭司にうしろから抱きしめられれば、陸の頭の上にちょうど彼の顎が乗るほどだ。ゆったりとした抱擁はまだ慣れず、また尻に当たる恭司の感触にも赤くなりながら、陸はこくりと頷いた。

「ただなあ、風もあんまり通さないから湿気で壁がやられることもあってな……誰かやってくんねえかとは思ってるんだが」

「そっか……あ、家政婦さんとかいないの?」

暑いはずなのに少しも暑苦しく感じない恭司の体温にうっとりとしながら、大変だねと相づちを打った陸は、しかし背後の男ががっくりとその体重を乗せてきたことに慌ててしまう。

「わわ、倒れる……」

「おっまえなあ……とぼけてんのか、それとも頭がやっぱ、悪いのか……？」

「え、え、……なに？」

ばか、と頭を小突かれて振り返れば、苦笑する恭司が陸の髪に口づけてくる。はじめて彼の見せる、甘ったるいような仕草にどぎまぎとしていれば、だから、と恭司は言った。

「ここに住めっつってんだよ。……仕事も、この辺で世話してやるから」

「え……」

「え、じゃないだろ、おまえ。そのつもりで連れてきてるんだから」

どこにでも行くって言っただろう、またあの言葉を蒸し返されて、陸はじんわりと瞳が潤むのを知る。眦《まなじり》にたまった水滴を吸い上げられ、言葉もない陸の身体を恭司はそのまま抱き上げた。

「恭司さん……いいの……？」

「いいもなにも、もう決めたからなあ。……なんだ、嫌か」

返事などわかりきっているくせに、そうやって恭司はわざと意地悪を言う。そのくせ、包み込んでくるような腕にはまるで、逃がさないというような力がこもった。

「や、……やじゃ、ないよ……」

陸がこのやさしい腕を、拒めるはずがない。抱きしめられればきんとこめかみが痛むほどに苦しくて、けれどその痛みは決して不快ではなく、もっととすり寄ってしまいたくなる。

「やなわけ、ない、よぉ……！　けど、……でもっ」

「でも、なんだ」

ただ、そこまでしてくれるとは考えもつかなかったし、さまざまに巻き込んでしまった彼への申し訳なさや、戸惑いもためらいも確かにある。

「い、の……？　ほん、ほんとに、……い、……？　めー、わく、……っ、ない？」

いいんだろうか、そんなことは許されるのかとじくじく痛む胸を堪えようと息を吸い込めば、しゃくり上げるような声が出た陸に、困った奴だと恭司は苦笑する。

「あのなあ……おまえみたいなのに、よそでちょろちょろされる方がよっぽど面倒だ。心配でしょうがねえからもう、……いいから、おまえは俺のとこにいろ」

けれどもう、そんなこともいまさらだと笑う恭司の、傍《そば》にいたいと思ってしまう。成り行きでなく、その日をしのぐためでなく、ただ純粋にこのひとに手が届く距離にありたいと、陸は心から感じた。

「……っ、恭司さ……っ……なんでもす、……するから、だから……っ」

傍にいさせて、と抱き上げてくれる逞しい肩に顔を埋めればますます胸が苦しくて、しがみついた恭司のシャツに熱いものが滲んでいく。

「別になんもしなくたって、かまわねえよ。言っただろうが、……惚れた弱みだ」

そう囁いた懐《ふところ》深い男は、だから素直に甘えておけと笑う。見ている方が溶けそうになる表情に赤らんだ頬のまま、それでも陸は少し慌てて、おれだって、と涙声で訴えた。

「おれ、おれだって……っ惚れてる、もん……すきだも……っ」

「知ってるさ」

だから攫《さら》った、と笑った恭司に結局、勝てようはずもない。風呂場へと連れ込まれ、服を脱がされる間も陸がただぼろぼろと泣くしかできないでいれば、濡れた頬を包まれ口づけられた。

「なあ。……もう、泣くな」

「ん。……うん、……」

頬や瞼《まぶた》にもあちこち口づけられ、広い浴室に手を引かれて誘われる。洗ってやると言った言葉通り、しゃくり上げたままの陸の髪からゆっくりと恭司は泡立てていって、そこかしこに擦過傷と青あざの残る身体をやさしく撫でた。

「あ……恭司さ……っん、んん……」

「滲《し》みないか？」

「へ、き……っけどぉ……っ平気……って、いうか……」

そうしながら、勇次が残した残酷な噛み痕《あと》の上に小さな口づけを降らされて、泣いて高ぶった感情のままに陸の息が乱れていく。

「ていうか？　なんだ？」

「んん、……っあんっ、あっあっんっ……もっ」

むろんそれは、やさしいばかりでは済まない長い指のせいだった。しっとりと香りのいい石けんを泡立て、普段よりもなめらかさを増した恭司の手のひらに肌を撫でられるだけでもまずいのに。

「ああ、……もう、ああ……っそんな、とこ、洗っちゃやだあ……っ」

くるくると円を描くように乳首を洗われたり、ことさらに脚の間をしつこくされればもう、たまったものではない。

「なんでだよ、ここは最初に洗っとけって言ったろう」

「あ、あ、……なかっ、やぁ……！」

おまけに、しゃくり上げる陸が感じれば感じるほどすがりつくのが楽しいのか、喉奥で笑った恭司に、ついにはまるい尻の奥にまでその泡を塗りたくられた。

長い指が中を何度もこすって、覚えさせられた官能があっけなく陸をぐずぐずにする。

「そこ、……たもん、してきた、もん……っ」

立ったまままうずいぶん長いことうしろをいじられて、ひいひいと声をかすれさせた陸は訴えた。

「風呂入ってないって言ってたくせに？」

「と、トイレでしてき……っあ、あぁ……！」

いつでも爪を清潔に揃《そろ》えている恭司の指は硬いのにひどくなめらかで、もうふやけたようなそこをぐりぐりとこすってくる。そのたびに身体に電流が走るようで、立っているのもやっとだった。

「あ、も……ねえ、……かゆ、いよぉ……っ痒い……っ」

泡まみれの身体のせいか、少し粘膜に滲みたそれがひりひりとそこを刺激したあとにはひどくむず痒いような感じが襲って、陸はうずうずとする腰が止められない。

「あっはっ、……ああ、んー……っんっ、あっあっ、あは……！」

おかげで恭司の指が動くたび、いつもの数倍は感じてしまう。とっくにわかっていたのだろう、「痒いだけか」と意地悪く笑った恭司は、さらにその長い腕へと作為をこめた。

「なんだもう、あっちもこっちも尖って……」

「ひ、んっ！　……もぉ、も、だめ、もう……っ」

抱き直された身体が滑って、言葉通り尖りきった胸の先と念入りに洗われた性器がぬるりと恭司の肌にこすられる。なめらかに張りつめた褐色の肌は暖かく、じんじんと疼くそれをなだめてほしくて、陸の身体は淫蕩に揺らめいた。

「あっも、立って……らんな……っ」

「ああ、わかった、わかった。もうしねえって。……ほら、こっち座れ」

泣きつけばようやく指を抜かれ、頭からシャワーを浴びせられる。兆《きざ》している性器が足下をおぼつかなくして、大柄な恭司がゆったりと浸かれるほどの浴槽に足を浸すのも、やっとの思いだった。

茹で上がったような身体にほどよく熱い湯もつらくて、陸は壁面に背中をもたれさせたまま奥行きのある縁に腰掛ける。

「ふあ……きもちい……」

ふわりと薫る入浴剤の甘さとタイルの冷たさにほっとしながら肩で息をしていた陸は、ざぶりと自分だけ湯の中に身体を沈めた恭司の顔が、ちょうど自分の腰と同じ高さになることに気づいた。

「……っ、ちょ……やだっ、な、なに……？」

「なにって、おまえ。リアクション遅いだろ」

はっとして身体を折り、じんじんと疼いた性器を隠そうと思うより先に、逃すかと伸びてきた強い腕が、その脚を大きく開かせてしまった。

「恭司さ……っ、や、うそ、ちょ……っ、あ！」

恥ずかしい格好に冗談じゃないと赤くなり、慌てて逃げようとした尻が濡れた縁から滑る。

「うわ、ひゃっ!?」

「暴れると落ちるぞ？　……ほら言わんこっちゃない……なあ？」

ひやりとしてすくんだスキを逃さないまま、いいからじっとしていろとあっさり脚を広げられ、恭司はすっかり立ちあがってる陸のそれへと口づけてきた。

「や、や、や……ちょっちょっと、な……っ!? きょ、恭司さん!?」

「暴れるなよ、嚙むぞ。……なにしろやったことねえからな」

「ひぁっ!」

脅すようなそれにもう抵抗もできず、息を飲んだまま悲鳴を上げそうな口を両手で覆った陸は、信じられない光景と、腰から溶けて行きそうな愉悦の激しさにがくがくと震えるしかできない。

(な、舐め、舐めた……アレ舐めた……っ)

口づけのたびに陸をどろどろにするあの舌が、陸の最も敏感なところに触れている。ちょんと口づけられただけでも眩暈がしたのに、広げた舌で撫でてその後、尖った先端でつついたりされれば、そこからどろりと溶けてしまいそうで、混乱のままに陸はただかぶりを振るしかなかった。

「っだ、……だめえ……恭司さん、だめ、だめ……!」

「ああ?」

しかし、あげくにはそのままくわえようとするから慌てて逃げようとするけれど、それでも力が入らない。抗うこともできないままに泣き声を上げれば、よくないのか、と唇を舐めた男が顔を上げる。

「ちが、けど……怖い……」

「なんでだよ、別に噛んだりしてねえだろ」

唇での愛撫を強要されることはいままでに何度もあった。けれども、陸の身体にそれを施したのは恭司がはじめてで、だからやめてとすすり泣けば、それこそ意外だと恭司は目を瞠った。

「やだ、それ……されたこと、ないも……っ」

「は……？　マジか……おまえ」

そうしてつと表情を翳《かげ》らせる男に、こんなことしなくていい、としゃくり上げて陸は告げる。

「そんなの……きたないよ……っ、恭司さ、恭司さんは、しなくていいんだよぉ……」

「たって、おまえいつもしてくれてるだろうが。……いやいやだったか？」

俺のこれは汚いかと苦笑されれば、違うと陸はかぶりを振る。ほかの相手なら嫌だったけれど、恭司のそれならなにも抵抗がなく、むしろ喜んでくれるならしてあげたいと感じるのは実際だ。

「ち、違うけど……お、おれは……恭司さんのは、嫌いじゃない、っていうか、……すき、だし」

口にすればひどくそれは卑猥な気がして、うっすらと口角を上げた恭司に羞恥がわき起こる。

「あの、いやいやじゃなくてなんか……したく、なっちゃうけど……」

変かなあ、と涙目で見上げれば、ほっとしたように笑った男は濡れた脚にそっと唇を落とした。

「なら、一緒だろ？」

ささやかなそれにもぞくりと陸が震えれば、妖《あや》しく笑んだ視線が抵抗を許さなかった。

「こういうのをよく、食うって言うだろ。……なんでかなと、思ってたけどな」

「あ、……っから、だめ、って……！」

だめじゃないだろうと笑われて、だめじゃないけどと陸は涙声になる。

ただ、この間も泣きながら訴えたように、恭司とこうなることはいままでに知らなかったような羞恥を陸に運んできて、体感以上に身悶える羽目になる。

恥ずかしい、いやらしいことをしているのだという意識が、嫌悪はないままにただ身体を高ぶらせるから、見られるだけでも身体が濡れる気がしてしまう。

「きょ、恭司さん……目が、……目がえっちだよお……」

「そりゃなあ。頭の中そればっかだから」

だから、獣めいた目つきで笑う恭司にひくひくと震えている部分を確かめられて撫でられて、あまつさえ唇で触れられてしまえばもう、どうしていいのだかわからない。

「食っちまいてえな、陸。……ここも」

「あーっあーっ！　か、んじゃや……噛んだら、やっ！」

そのままやわらかに歯を立てられて、ぬめった口腔に吸い込まれた場所がいっそう硬くなる。そのくせにどろどろと崩れてしまいそうで、ひくついてしまう腰が止められない。

「溶け、ちゃうよ、……や、そこ、だめ……！」

「んん……？」

あげくにはそのまま脚を上げろと告げられ、自分の手で膝を抱えるような格好にさせられた。滑り落ちそうな身体を支えるのは恭司の逞しい腕だけで、淫らに開いた脚の最も奥まで、ぬらりとしたものは這っていく。

「や、だ、舐め、舐めちゃや、……おしり、やだぁ……」

膨らみきった性器から根本を伝い、既に物欲しげな収縮を繰り返す粘膜までを舌で撫でられ、陸はもうどろどろになるしかない。入口を突かれれば甘い悲鳴をあげて、嫌がりながら本当はもっとと望む心を見透かすように、恭司は笑いながら囁いた。

「いいんだろ……陸。やだじゃないだろ？」

「ふえっ……んっ、いぃい……！　あ、あっ……ゆび、ゆび入る、……っ」

喘がされるままにこくこくと頷けば、ゆるみきった場所にほんの少し指が入ってくる。そうしてまたいじわるでやさしい声が、こっちを見ろと告げるのだ。

「陸、ほら……見てみな」

「んんっ？　っい、や……いやあ……！」

開ききった脚の間に恭司の精悍な顔があって、いやらしく湿った音を立てながら手にしたものを舐めている。

「恭司さん、や、やらしいよ、やらし、よぉ……っ」

「おまえのコレの方がやらしいだろ」

どくんとその指の中で脈打ったものを眺めて、卑猥に笑う瞳をひどいと思うのに、どうしても抗えない。恭司の視線が強くて甘く、じっと見つめられれば肌が焦げ、骨から砕けて戻れない。

「あ、ん、そこも、やっ……っあ、先っぽやだ、あ、……あーっあーっあーっ！」

先端に浮いた雫を舐め取られてそのまま、尖らせたそれが狭間《はざま》を強くこするから感じすぎて、びくびくと身体中を震わせる陸は、よがり泣くしかできなくなった。

「いやいやばっかりだな……やめるか？」

「ひいん……っ」

笑ったまま唇を這い上がらせた恭司が、鼓動を反映して跳ね上がる胸の先まで触れて来る。

そのくせに焦《じ》らすように尖った場所には触れないから、陸の爪先は激しく湯水を跳ね上げた。

「や……吸って、そこきゅって……っねえ、……乳首して、ねえ……っ」

いまの陸の中には、熱した蜜《みつ》のつまった薄い皮膜がたくさんあって、彼の指に触れられるたびぷちぷちと音を立ててそれらは弾けていくようだ。そうして溢れそうな甘いものが身体中を濡らしてしまって、どこでもいいから吸って、とねだりたくなる。

「最初っから、素直にしとけよ……」

「んあああんっ！　あ……い、い……いい……っ」

望んだ以上に音を立てて舐め吸われ、軽い痛みのあとにねっとりと舌でなだめられればもうひとたまりもない。陸の好きなやり方はそのまま恭司に教え込まれたものだから、彼になにをされても気持ちよくてたまらないのだ。

「ん、ふ、……ん、んんっ……あ、くちゅくちゅす……っ」

「こっちもな」

おまけにゆるんだ後ろにはすっかり恭司の指が入り込んでいて、くぷくぷと音を立てている。形を馴染《なじ》ませて広げて、恭司を欲して疼くようになったそこを、甘ったるくいじめ続ける。

「ふあ、あー……おしり、もぉ……っも、だめ……」

同時にあちこち襲ってくる刺激にはもう限界で、がくりと揺れた身体はそのまま、ずるずる湯の中に滑り落ちた。

「きょ、じさん、恭司さぁ……っ」

鼻を鳴らしながら受け止めてくれた男にすがりつけば、ひくひくと震える喉を軽く嚙まれる。それだけでもたまらずに身体をこすりつければ、硬く張りつめた先端が恭司のそれに触れて、湯の中にあってさえぬめった感触にため息が零れた。

「腰、浮かせろ……陸」

「ん、んん……っ」

そうしてぬるついた場所をさらに開かせるように、さらに指は忍んでくる。くらくらと頭を振って、それでも抗えないまま膝を立て、陸は彼の動きに従った。

「あふ……っあ、あつ、い……っ、お湯、入ってくる……っ」

はじめて恭司の身体を受け入れた時は、死んでしまうかと思った。

長いこと、ただ痛くて苦しいだけだった行為が、あんなに恥ずかしくて気持ちいいなんて知らなかったから。ただもう、よくてたまらなくて、涎《よだれ》を垂らさんばかりに喘いで腰を振って、もっととねだった自分は、浅ましいとも思った。

刺激に慣れれば、次第にそうした感覚は薄くなるはずだ。それなのに恭司に触れられるたび、増していくばかりの飢餓感に、陸はもうどうしていいのかわからなくなる。

飢えた気持ちをはるかに凌駕《りょうが》するほど与えられて、それでもっとと思ってしまう、そんな自分が一番怖い。

なのに恭司は唆す。欲しがれよとあの器用な指で陸をいじめて、そのくせに甘やかす。

「だ、めぇ……そ……なの、だ、め……っ」

いけないいと思う分だけ声は濡れて蕩けて、いやと言いながら身体はまるで、恭司の指をしゃぶるように動いてしまう。ろくに準備も施されていないはずなのに、湯にふやけたのかもう三本も恭司のそれを飲み込んで、身体が揺れるたびに上がる水音が激しく響いた。

「だめ、じゃないだろ。もっとだろ？　陸……ほら、ちゃんと言え。してやらないぞ」

いけないことを唆されると恥ずかしいのに、やめると言われれば泣いてしまいたくなる。

「やあっ、んん……っと、もっとして、も……っあっあっ！」

指を動かされるたびしがみつけば、かすめ合う性器が限界を伝える。もどかしくてたまらず腕を伸ばして、恭司のそれを握りしめれば風呂の湯がぬるく感じるほどに滾《たぎ》っていた。

「こ、れ……っ、これ、いれ、いれて……」

恥ずかしい、いやらしくて、たまらない。こんなことを言ってしまうほど飢えている、浅ましい自分に恭司があきれまいかと思うのに。

「これで、おしり、して……いっぱいして……っ」

返ってくるのは侮蔑でも嘲笑でもなく、少し危うい、そのくせにやさしい視線だった。

「いっぱい、してやるよ。……ほら」

「あ！　ああ……っ……おっきいの、……っ」

先端で突くようにされただけで、震え上がってしまう。早くと脚まで絡みつかせてねだれば、のぼせるなよと笑った恭司がそのまま浮力で軽くなった身体を引き寄せた。

「あ、あん……っ、あ、す、ご……っ」

ずるり、と入り込んでくるそれに、うっとりとした喘ぎが漏れる。感じすぎてたまらず手の甲を噛めば、突き入れるようにされて身体が浮き上がった。

「や、だ……も、と、もっと……っ」

重力を感じないだけにどこかもどかしく感じて、知らず押しつけた腰の奥が甘痒く疼く。物足りない、もっと欲しいと訴えながら身体を揺すれば、片頬で笑った恭司の顔にくらくらとする。

（かっこいいよう……っ）

整った精悍な顔立ち、視線は甘く険しくて、陸を欲していることを隠しもしない危険なそれに、脳まで犯されていく気がする。

「もっと？　……どこに欲しい？」

「あ、あ、……ここ、奥……っんあ！」

どこにもっとだ、なんて訊かれて、耳を噛まれる。中を舐められてしまえばもう震え上がって、必死になってしがみつくと今度は、どんな音がするのか言わされる。

「は、はずかし、音、する……っ、ぐちゅって、あ、あー……！」

わざわざ身体を持ち上げ、水面ぎりぎりのところで激しくされてしまえばもう、とんでもない音が立つ。それにさえ恭司の動きを知らされれば、嬉しいと思っているのが信じられなかった。

「どこでする？　陸、なあ……」

「んんんっ、おし、おしり、いっぱい、ああ、あああぁ！」

ぐずぐずになった場所で激しく動かれても、もう痛みなど感じられなかった。そんな身体に変えられて、けれど恭司以外はここを好きにできないことも知ってしまった。浸された芳香の漂う湯の中に溶け込んで、自分の形さえもわからなくなるような感覚に陸はただ没入する。

「気持ちいいって言ってみな……」

「んーっ、いっ、きもちい……っ」

して、してと叫んで繋がった部分を指でなぞる。腰を引く瞬間、中から逃げていく恭司のそれをせめて、指の先に感じようとしてしまう。そうして繋がった部分の周囲だけが湯の中の粘度を違えていて、ぬらりと指に纏いつく感触さえも陸を震え上がらせた。

「抜かないでぇ……中、なかでずんずんって……っ」

「奥まで？」

「んん、そっお、……お、奥のとこでぐりぐりして……っひ、いんっ！」

せがんだ通り、深く突き立てたままに腰を回され、眩暈がする。粘った熱い液体にまみれたそこはあまりにもなめらかにこすれ合い、どろどろと摩擦で溶かされていくような気さえした。

「あふ、あ、あ、あ、いい……いい——……っん、んん」

鼻に抜ける声がどうしても零れていく。もうだめになる、止《や》めてほしいとすがりつけば唇を塞がれ、しっとりと濡れそぼった舌をすすられた。

「っんふ、んふっ、む、うんっ……！」

恥ずかしい声を奪われて安堵したのも束の間、ふたつの粘膜を同時にかき乱されて、陸は感覚の逃げ場がなくなったことを知る。

（ぐちゃぐちゃになっちゃう……全部、ぜんぶ恭司さん、入ってる……っ）

繋がった場所には少しだけリズムの違う恭司の脈があって、身体中が心臓になったように弾み、息苦しかった。

（でも、もっと……もっと欲しい……！）

粘膜はもう少しも逃すまいとひっきりなしに彼を締めつけ、口腔に迎え入れた舌をもまた、陸はしゃぶりつくそうとする。あきれるほどきりのない情欲が、どこから来るのか恐ろしくさえある。

「っくそ……こっちがのぼせっちまうっ」

それでもまだ深く、彼の重みを知りたいと肩に爪を立てれば、ざばりと水音を立てて起きあがった恭司は、背面のタイルに繋がったままの陸の身体を抱き上げた。

(なに……これ……っ)

「あ……ひっ、ひああっ!?」

ずん、と脳まで届くような結合の深さに、叫びを上げた後にはしばらく、呼吸が止まる。そうして次の瞬間陸が感じたのは、頭まで串刺しにされたような強烈な感覚だった。

「──っ、ふか、いっ、あっ! ……こわ、れる……!」

泣きわめいて、すくみ上がったそこが恭司をきりきりと締め上げ、苦痛の声を上げさせる。

「……って、痛、痛えって、陸っ」

「ひ……だ、ってぇ……っやあ、あそこ、刺さってるよ……っ」

「わ、わかったから、ゆるめろ、血が止まる……っ」

かなり焦っている恭司に、ひんひんと鼻をすすりながらどうにか強ばりを解いた陸が恨みがましく見上げれば、長く息をついた恭司に目尻をそっと舐められた。

「おまえ……使い物になんなくなったらどうすんだ」

「だ、だってひ、ひどいよ……し、死んじゃうかと、おも、思ったもん……っ怖いもんっ」

まだ緊張の残る脇腹《わきばら》を撫でられ、信じられない奥で疼く恭司に、恐怖感はまだ抜けない。

そのくせに、懲《こ》りない身体は既に甘く痺れてきて、怖いと泣きながらももう、彼をしゃぶりはじめていた。

「ああ、もう悪かった……ほら、ゆっくりしてやるから」

当然そのおののきは恭司にばれないわけもなく、淫蕩な身体に苦笑しつつも宥めてくれる。

「んんんっ……う、んっ」

いい子にしろ、と口づけられ、背後のタイルと恭司の腰に支えられ、空に浮き上がった腿が不安定に揺れた。

「あ……ああん……あん……っ」

ゆるゆると繰り返される抽挿はあっという間に陸の思考を奪って、恭司に穿たれる快感だけを甘受する生き物へと変えてしまう。

「よさそうだな、陸……？」

「ん、い……すご、くい、……きもちい……っおっきい、おっきいのすき……」

蕩けきったまま頷いていれば、くん、と身体の中で恭司が質量を増す。内部を広げられる感触に腰を震わせれば、あの感じて仕方のない部分を彼の先端がかすめて、陸は引きつった喘ぎを漏らした。

「も、……だ、め、……も、いっく……っ、突い、て、あそこ突いて、こすってぇ……」

不安定に過ぎる場所では上手く彼に合わせることもできず、されるままになりながらしゃくり上げていれば、してやるよと笑った恭司は陸の顔をそっと傾けさせる。

「してやるから、……ほら、見てみろ、陸」

「あ……っ？　あ、やだ……！」

「自分のいくとこ、見たことねえんだろ？　いいから、見てろ」

いやだ、と顔をしかめても引き戻され、恥ずかしいのにと唇を噛めば、宥めるように頬を啄まれた。

「なあ？　……汚くなんかないから」

「ん、で、もっ……はず、はずかし……」

「かわいいぜ？　陸が感じてるかすぐ、俺に教える」

ほら、と大きな手のひらに包まれたそこは赤く膨れて、確かにいま自分を揺さぶるものに比べれば、ずいぶんと幼く映った。

（かわいくないけど……でも、恭司さん……）

けれど結局陸は自分の身体になにかを感じ取ることなどできず、恭司の指が淫らに動くさまだけを強烈に視覚で感じてしまう。あんな風にいつも、そう思うだけで喉が干上がり、鼓動が乱れた。

「ああ、ほら、先が開いてきた、もうだめか？」

「ひぁ……っ、や、や……っあ、言わないっでっ」

とろとろのが出てるぞ、と下生えを撫で梳き、滲みだしてくるものを塗り込めるようにして親指の腹でそこをいじられて、陸はただ惚けたように唆される言葉を繰り返す。

「やあっ、ん、……出てるっ……なんか、じゅくじゅく出るぅ……」

「泣いてるみたいだろ……」

だからかわいい、と軽く嚙まれた頰も実際涙で濡れそぼっていて、彼のきれいな歯が肉に食い込む感触にぞくぞくと背中が震え上がる。

「んん、……んー……きょ、じさん、いく、恭司さん、いっぱいいっちゃうっ」

「もうちょい……ほら、こう」

我慢しろ、と言われたのに、結局は耐えきれないまま身体が浮き上がる。きゅん、と窄《すぼ》んだそこがまるでものを飲み込むかのようにうごめいて、頭上の唇からは苦しげな呻きを引き出した。

「あっあっあっあっ……ああ、いい、いっいっ……んー……！」

「っ、ばか、まだ……っ」

咎める声も聞けないまま、信じられないくらいに身体の中が動く。どこにもすがるもののない体勢で、背中は冷たいし節々は無理に軋んで、それでも陸は潤んだ腰を締め上げてしまった。

「ああ……っあっあっ、あっ！　……っあん、いくっ、い……っ！」

「く、う――っ」

悔しそうにも聞こえる恭司の喉声のあと、粘った質量のある熱いものが内壁に叩きつけられ、ぶるりとふたり同時に震え上がる。

「あっん、あ、濡れ、ちゃう……っ……あっあっ、あっ！」

体内へ二度、三度と続く熱い感触に、陸はその分だけ到達感を感じ、びくびくと跳ね上がった。互いの痙攣がおさまるまで無言のまま荒い息だけが空間を満たしたが、ややあって、恭司は濡れた髪をかき上げると、深く長い吐息を零すと疲れた声で言った。

「ああもう……もうちょっと堪えろ、おまえは。つられただろうが……」

「あ……ごめ、なさ……っ」

下腹が攣《つ》るかと思うほどにひくつき、薄赤く染まった肌の上に散ったものを恭司の指が拭いとる。ゆっくりと身体を引かれて、名残惜しくまとわりついた粘膜が恭司のそれを間欠的に締めつけた。

（あ、……出てっちゃう）

恭司の放埒を浴びせかけられたという事実を認識すればそれだけでまた達しそうになり、弾力を持った肉が恭司の形に添って閉じていく。そうして少しの抵抗を見せたあとで完全に引き抜かれてしまうと、内壁をどろりとしたものが滑り落ちていく感触に陸は震え上がった。

「あの、自分で」

終わったあとの身体にゆっくりとシャワーを当てられ汚れを落とされながら、こうまで任せっきりなのはどうかと、力ない声で陸は呟く。

「いいからじっとしてな。変な格好させたからきついだろ……俺もちょっと腰が」

無茶はするもんじゃないなと言う恭司の顔はすっかり穏やかで、そのくせに先ほど陸の中をかき回していたそれは、少しも萎《な》えたように見えない。

「恭司、さん……」

身体中が心臓になったかのように動悸が激しくて、くたくたと倒れ込んだ先には逞しい腕がある。

熱気のこもる場所であんなことをしたせいで半ばもうのぼせていて、こめかみもひどく痛むし身体もぎしぎしいっている。それなのに、少しもおさまらない情欲が苦しくて広い胸にすがりつくと、甘やかすように抱きしめられた。

「恭司さん、あの、………あのね」

「うん……？」

急になんだ、と覗き込まれて、瞳を揺らしたままの陸がまっすぐに見つめ返せば、包むようなまなざしにぶつかった。いま浴びせられたシャワーのそれと同じほどに熱いものが、胸いっぱいにひたひたと満ちていて、息苦しくさえあるのに気持ちいい。

「恭司さんのこと考えると、胸がね。……きゅうってする」

指の先まで痺れて、鼻の奥がつんとする。せつない、という言葉がよぎって、肌の焦げるようなこのもどかしい熱がどうか、恭司にもあってくれればいいのにと陸は思う。

「痛いけど、なんかあったかくて、……好きって、こうなるんだって、おれ、知らなかった」

「……そうか」

幼さの残る小さな声でぽつんと告げれば、陸を抱いた腕は一瞬だけ揺れて、その後さらにきつくなる。骨が軋むほどの抱擁がこんなにも安堵をくれることも、彼に教わった。

けれど触れあう肌はただ安らぐだけではおさまらず、だからもっと、と陸はその首筋に腕を回す。

「もっと、いっぱい……きゅうってなりたい」

「してやるよ」

抱き上げられ、頭も身体ものぼせ上がったまま見上げた先、傲然とした口ぶりに不似合いなほどにやさしい笑みがある。煙草の似合う口元へ指を運べばそのまま噛まれて、早くと陸は肩をよじった。

「もっと、いっぱい、噛んで……？」

「……えらいの育てちまったな、ほんとに」

そうして、素直が取り柄の陸は男が教えた以上に誘うことが上手くなり、これはこれで結構に大変だと苦く笑った恭司の顔を、不思議そうに見上げたのだ。

陸の新生活がはじまるにあたり、奔走したのは実のところ恭司よりもあの怜悧《れいり》な敏腕秘書だった。

＊　＊　＊

なにをどこでどう話をつけたものか知らないが、勇次が逮捕されたあとにも一切陸には捜査の手が及ばないように根回しを済ませ、あげくさっさと住民票から書類からまで調達してしまったのには恭司もすっかり恐れ入ってしまう。

「……つうかおまえ、どこまでわかってたんだ」

どうもこれは一朝一夕で手配できることではないだろうと胡乱《うろん》な顔になった恭司へ、さて、と笑ってみせる横顔は今日も涼やかだ。

「情報収集とネゴシエーションは商売の基本でしょう」

どういうルートか知らないが情報網の広い渋沢は、勇次と村井、ひいては田川組との繋がりも早急に摑んでいたようだった。

いまどきこんな商売で、時代も相まってどうしても、組関係との癒着は免れない。後ろ暗くなくあろうとするハシヅメのやり方は敵を作りやすく、ことに田川のような武闘派はばかな手段を用いることなどわかっていたと渋沢は涼しい顔だ。

愛人の立場に入り込む人種には、裸を見せるだけに慎重にならざるを得ないのは当然のことでもある。仕事には有能だが、どうにも人のよさで失敗する恭司の後始末をしなれている渋沢は、いずれこうした落とし穴が仕掛けられるだろうことも予想していたのだろう。

「まああと、ヤクザのやり口ってのは案外解りやすいですからね。株式相場読むより簡単です。ことに篠田は頭が古いですから」

「ヤクザより株価かよ」

「おっかないですよ、あれは。誰かひとりの頭を読むわけにいかない。世情と風評と大衆心理っていうわけのわかんないものが一番影響しますから」

やれやれと肩をすくめた渋沢はこの日完全な秘書モードで、あの恭司には尻の座りが悪い敬語を少しも崩さない。

(食えねえ奴だよ)

おかげで頭の上がらなくなった恭司は店舗見回りも禁じられ、今日も今日とて書類に埋もれたままでいる。それでも、この男がいなければいまごろ、陸も恭司も冷たい身体になるか、もしくは冷たい場所に閉じこめられていたのかもしれないと思えば、感謝は絶えない。

「悪かったな、いろいろ」

「言ったでしょう、得意分野はそれぞれ割り振ればいいんです」

めずらしくも素直にそう告げれば、しれっとした顔で言った渋沢はほらこれもと前年比売上対比表を差し出してくる。

「俺は書類は得意じゃねえよ……」

「嘘つきなさい。面倒なだけでしょう」

うんざりと恭司が言っても渋沢はにべもない。実際指摘はもっともで、三代続いた商売の血筋か恭司は数字に対する勘がいい。しかしそれも「なんとなくこう」と感じる程度の話なのだが、渋沢が緻密《ちみつ》な計算の上ではじき出したデータよりも上を行ってしまうことさえある。

「最終的に決めるのが社長のあんたの仕事です。ほらやった」

「あのなあ、人間にはこう、休養とか息抜きってもんがこう、必要で——はい」

少しは休ませてくれと根を上げた恭司が零しはじめたところで、社長室のドアがノックされる。誰だよ、と思いつつ胡乱な顔のまま恭司が入室を許可すれば、ひょこんと小さな頭を覗かせたのは陸だった。

「失礼しまあす。……あの、渋沢さん、書類持ってきました」

「ああ、ありがとう、陸くん。じゃあそれに社長印もらって、それからここに届けてくれる?」

えへっとばかりに笑いながら入ってきた陸へ、これも滅多なことでは浮かべない全開のやわらかな笑みでもって答えた渋沢は、小柄な彼を手招きする。

「おい、だからなんだこの稟議書《りんぎしょ》は……」

「はい、さくっと了承出して下さいね。そうじゃないと陸くんが帰れませんから」

すらりとした指先で眼鏡《めがね》のブリッジを押し上げた渋沢は、ぎりぎりと奥歯を噛む恭司に対して冷ややかに微笑む。

（結局これが狙《ねら》いか、この野郎……っ）

散々ぱら反対していたくせに、やけにあっさりと陸を受け入れた渋沢になにか腹づもりがあるのはわかっていた。しかし、ことごとく恭司が渋りそうな決裁書類やなにかにサインをさせるために使うとは、よもや予測の範疇《はんちゅう》外だと臍《ほぞ》を噛んでも遅い。

「んじゃ、いってきまーす」

いまの陸はピザ屋の宅配で鍛えた運転テクニックで、本社と支社のバイク便アルバイトに雇われている。それ以外にもなにか資格を取っておいた方がいいだろうと勧め、最低限の学歴確保のため夜学の手続きをしたのも渋沢だ。

そうして、おどおどとしていた性格が嘘のように明るくなり、本来の性質だろう、ひとなつこい笑顔で周囲に溶け込む陸を知っているから、恭司もこの秘書に感謝するほかない。

「バイク危ないからね、気をつけて。明日も学校でしょう」

「はあい」

外面だけは穏和で物腰もやさしい渋沢が、あの日勇次を蹴りつけた相手とは気づかないのか、素直になついている陸がもどかしいやら腹立たしいやらで、恭司はこのところすっかり不機嫌だ。

「ったく、あの時はびびりまくってたくせしてすっかり手なずけられてるしな……おまえだってわかってねえのか？」

もっとも、あの時オフモードだった渋沢はいまのように眼鏡をかけておらず、髪も洗いざらしだった。服装もラフなジャケットにジーンズで、およそこのスキのない出で立ちとは印象が違ったのはわかるが、しかし。

「なに言ってんですか。陸くんはちゃんとわかってますよ、アレが俺だって」

「はあ？」

「誰彼かまわずびびり入るほど、おばかさんじゃないってことでしょう」

アンタの方がよほど目が眩《くら》んでるんじゃないのかと決めつけられ、恭司は舌打ちする。その様子を見た秘書が、うっそりと笑いを浮かべたのも気づかないままイライラと煙草に火をつけた。

「ま、いいでしょう。手のかかる子を抱えてた方が、社長も少しは落ち着くでしょうし」

「まあなあ」

陸の存在は厄介《やっかい》でもあるが、逆に守るものが出来れば、無駄に心広い社長も少しは他人を警戒するだろう。告げられた恭司は苦い顔をしつつも、頷く他にない。

「まったく、振り回されっぱなしだ……陸には」

「好きで振り回されてるくせに、なに言ってるんですか」

「うるせえよ」

見透かしたように苦笑した渋沢に、骨抜きの自覚がある恭司はぶっすりと答えるが、面白そうに長い睫毛《まつげ》を瞬かせた友人は堪《こた》えた様子もない。

それでも、懐に囲い込むだけでなく、いずれなにかが起きた時にはひとりで立っていられるようにしてやりたいと思っている。

近頃の恭司が渋沢の手を借りて、少しばかり回転の悪い陸の頭に詰め込んでいるのは、ベッドのマナーだけでなく、きっちりとひとりで生きるための知識と方法だ。

捨てられることに怯えないように。いまここに、自分の意志とその力でいるのだと、陸が信じられるようになってくれと、祈るように。

そうして彼が恭司に寄りかからずにいられるほどになった時、本当の意味でふたりの関係がはじまるのだろうと、どうしても保護者根性の抜けない男は気長に考えている。

「まあ、誰かのために動くってのもね、案外気持ちいいもんですよ」

「そう、かな」

心を読んだかのようにぽつりと告げる渋沢にどきりとさせられつつ。

「だからね、社長。俺も秘書業務をまっとうしたいわけですから」

こっちにもサイン下さいと、笑う渋沢には結局勝てないまま、渋面の恭司は無言で、愛用のペンを取り上げた。

Melty kiss

髪を切ったばかりの首筋は、開放感と共になんだか頼りない感じがする。

「くせがあるんで、それを生かすようにサイドを軽く梳《す》いてみました」

鏡の中には小作りな頬《ほお》に沿うような、すっきりとしたショートヘアの陸《りく》がいる。流行の、あえて不揃《ふぞろ》いな風に仕上げた髪型は、悪くないとは思う。

だがいかんせん、こんな高級そうなヘアサロンでカットされるのははじめてで、スタイリングが終わったいまでもいささか緊張気味だ。

「後ろはこんな感じになります。いかがですか？」

手鏡を捧げ持った美容師が声をかけたのは、いまケープをはずされたばかりの遠矢《とおや》陸本人にではなく、付き添いとして後ろに立っている涼しげなメタルフレームの眼鏡《めがね》をかけた男性に向けてだ。

「ど、ですか？」

うきうきと揉《も》み手をせんばかりの美容師に同じく、陸もまた目顔で本日の保護者——渋沢《しぶさわ》雅史《まさふみ》を窺《うかが》った。

「悪くないね。似合うと思うよ、陸くん」

「そ、そですか？」

すっとしたスーツ姿に、微笑《ほほえ》むと途端に甘さの増す怜悧《れいり》な美青年に告げられ、ほっと胸を撫《な》で下ろす。

陸がかつて、勇次《ゆうじ》やほかの男たちに飼われていた頃は、必要最低限の生活費さえ巻き上げられ、サロンどころか理髪店に行くことなど、考えもつかないことだった。少しくせがある髪を整えるのは難しく、だから伸びてくると自分で適当に鋏《はさみ》を入れていただけだ。

(髪、つるつるする)

触ってみると、トリートメントされたばかりの髪がするすると指に滑っていく。自分の髪がこんな風になめらかだということも、陸は長い間忘れていた。

「——あの、お金は」

座り心地のよかった椅子《いす》から降り、カット代はどうするのかと口を開くと、気にしないよう告げられる。

「それはいいから。今日は恭司《きょうじ》の代理だからね」

だが、渋沢の上司であり友人であり、また陸の最愛のひと——橋爪《はしづめ》恭司の名を口にした語尾のあたりで、すうっと怜悧な顔立ちが温度を下げたのがわかった。

「恭司さん、まだ忙しい……んですよね？」

「ああ、まったくね。それもこれも自業自得だから、きみが気にすることはない。あのクソヤロウが夏中、仕事ほっぽらかしたツケなんだから」

あの夏のことを言われてしまうと、陸にも一片の責任はある気がする。恭司が多忙な仕事を、渋沢曰《いわ》くの「ほっぽらかした」のは、陸を助けるためだったのだ。

「でも、あの。それは、おれが——」

しかしそう告げようとするより先、渋沢の立て板に水のような言葉は続く。

「要因はきみにあったにせよ、決めて動いたのはあのアンポンタンの意志だから、ばか社長のことはほっときなさい。社会通念上からいっても、責任取るのは当時未成年だった陸くんよりも、色ぼけたあいつの方でしょう」

「は……はあ」

にこにこと笑ってはいるけれど、渋沢の薄い皮膚、こめかみあたりに青く血管が浮いている。形よい唇からぽんぽんと溢《あふ》れる品のよろしくない罵倒《ばとう》に陸は、涙目になりながら愛想笑いを浮かべるしかない。

(うわん……怖いよう……)

渋沢は外面だけは柔和で人当たりもいいが、強面《こわもて》の恭司よりよほど厳しく冷徹な面もある。こと仕事においての苛烈《かれつ》さには、あの恭司でさえ音をあげるほどだ。

自分に向けられたものではないと知っていても、鋭い眼光にはすくみあがってしまう。

「さて。ここから送っていきたいところだけど、俺はこのあとちょっと仕事があるんだ」

だがそんな彼も、やはり恭司の親友だけのことはある。庇護《ひご》するべき相手や自分の懐《ふところ》の中にいる手合いには、本人無意識のまま甘くなるのだろう。陸に向けた声は大抵穏和でやさしく、それだけに陸は狼狽《ろうばい》した。

「そ、そんな、いいです！　自分で帰れるから」

そもそも、たかが散髪に付き添いをされるのも申し訳ないことだった。確かに陸ひとりでは敷居の高そうな高級なサロンではあるけれども、紹介さえしておいてくれればかまわなかったのだ。

多忙な渋沢は、仕事についての公私混同を嫌う。短いつきあいとはいえ、陸も［ハシヅメ］のアルバイトとして雇われている身だ。彼の厳しさはおのずと理解できている。プライドも高く厳しい渋沢が、たかが社長の恋人ごときの身の回りの世話などをおいそれと引き受けるはずもない。

だからこそこの日、陸は「ついていってあげる」と言われて非常に当惑していたのだが。

「いや、今日は直《じか》に確かめる必要があったからね」

「なんでですか？」

「ちょっとね。ボンボン社長に言ってやりたいことがあるんで」

カットの出来栄えに満足そうに目を細めた渋沢の、細くうつくしい指でさっぱりとした頭を撫でられ、陸は少しだけ赤くなった。

「い、言ってやりたいことって？」

恭司は大柄で野性味のある男前だが、渋沢はすっきりとした役者のようにきれいな顔をしている。どこも荒い部分のない完璧な美貌《びぼう》の前には、その気《け》があろうとなかろうと、逆上《のぼ》せあがってしまうだろう。

誰にともつかない言い訳を胸の中で繰り返していれば、渋沢はそのうつくしい顔に剣呑《けんのん》で凄艶《せいえん》な笑みを浮かべた。

「……俺のセンスが信用ならないって言うからさ」

「へ？　な、なんで？　渋沢さん、お洒落《しゃれ》なのに」

意外な言葉に陸が目を瞠《みは》ると「ありがとう」とこれはやわらかい笑顔で渋沢は応えた。実際お世辞ではなく、陸の知る大人の男性の中でも群を抜いて、渋沢の身につけたものはとても品がよく高級そうだ。

恭司も社長然としたスーツがよく似合うけれど、渋沢の方がもう少し洒脱な印象がある。ぱっと見た感じはアパレル系の営業か、モデルクラブの社長、という雰囲気で、これがまさか風俗チェーン店の取締役兼秘書とは誰も思わないだろう。

「いいんだよ、こっちの話。……ああ、店長あれ。頼んであったよね？」

「はい、準備してます」

じっとしててね、と言われるままに立ちすくんでいると、突然フラッシュが目を焼く。一瞬のことで、瞬《まばた》きはしなかったが驚いて目をまるくしてしまった。

「OK。まあいいでしょ……お疲れさま」

「どうもありがとうございました」

なにがなんだか、と思っているうちに、モニターを確認した渋沢と店長の間では話が済んでしまったようで、手招かれるまま陸は小走りに近寄った。

渋沢の手には、たったいまデジカメから抜き取ったメモリーチップが納まっている。

「それ、なにするんですか？」

「証拠品。用も済んだし、じゃあ、帰ろうか」

「……はあ」

くすくすと笑うばかりの渋沢がわからなくて、陸はやはり首を傾《かし》げる。怜悧な横顔に、なにか悪戯《いたずら》でも企《たくら》んでいるような色が浮かんで、それは彼をいっそう魅力的に見せていた。

「あ、……ちょっといいですか？」

最寄り駅のある通りまでは送っていくという渋沢の後ろをついて歩くと、ドラッグストアが目に入った。買い物か、と言われて頷《うなず》き、すぐに終わると小走りに店へと向かった陸は、実際ものの五分で渋沢のもとに戻った。

「あの、これ。恭司さんに渡してもらっていいですか」

「なに？　……ビタミン剤？　と、こっちは」

「風邪薬。昨日電話あったとき、恭司さん、ちょっと声が変だったから」

本当は家にも同じものを用意してあったのだが、そこまでは陸は言わずに笑ってみせる。そのけなげな表情に、さすがの渋沢も声のトーンを落とした。

「……残念だったね、今日は」

予定ではこの日から、恭司は数日のオフを取れるはずだった。しかし、急な会合が決まったとかで、約束は反故《ほご》にされてしまったのだ。

「俺じゃまとまらない話だったから……きみには悪いことしたね」

陸の髪にしても、伸ばしっぱなしのままではあんまりだからと言い出したのは恭司で、本当は自分で連れてくるつもりだったのだと渋沢は続けた。

「しょうがないです。気をつけてって、言って下さい」

彼の家に住まうように言われて、半年が経《た》っていた。もうすれ違いにもだいぶ慣れたと、陸は苦笑する。

忙しい彼とは、その間ゆっくり過ごしたことはほとんどない。寂しくないわけではないが、いつでも恭司は自分を気にかけてくれているのだ。

かつて、ペットか奴隷のようにして扱ってきた男たちと恭司との本質的な違いを、陸はちゃんとわかっている。むしろ、知れば知るほどに多忙な恭司が、あの時期どれだけの無理をして自分を『買って』くれていたのかを思い知る。そのせいでいま忙しくなっているということも理解しているから、申し訳なくなるばかりなのだ。

渋沢にしても、子どものお守《も》りのような真似《まね》は本意ではなかろうし、恭司に負けず劣らず忙しい。それなのに、なんの縁もなかった自分を学校に通わせるよう進言したのも渋沢であるし、ものを知らない陸に生きる上でのいろいろを教えてもくれる。

これで寂しいとごねるのは、ただのわがままだ。虐げられていた時期にすら他人を恨む気持ちの少なかった陸は、だから彼らに感謝しか覚えていない。

「渋沢さんも、すみませんでした。おれ、平気だから」

陸につきあわされたあげく、言付けを頼むような真似をして悪かったと告げると、渋沢は感心したようにその涼しげな目を瞠った。

「ふうん……」

「……なんですか？」

「いや。……うん、渡しておくよ」

気をつけて帰るように、とまた念を押され、陸は素直に頷いた。軽く手を振って渋沢と別れ、細い脚で帰途へとつきながら、ふとショーウインドウに映った自分に目を止める。

（……似合う、かなあ）

この日纏《まと》う衣服も、恭司が山と買いこんできたもののひとつだ。季節ごとに与えられるそれらのタグを捲《めく》るたび、陸はもうちょっと安いのでいいのにと感じてしまう。

――いいじゃねえかよ。せっかくかわいい顔してんだから、かわいい服着とけよ。もったいないよと告げるたび、そうして笑いながらいなされた。あのやさしく男らしい声も笑顔も、ずいぶん間近に見ていないのがせつなかった。それに。

「かわいいって、ゆってもさ……」

先ほど別れたばかりの渋沢や、お店にいるかわいくてきれいな女の子、つきあいのあるホステスさんたち。ややオミズっぽいけれど、美貌と身体《からだ》を武器にのし上がっているような連中に囲まれた恭司に手放しで褒められる価値があるとは、陸はどうしても思えない。

――顔くらいしか、取り柄もねえし。エッチも下手《へた》だし、おまえほんとにどうしようもねえな。

かつて勇次に毎日のように言い聞かされた言葉が、まだ脳裏に染みついているからだろう。過剰な自信のなさは卑屈になるからよせと、渋沢にも恭司にも再三窘《たしな》められているけれど、そう簡単には吹っ切れない。

「……やめやめ。なに贅沢《ぜいたく》なこと考えてんだろ」

ふっと暗くなってしまいそうな気分を、ぶんぶんと首を振って陸は払った。移ろう情、いずれ消えるやさしさでも、かまわない。恭司にならぼろぼろにして捨てられたっていい。

「好きなんだから、それでいいじゃん」

はじめて陸自身が、自分から大好きだと思えたひとが、そこにいる。暴力でなく強制でなく、傍《そば》にいたいと感じることができたその気持ちを、徒《いたずら》な不安で濁らせるべきではないだろう。

秋から通い始めた夜間高校で、高卒資格を取るため勉強している陸だが、中学さえまともに行けなかった事情から、なかなか授業に追いつけない。

ぐるぐるしている暇があるならまずは目の前のことをやらなければ。空元気《から》でも元気は元気だ。

「帰って、課題やんなきゃだっ。頑張るぞーっ」

むん、と腹に力を入れて、陸はまっすぐ歩き出す。

ひとりには広いあの部屋が、ひどく寂しいことは、いまは忘れていようと、そう、心に決めて。

＊　＊　＊

果たしてその時間、山と積まれた書類と煙草《たばこ》の煙に埋もれていた恭司は、部屋に入ってくるなりビニール袋を突き出した敏腕秘書をじっとりと睨《にら》んだ。

「ほら。陸くんから愛の差し入れ」

「……あ？　んだそりゃ」

数時間ぶりに発した声は、陸が案じた通りかすれている。しかしこれは風邪などではなく、ストレスのあまり喫煙量が増えたためで、単なる不摂生の賜《たまもの》だった。

剣呑な顔を隠そうともしない恭司にかまわず、それから、と渋沢が取り出したのは、デジカメのメモリーチップだ。スロットにはめ込み、机の上で書類に埋まっていたパソコンへとデータを移す。

ややあってプレビュー画面に現れたのは、ちょっとびっくりしたような顔をした陸の姿だった。

「これが本日の成果だよ。どうだ？」

「……どうもこうも。陸がかわいいのは元からだし、カットが巧《うま》いのも美容師の腕じゃねえかよ」

けっとばかりに吐き捨てつつ、目は画面に釘づけになっている恭司をあきれたように、渋沢はため息をつく。

「サロンのチョイスは俺のセンスだろうが」

「族上がりのおまえのセンスなんか信じられるかっ」

そのしらじらとした声を受け、恭司は手にしていた議案書を机の上に叩《たた》きつけた。

「だいたいこの新店のネーミング案！　こんなもん通せねえっつったろうが！　ださいにもほどがある！」

吠えた恭司の顔を見ながら、心外だ、と渋沢は顔を歪《ゆが》めた。そうして、ごくシリアスな声で自身の出したネーミング案を読み上げる。

「なんでだ。『もっこりひょうたん島《じま》』と『ちんちん電車《でんしゃ》でゴー!』のどこが悪い」

あっさりしたそれに、恭司は頭を抱えこんだ。

「悪いに決まってんだろが、萎《な》えるわ、こんなソープ! 黒髭《くろひげ》の人形がしゃぶってくれるっつうのか!」

「なに言ってるんだ。『もっこり』の方はイメクラだ。ワイルドな海賊風の衣装も決まってるぞ。『ちんちん』の方は痴漢プレイを売りにするつもりで、コンセプトとしては悪くねえだろ」

「ああああ、だから略すなーっ!! おまえは繊細な男心がわからんのかっ!」

「勃起したチンポに繊細もクソもあるか。おまえが夢持ちすぎなんだ」

現実を知れ、と書類を捲った渋沢の前に、ぐったりと恭司は顔を伏せる。

「ちくしょう……だからいやなんだ……漢字で『夜露死苦《よろしく》』とか服に縫い取り入れてたような人種は……」

「俺の特攻服はそんなオリジナリティのないもん入れてない。『愚麗塗天国《グレート・ヘヴン》・爆走喧嘩上《ばくそうけんかじょう》等《とう》・覇射羽吾《ハイパー》』だ」

「似たようなもんじゃねえかっ! しかも長えよ! 最後の方は『ハイパー』とかとても読

めねえし！」

「気合いだ、気合い。気合いで読め」

信じられないと呻《うめ》いて、端整な横顔を恭司は疲労の滲《にじ》む赤らんだ目で睨《ね》めつける。十数年前、神奈川で天下を取った『グレート・ヘヴン』初代総長は、その凶悪な視線にも取り合わないまま、さてどうする、と微笑んだ。

「ファッションホテルだヘルスマッサージだなんだ言ったって、ラブホはラブホだしソープはソープだ。抜いてすっきりしたい男の夢は多種多様で、気取った名前つけたら気後れすんのだっている」

痛いところを突かれて、恭司は押し黙る。実際渋沢の言うことが正しいのだ。この手の風俗店で下手に洒落っ気を出したところで、却《かえ》って引く手合いも多い。

ただ、一般的なセンスの捨てきれない恭司がどうにも、こだわりを持ちたいだけの話である。それでも唸《うな》っていると、渋沢はついに奥の手を出してきた。

「議案書にサインしたら、かわいい陸くんのとこに帰ってもいいぞ。三日、休暇もくれてやる」

「て、……てめ……」

「あれだな。最近ちゃんと食事してるせいか、陸くんは髪もさらさらになってたな。美容師もうきうきしてあれこれいじってたっけ」

獣じみた唸りをあげる恭司に対し、書類で隠した口元でほくそ笑み、渋沢はなおも言い募る。

「だいぶかまってねえんだろ……寂しそうだったぞ」

「うっ……」

「なのに大丈夫ですーとか言って、栄養剤の差し入れ渡してくれって言うんだ。泣けてこないか？」

けなげでいい子だなあ。おまえにはもったいない。わざとらしくしみじみ告げた渋沢の前に、恭司は苦渋を滲ませた顔で手を突き出した。

陸がけなげでかわいいなんて、そんなことは言われずとも、わかっているのだ。

「……書類、よこせ」

「はいよ」

そして、自身のポリシーよりも、読みの正しい秘書の意見と、『陸と三日間の休暇』というおのれの欲求に負けた男は、心で泣きながら許諾のサインをしたのである。


なんだかいろんなことに負けた気がすると、遠い目になりつつの恭司が数日ぶりの帰途についたのは、それでも深夜を回る時間帯だった。もういい加減陸も寝てしまっただろうと思いつつマンションの鍵《かぎ》を開けていると、音に気づいたのかぱたぱたと足音がする。

「恭司さんっ!?」

「よ。ただいま」

喜色満面で頬を赤らめた陸の、小さな頭に手を乗せる。渋沢の言った通り、つやつやの手触りはなんとも心地よくて、疲労も忘れた恭司は我知らず微笑んだ。

「おかえりなさい……でも、どしたの？」

「明日から休みもらったぞ、三日」

ほんとに、と目をまるくした陸はにわかには信じがたいようで、恭司の顔をぼんやり見上げたままだ。その後じわじわと喜びを浮かべて頬を染めてみせるから、恭司は細い身体を強引に抱きしめてしまう。

痩《や》せて小柄な陸であるのに、こうして腕に囲い込むとふんわりした感触がする。筋肉のつかない体質のせいだろう、子どもっぽい甘いやわらかさが心地いい。

「あー……癒《いや》される」

ぎすぎすした会議や下請け業者との会合で疲れきっていたことを、いまさら自覚して恭司は呟《つぶや》いた。

陸はじっとおとなしく、腕の中に納まっている。髪を切ってさらされた細いうなじのあたりまで赤くて、いたいけなそこに軽く触れるとびくりと肩が跳ねた。

些細《ささい》な接触ではあったけれど、感じたのだろう。先ほどよりも耳朶《みみたぶ》を赤くした陸は慌てた様子で恭司の胸を押し返してくる。

（……くそ、やばい）

凶暴なまでの愛《いと》おしさがこみ上げ、まずいと恭司は思った。疲れているせいもあるのだろう、思考力も低下気味で、どうもそれが欲情に直結しそうな気がする。

「……疲れてるの？　大丈夫？　風邪は？」

引っ込みがつかなくなりそうな腕を惑うように泳がせていたのに、胸元からは心配そうなやわらかい声。おずおずと広い背中を撫でる指の拙《つたな》さに、かすかに残った理性がそのまま、ぱちんと弾《はじ》けて消えていった。

まあいいか。なにがいいのかわからないままそう思い、恭司は笑みの色を深めて囁《ささや》く。

「……髪、似合ってるな。かわいくなった」

「そ、そお？　よかった」

ほっとしたように、照れたようにはにかむ陸の頬から耳朶までを手のひらで包み、指の先につややかな髪を挟み込む。艶《なま》めかしい触れ方に、陸は瞳を潤ませた。

いまさらもう、恭司の触れないところはない身体だ。もっと恥ずかしい部分もなにもかも暴いたのに、頬を撫でられるだけで初々《ういうい》しく頬を染める陸が、愛おしい。

恭司が惹《ひ》かれたのはたぶんこの、なにをされても汚れないような陸の心のやわらかさだろう。素直で、だから危うく、手の中で大事に転がしたくなる。

「あ、あのね。課題やってたから、あとで見てもらっていい？」

久々の恭司に、相当照れているようだ。逃げを打つようなことを言ってあとじさる陸を捕まえ「それはあとでな」と囁く言葉は小さな唇に含ませた。

「あ、あの。ご、ごはん食べた？　おれなんか作る？」

すると陸はまた震えて、ぱっと飛ぶように後ろに逃げる。下手に焦《じ》らされると、却って男の欲は増すのだと、いい加減覚えてもよかろうに、陸は変わらず学習能力がないようだ。片頬で笑い、恭司は傲慢《ごうまん》に言いきった。

「メシいらない。キスさせろ」

「ん、ちょ、……んんー……！」

ぐずるな、と今度はもう少し強く抱きこんで、のっけから舌を搦《から》めとった。そのまま背中から尻までを撫で下ろすと、小刻みに三度跳ね上がった陸は甘く呻いておとなしくなる。

「は……話したいこと、ある、のに」

たっぷり数分間口の中を舐め回し、少し気の済んだ恭司が唇を離すと、拗《す》ねたような声が聞こえた。

「あとで全部聞いてやるから」

宥《なだ》め賺《すか》すような自分の声にもあきれつつ、結局は渋沢の言うことは正しいな、と恭司はぼんやり考える。

勃起したナニに繊細もクソも、本当にない。ただどうやったらやらせてくれるんだと、そんな身も蓋《ふた》もない気分に陥って、やわらかい耳朶を噛《か》んだ。

「いきなりは、いやか？　したくない？」

それでも一応念を押すのは、無理を押してこの従順な生き物を傷つけたくはないからだ。陸はおそらく、自分が乗り気でなくとも恭司に求められれば応えるだろう。立場の強さが恭司の弱みだ。はき違え、気づかぬうちにねじ伏せるような真似をしてはいないかとひやりとなるときもある。けれど。

「……ううん。……し、……したい、けど」

おずおずと抱擁を返した陸の身体も火照《ほて》っているから、それが一方的な情熱ではないと教えられてほっとする。じゃあもうぐずるなと抱き上げると、困った顔で赤くなる陸は、言い訳じみたことを呟いた。

「けど、おれ、ず……ずっとしてないから、たぶん」

「たぶん？」

「……すごいエッチになっちゃうけど、……いい？」

それは願ってもないことだと思いつつ、持て余し気味の情動を押し隠し、恭司は苦笑するしかない。

「まんま返すぞ。へばるなよ、陸」

ちょっと怖いよと言いながら、陸の濡《ぬ》れた瞳《ひとみ》が浮かべたものは、羞恥《しゅうち》と期待以外のなにものでもなかった。


陸の自己申告はまったく言葉の通りだったらしくて、ほっそりした身体から服を剥《は》がして押し潰《つぶ》し、胸を軽くかまってやっただけだというのにすぐに達した。

「……だからおまえ、早いって」

「ごめんなさ……っいあ！」

シャツをはだけただけだった恭司の服は見事に汚れ、ぐすぐすと鼻をすすった陸の小振りなそれを、咎《とが》めるようにきつく握る。

「まあいい、ほっといた俺が悪かった。……どうしてほしい？」

軽くしごいただけでまたそれはすぐに強《こわ》ばり、疼《うず》きを堪《こら》えきれないようにその奥の小さな尻も、緊張と弛緩《しかん》を繰り返している。

「なめ、舐めて、ぺろぺろして……」

言わないとしてやらないと脅すまでもなく、膝《ひざ》をゆるめた陸は両手で顔を覆って、淫《みだ》らな哀願を口にした。

「指は？」

「いれ、いれて、おしりといっしょ……して、あう！」

せがんだ通りにしてやると、もうあとは言葉にならない声ですすり泣く。何度抱いてももの慣れないくせに敏感な反応は、恭司をひどく満足させた。

指先ひとつで、喜んで泣いてすがってくる。気分が荒《すさ》みそうな仕事を終えて陸を抱きしめると、ささくれたなにかが潤うような気にさえなった。

「あ、だめ、……きょ、じさん、だめ……っ」

「ん？　痛いか？」

「ちがっ、また、またいっちゃう……からっ」

はやくいれて。とろりと呂律《ろれつ》の回らない声で言い、細い指が恭司へと伸べられる。焦らす気もなく、恭司ももう限界が近くて、せがまれるまま身体を繋《つな》げた。

「……ああ。ちゃんといじってたな？」

「ん、ん、……うん……やっやっやっ！」

やや性急な挿入に危惧《きぐ》を覚えたのは一瞬で、ほころびきった陸の身体がやわやわと悶《もだ》えそれを包みこんだ。蕩《とろ》けて、待ちわびたように蠢動する感触がたまらず、恭司も腰を揺らしてしまう。

「や、ま、……まって、ゆっくり……っ」

「ああ？」

そのまま駆け上がろうとすると、細い腕を突っ張らせた陸は、胸を喘《あえ》がせながら途切れ途切れに言う。

苦しげな声に、どうしたんだ、と恭司が覗《のぞ》き込むと、もう少し動かないで、と濡れた声が告げる。

「痛いのか？」

「じゃなくって、まだ……あっ、動いた、ら、やだっ」

「ってもな……」

きゅう、と締めつけてくる快さに、動くなと言われても聞けるものではない。反射的に腰が揺らげば、潤んだ瞳を瞬《まばた》かせて陸がしがみついてくる。

「ゆっくり、して……」

「んん？」

「まだ、い、いきたくない……」

急《せ》いたように終わりたくない、もう少し甘くぬるい官能に浸っていたいと、ほっそりした脚までを巻き付けて陸はせがんでくる。

（ほんとに化けたな……）

懇願する声も表情も、いっそ幼いと言えるほどなのにと恭司は薄く笑い、またあの陸がと思えば不思議な気分にさえなる。

「やらしくなったな、陸……ずっとはめてろって？」

「や、ん……」

長いこと自分を不感症と思いこみ、恭司に与えられる激しい愛撫に身悶え、叩き込まれるような快感に惑乱していたのに、いまではもうこの行為をじっくりと味わうことも知ったようだ。

少しでも長くゆるやかな官能を求める、そうしたやり方も恭司は嫌いでない。

むろんそれを教え込んだのは自分だからこそ、気持ちに余裕を持って抱きしめられるというのも否めない。

「まあ、できればそうしてやりてえけど……」

ただ、身体の方は余裕とばかりはいかないようで。

「悪い。……ゆっくりはあとで」

「ひんっ⁉」

細い腰を両手で掴《つか》み、ひとつ強く突き上げた。びくっと震えた陸が怯《おび》えるような目をしても、これればかりは聞いてやれそうにない。

「あ、やっ……やだぁっ、強い、そんなの……っ」

「おまえだって、腰、回してんじゃんかよっ」

「だって、いい、いいんだも……っふぁ！　あ、そこっ、突いたら、いっちゃうってば……っ」

意地悪、ひどいと泣いてそのくせ、四肢《しし》を絡ませ腰を揺らすのは陸の方がいっそ激しいくらいだった。言ってることとやってることが逆じゃないかと笑ってやると、蕩けきったままの瞳で陸は呟く。

「だって、恭司さんと、し、したかったんだも……っ」

「……陸？」

「おれ、……寂しかった、もんっ……！」

わがままを言わない陸がぽろりと零《こぼ》した涙の訴えは、ひどく胸に迫った。それに対して、謝るべきか宥めるべきかと一瞬の逡巡《しゅんじゅん》を終えた恭司は、結局は陸の好きな場所を撫でてやりつつ、こう告げる。

「俺もだ」

「……っ、ほんとに？　恭司さん、ほんとに……？」

囁くようなそれが体感する愛撫以上に陸の中のなにかを刺激したのだろう。喘ぐように名を呼んだあと、ふるふると震えた陸はきつくしがみついてくる。

「陸……？」

切ったばかりのなめらかな髪が乱れ、恭司の肩口をくすぐった。嬉《うれ》しいと聞こえた気がするけれど、身体の高ぶりだけでなく泣いている様子の陸に、どうかしたのかと問いたいけれど。

いずれにしろ情欲に煮え切った頭と身体では、まともな会話など無理だったし、陸も、それを望んではいないだろう。

「もっと、して……いっぱい、いかせて……？」

「ああ。わかってる」

だから、ねだる言葉に頷いて、止まらない身体を恭司は走らせる。応える陸の唇も、どこまでも甘く淫らな嬌声《きょうせい》以外のなにも、発することはなかった。

＊　＊　＊

気が済むまで互いに貪《むさぼ》りあうような行為を終えて、すっかりくつろいだ顔の恭司が話はなんだったんだと問いかけてきたけれど、大きな手に頭を撫でられ半ば眠りの中の陸は、ぼんやりとこう告げただけだった。

「なんだっけ……忘れちゃった」

「おいおい」

恭司に「なんだそれは」と苦笑されても、満たされきった陸は実際、なんの言葉も思いつかない。寂しかったり追いつかない勉強が不安だったり、細かいことはいろいろあった気はするのだけれど。

「恭司さん、いるから、忘れちゃった……」

撫でてくれるから、もういいんだ。それだけを呟くのが陸の精一杯で、もう瞼《まぶた》も唇も開かない。

「……まあ、明日もあるし、いつでもいいか」

夢心地で呟いた恭司の声も穏やかに甘く、それ以上に、明日を疑わないでいられることがひどく嬉しい。

寝返りを打つと、広い胸に抱えこまれた。もぞもぞと寝心地のいい場所を探して身じろいで、陸はくふんと満足そうな寝息を漏らす。

つややかな髪の先に口づけた恭司の唇からも、同じほどに満ち足りた吐息が零れたのだった。

甘くて危険なアソビ

遠矢陸《とおやりく》が、現在のところ熱愛中である橋爪恭司《はしづめきょうじ》の持つ店、『チュッパリップス』でのバイトをやっていたのは、いまから数ヶ月前にさかのぼる。

名前からしていかがわしいこの店はイメージクラブ、通称イメクラ。大人の遊園地とも言えるここは、要するに普通のエッチじゃ物足りない、夢見る男子のニーズに応える、夢の空間である。

世間的に最もメジャーなのはいわゆるコスチュームプレイだろうか。セーラー服にブレザー、いまだに根強い人気のルーズソックスなど、きゃるんとかわいい女子高生風の制服を着た『女子校系』や、ナースに婦警、キャビンアテンダントなどのいわゆる『制服系』など。

店によって種々のパターンを取りそろえているが、陸のいた店はネコ耳ウサ耳わんこのしっぽという『アニマル系』である。

各種の分類については「オトコの夢って果てしないな……」とちょっとばかし遠い目になる陸である。けれど、その企画を次々打ち立てているのがあの、怜悧《れいり》でうつくしい敏腕秘書、渋沢《しぶさわ》であると教えられれば、さらに意識まで遠くなりそうであるがそれはさておき。

現在の陸は恭司と渋沢のあたたかくも親身なバックアップのもと夜学に通い、ごく普通のバイク便のバイトに精を出している。最初は知らなかったのだが、恭司の会社である『ハシヅメ』では近頃風俗関連の他にも手を広げ、そのひとつがこのバイク便らしい。

基本的に面倒見のいい社長の『拾いぐせ』は半端ではない。若かりし頃、神奈川ではちょっとした名前の走り屋だった恭司を慕い、男気に惹《ひ》かれてなんじゃかんじゃと若い連中が集まってくるのだが、恭司はそれをどうも無下にできないらしいのだ。

――犬猫じゃねえんだっつうのに、ほいほいひとの面倒引き受けるな！

業を煮やした渋沢が――彼にしても神奈川では伝説の暴走族、愚麗塗天国《グレート・ヘヴン》初代総長という非常に素晴らしい肩書きの持ち主だが――若気の至りの引退後に行き場をなくしたエネルギーを効率よく使うため、バイク便の会社を立ち上げたというわけだった。

実際、恭司の会社からの荷物といえば、行き先が案外とんでもない。店ならともかく、明らかにそちらの筋――鳥飼《とりかい》組系列の会社だったり――の場合もある。

ブツそのものはまっとうな書類やなにかだが、普通の宅配では渋い顔をされたりもするのだ。子飼いの運び屋がいる方が楽だろうと考えたのは、良識派の恭司が堅気さんに迷惑をかけるのをよしとしなかった部分が大きい。

そしてなにより、陸が勤めるアルバイト先にはもってこいだと考えた、過保護な思惑に気づいているのは渋沢ひとりだろう。

ともあれそんなこんなで、いまの陸はバイクにまたがりちゃかちゃかと、関東を走り回っている。

そしてこの日の運搬先は、以前のバイト先である、『チュッパリップス』だったわけだ。

「うわーん、陸ちゃんだ！　久しぶり」

「ユキエちゃん、久しぶり。元気だった？」

きゃいんと両手を挙げて歓迎してくれたのは、バイトの頃から仲良しだったユキエだった。ちょっとふっくらかわいい子で、口元とおつむのゆるそうな雰囲気が大変人気の子である。

店の女の子達にまったくもってオトコ扱いされていない陸は、当時から彼女らと仲良しだった。

ルックスのせいか、特に公言してはいないけれども恋愛対象は男性に限る性癖が滲《にじ》むのか、そのあたりは判然としないけれども、とにかく彼女らは控え室で世間話をしつつ、ぽいぽいと着替えをする程度には陸に心を許していた。

この日の陸の配達は、ここの店で終了だった。時間があると言った途端に「寄っていけ」と誘われて、以前のように店員ではないのだがと思いつつ、懐かしい部屋に入りこむ。

そして、店のパネルとロッカーのプレートが変わっているのに気づいて、ほんのちょっと寂しい顔をした。

「ナナコちゃん、もう辞めたんだっけ」

「うん。なんか目標額達成しちゃったから……」

留学したいと常々言っていたナナコは、一年足らずで数百万をがっつり貯めてフランスに渡ったそうだ。ユキエにだけは本名と住所を教えていったというから、本当に仲良しだったのだろう。

「なんかねー、あたしがババアになって売り物になんなくなったら、自分の店で雇ってくれるってゆってたのー」

美人でクールで背の高いナナコに、ほわんと天然のユキエもよくなついていて、姉妹みたいで微笑《ほほえ》ましかった。水商売や風俗業界で女の子同士が仲良くなるのは案外難しくあるのだが、このふたりは例外だったらしい。

「これ、試作品のお菓子送ってくれたんだよ。今日届いたの、食べようよ」

「ん、ありがと」

手作りのガレットやクッキーが、きれいな箱に詰められている。ひとくち陸が齧《かじ》ってみると、素朴なやさしい味がする。きれいでびっとしていた、ナナコの印象がまたちょっと変わるなあと思った。

はむはむと小動物のようにお菓子を食べていた陸の頭上から、ちょっと変わった声が聞こえる。

「あれ、このひと？　シャチョーのお気に入りの陸ちゃんって」

「あ、そうだよう。アイちゃん、こっちおいでよ」

こっち、とユキエが手招いたのは、どうやら新顔らしい。恭司の良好な経営状態のおかげで、さほど女の子の入れ替わりがない『チュッパリップス』だが、チェーン店同士では新鮮さを失わないよう面子《メンツ》をチェンジすることもある。

「こんにちは、陸です」

「どもー、大船店から来た、アイでーす。わ、ほんとにかわいいねえ。アイドルのミツキくんに似てるって言われない？」

にこにこしている彼女に、陸はちょっとだけ驚きつつも会釈《えしゃく》した。別に彼女自身がどう、というわけではないのだが、アイの声は、特徴的にひどく高い。

きんきんとしたいやらしい感じではなく、なんというか、アニメ声優さんのような声なのだ。

「えっと、アイちゃん？　も、声かわいいね」

「やあん、声だけ？」

「あ、う、顔もかわいいよっ」

インパクトが強い声質に、ぽろっと本音が漏れた。ふざけたように睨《にら》まれ、変な言い方でごめんねと陸は慌《あわ》てる。

ただ、目の前にいる彼女の声が、この間見たばかりのアニメの主役にそっくりだと思っただけだったのだ。怒らせたかなと慌てていると、ユキエがなにも考えていないような顔でずぱっと言い当てた。

「アイちゃんの声、マンガっぽいでしょー」

「あ、う、うん。そんな感じ」

最近陸はDVDレンタルにはまっている。恭司の部屋に住むようになって、好きなときに好きなテレビを見たり、映画を見たりできるのがひどく嬉《うれ》しいせいで、片っ端から借りていたのだが、この間うっかり人気作品のラベルにつられて、子ども向けアニメを借りてみたのだ。

恭司や渋沢、そして学校の友だちには、ガキっぽいとバカにされそうで言えないが、結構陸はアニメが好きだ。

中学に上がったと同時に、陸からはそうした娯楽が失われていた。マンガやアニメなども、もっといろいろ見てみたい年頃にそれを自由に見ることができなかったせいか、ことさら幼い子ども向けのものに惹かれてしまう。

たぶんそれが露呈したところで、恭司らはバカにするどころか、少し哀《かな》しそうに微笑むだろうけれども、それは陸にはわからない。

「魔法少女なんとかー、とか言ったら似合いそうだよね」

場を繋《つな》ぐように陸がそう告げると、なぜかユキエとアイは苦笑した。なんか変なこと言ったかな、と小首を傾《かし》げた陸に、「そりゃそーよ」と彼女らは笑う。

「あのね、アイちゃん『チュッパリップス』のお店に入るまで、よそにいたの」

「コスプレ系なんだけどー、アニメ系だったのね」

「う、え？　そんなのあるの？」

声が受けてさ、とナナコのお菓子を摘《つま》みつつ、あっけらかんとアイは言う。

「あるよ。美少女戦隊ルナ・パンドーラとか、ああいうののコスプレすんの」

「へえ……」

なんだかちょっと複雑な気分になって陸は眉《まゆ》を下げた。ルナ・パンドーラは少し前に流行《はや》ったアニメで、つい最近陸も再放送で見たばかりだ。五人の主役が全部女の子で、月のパワーで変身し、『清らかなる月の光に恥じなさい！　滅却！』という決めぜりふで悪人をばたばた倒していくという、いわゆる戦隊ヒーロー系の勧善懲悪ものだ。子ども向けのシンプルな話ながら、たまに泣ける話もあって、素直な気持ちで楽しく陸は見ていたのだが。

「んー、でもあの子たちのスカート、確かに短いもんね。衣装かわいいし」

変身女子高生はみんな、色違いの短いカラフルなスカートを穿《は》いていた。アクションシーンではパンツが見えたり、変身シーンではちょっと危ないヌードに近いショットもあって、アレにちょっとどきどきする男性がいるというのも、まあわからないではないと陸は頷《うなず》く。

だがその返事は、アイにはちょっと驚きだったようだ。

「わー、薄い反応……新鮮だー。普通ドン引きするか、エロい目つきでこっち見たりすんのに」

　こういう子いるんだね、と目をまるくするアイに、なぜかユキエは自慢そうに言う。

「でしょ。陸ちゃんはこれがいいのよう」

「ほえ？」

　なんかヘン？　と小首を傾げた陸の反応が気に入ったのか、「かっわいー！」と叫んでアイが笑い出す。

「まあともかく、あのルナ・パンドーラの主役の声に似てるってんで、重宝されてたんだよね、あたし」

　ぐっとくだけた雰囲気になり、わざと真剣な顔でポーズを取って『清らかなる月の光に恥じなさい！』とやったアイに、思わず陸は拍手した。

「わあ、そっくり！　すっげー！」

「へへへ。これは得意だったよー。これ言って蹴《け》るといってくれちゃうお客さんいて楽だったし」

　だが、にやっと笑ったアイの言葉には「あう」と拍手が弱くなる。純真なのねえ、とますますにこにこされつつ、陸はへにょんと眉を下げた。

　その反応がツボにはまったのだろう、アイのからかうような話は続く。

「だってマニアなお客さんとかだと大変なんだよ？　兄弟ショタプレイとかのシナリオ持っ

てきてさー、しかも弟攻めの兄貴受け。あれは萎《な》えたなー」

「しょた？　う、うけ？」

専門用語に目を回し、なんのことやらと陸はぐるぐるしはじめた頭を振る。

「設定でさー、あたし弟役なんだけど。『おにいちゃんのおしり、ぼくがおとなにしてあげる』とかつって、おもちゃ突っ込んであげないとなんないんだよね」

「は、へ？　あえ？　おも、おもちゃ？」

「あら、この店でバイトしてて知らないわけないよねえ？　バイブよ、バイブ。しかも特大。まーよく入るもんだって感心したけどさ」

そのひとホモのひと？　と陸がぼんやりした声で問うと、違うらしいよとアイはコーヒーをすすりつつ告げる。

「女の子にお尻掘られるの好きなんだって」

「へ……へー……」

世の中のセックスに関して大概のことは知っていたつもりの陸だったけれど、それでもまだ知らない世界があるようだ。ちらっと横目に窺《うかが》うと、ユキエは平然と三個目のガレットを食べていて、これは普通の話なんだろうかと眩暈《めまい》がした。

「んでも、さすがのあたしも一番困ったのは、あれだなあ。『超バトルエルフェア・グラッシー』プレイ」

「え……だ、だってあれ、子どもとエルフェアしかいないじゃん……」

　ひそかに好きなアニメのタイトルが出てきて、陸は今度こそ涙目になった。『超バトルエルフェア・グラッシー』というのは、『バトルエルフェア』、通称『バトエル』シリーズという、ここ数年人気の子ども向けアニメだ。もともとは食玩のカードゲームからはじまり、キャラ人気のおかげでアニメ化になったものだ。

　エルフェアというのは、エルフとフェアリーをくっつけた造語らしいが、イメージされるとおり神話の怪物や妖精をモチーフにし、それをかわいらしい造形のキャラクターデザインにしている。

　ユーザーに合わせ、主役は小学生くらいの年齢ばかり。それらがおのおの『バトルエルフェア』で戦いつつ旅をして、最後には巨大な敵に全員で立ち向かうという、壮大な話である。

「うん。まー、主役のルイスもよく使ったけどさー。あれにさあ、プリミーアっているでしょう。あの、まんまるい、犬だかキツネみたいな、かわいいの」

　プリミーアはそのバトエルの中でも一番人気のエルフェアだ。主役であるルイスが最も使うエルフェアでもあり、鳴き声も名前そのまま『ぷりー』とか『ぷりみーあ』とかずいぶんかわいらしい。

「あ、ピンクの？　って、アイちゃんその声もできんの？」

「できるよー、『ぷりみーあ』！」

わあすげえ、とまた感心した陸であったけれど、今度はルナ・パンドーラのときほど喜べなかった。なぜならばこの話の流れでいくと、かなり考えたくない事態が語られるわけであり。

「……それも、プレイなの？」

確かに、イメクラはオトコの夢を叶《かな》える空間ではある。コスプレはその見た目のみならず、キャラになりきることも大事で、ユキエもナナコも「わんわんにゃんにゃん」と鳴かされることもあるとぼやいていた。

それはわかる。お仕事だろうしセックスファンタジーは個々人の自由だ。暴力癖のある男相手にいたぶられてきた陸にとって、いまさらショックを受けるようなことでもないのだけれど。

（か、考えたくない……）

ただ、なんとなく、ひとつくらいはきれいなまんま、取っておきたい夢もあるだろう。

半分泣きそうになりながらおずおずと問いかけると、結構サドっ気《け》のあるらしいアイはにんまり笑って陸の頬《ほお》をつつく。

「大変だったんだよー？　喘《あえ》ぎ声全部『ぷりー』でやるのって。ちゃんと声の調子変えないとお客さん怒るしさあ」

「ひ……」

予想通りの言葉に陸はぶんぶんとかぶりを振るけれど、もうどこからショックを受けていいのかわからなくなる。

「その間あたし、笑い転げていいんだか、しらけていいんだかわかんないままだわ、ＡＦありのでもーたいへ――」

「うわああん、もういい、もういいっ！　聞きたくないですう!!」

これ以上はなにか大事なものが壊れてしまうと陸は本気で涙目になり、それをおもしろがったアイの嬉々《きき》とした語りは、その後『プリミーア』プレイの全貌を語り尽くすまで終わることはなかった。

＊　　＊　　＊

その夜遅くに帰宅した恭司は、いつものように玄関先に出迎えもしない陸を訝《いぶか》り、ネクタイをほどきつつ広い部屋のあちこちを名前を呼んで歩いた。

寝室に赴くと、なんだかしょげきった顔の陸が布団に突っ伏したまままるくなっており、なにかあったのかと心配性の彼氏は顔をしかめる。

「……どうした、陸。なにへこんでんだ」

「恭司さあん……」

「ん？　なんだ、どうした？」

うえ、と赤い目ですがりついてきた小柄な恋人を、できる限りやさしく抱きしめてやりながら、膝《ひざ》の上に抱えてしばしゆっくり揺すってやる。

「オトコの夢って、よくわかんないよお……」

「は？」

意味不明のことを呟《つぶや》いた陸は、困惑する恭司の広い胸に縋って、えぐえぐと泣いている。

「おれ、エルフェアのしっぽ、いれるのなんかやだあ……!!」

「……なに言ってんだおまえ？」

わかんねえな、とため息をつく恭司はひたすら陸の薄い背中をさすり、赤くなった鼻先にあやすような口づけを落とす。

「きょ、きょーじさんは、コスプレとか、すき？」

「あ？　特に興味はねえな」

ぐすぐすしながら問いかけると、あっさりと本当に興味なさそうな返事があった。なんだかほっとして、陸は涙にしょっぱい喉《のど》を嚥下させると、もう少しぴったり抱きついてみる。

「女子高生とか、制服とか、好きじゃないの？　セーラー服とか」

「俺はもともと女子高生興味ねえしなあ。あと、プレイものは毎日毎日企画書だなんだで見て、むしろうんざりだ」

はあ、と男らしい広い肩を落とす様子から、今日もまたえげつない企画を渋沢と考えてきたのだろう。いかがわしいことこの上ない業種の社長などをやりつつも、基本的にそうした部分が健全な恭司には、ときどき渋沢の突飛すぎる思考がわからず疲労するらしい。

「すげえぞ今度は、世間のファンタジー流行で『まほうのくに』イメクラだとよー。中世ヨーロッパの魔女狩りプレイSM風味。あいつもあの顔でなんだってそんなの思いつくんだ」

ははは、と乾いた笑いを浮かべる恭司の目は遠い。「大変だね」と相づちを打つ陸の目も同じくうつろで、しばし恋人同士はお互いの身体《からだ》に縋るようにひしっと抱き合った。

「でも、『チュッパリップス渋谷店《しぶやてん》』は平気だよね。ね、ねこみみ……とかは？」

「ああ、あれが一番マシだからな……バニーガールみたいなもんだし、まだ目に馴染《なじ》む」

染まるなよと頭をぐりぐりされ、陸はうんうんと頷いた。誰より大事なひとと許容範囲が近くてなんだか心底ほっとしていると、ふと髪を梳《す》く恭司の手が止まる。

「おまえ、そういえばしっぽがどうとか言ってた、ありゃなんだ？」

「あ、うー……」

言いたくないと唇を噛《か》んでいると、まさかと恭司が男らしい顔を険しくする。

「おい……どっかで変な男にそんなことされそうになったんじゃ」

「ち、ちがっ、それはない！」

ぶんぶんと首を振って否定する。仮説でも勘弁してくれという陸の態度に、さすがに穿《うが》ち過ぎだろうと悟ったのか「ならいいけどな」とあたたかい胸に抱き寄せられた。

「それともなにか？　俺がそういうのやらすと思ったのか」

「そ、うじゃないけど……」

不穏になりかけた気配を払拭《ふっしょく》しようというのだろう、からかうように覗《のぞ》きこまれて、恭司の顔にはいまだにうっかりどきどきしてしまう陸は、ほのかに頬を染めながらかぶりを振った。

「俺は、そういうプレイは興味ねえよ。なんだかんだすんのも、自分で相手鳴かすのが一番いい」

「う……うん」

「あー、でも……しっぽなあ、……うーん」

ほんのり赤くなった頬を啄《ついば》まれ、ん、と肩をすくめた陸の耳朶《みみたぶ》を噛んだ恭司が、小柄な身体を抱き直すふりで両手を尻にかける。

「あん……」

「……陸に耳としっぽつけたら、ちょっとかわいいかもな」

「う、うそ、や……！」

やっぱり興味あるんじゃないかと、抗議するつもりの声は恭司の唇に吸い込まれる。摑《つか》まれた尻を揉《も》む手つきが妖《あや》しくて、何度も舐《な》められた口の中からとろりと甘く溶けてしまう。

しっぽもコスプレも勘弁だ。プレイじゃなくて普通にセックスしてほしい。動物っぽい舌使いに息を乱しつつ、陸は心でそう、固く誓うのだけれども。

（うう、でも、恭司さんなら……いいかなあ）

しっぽのおもちゃでいたぶられる自分を、うっかり想像してちょっとだけ身体が熱くなってしまうあたり、陸も立派に「オトコの夢」に毒されているようだった。

Melting blue

「あり……なんだ、これ」

秋冬物の整理をしていた収納の中から出てきたものを見つめて、しばし首を傾《かし》げた遠矢陸《とおやりく》は、その用途に気づいた途端盛大に赤くなる。

派手な色遣いのケースの中に、これまた珍妙な色合いのシリコン製の物体。もろに男性器を模したものもあれば、一見すると本当に子ども向けの玩具のようなかわいい動物型、なにを考えたのやらバナナやイチゴの形をしたものまである。

「新品かな？　……あ、試作品って書いてある」

風俗業を営む年上の彼氏、橋爪恭司《はしづめきょうじ》は、好むと好まざるとに拘《かか》わらず、こうした性の道具を持っている。自社のホテルで使ってくれと売り込んでくる業者に、お試し用にと押しつけられたさまざまなものは、大抵は会社に放置しているらしい。だが、あまり検分するのが好きでない社長に業を煮やした敏腕秘書が、有無《うむ》を言わさず家に送りつけてくるのだと、苦々しく彼は語っていた。

「そういや……あれから、使ったことないな」

きょん、と卑猥《ひわい》なそれを手にした割にあどけないような表情で首を傾げた陸は、呟《つぶや》いたあとちょっとだけ頬《ほお》を赤らめる。

出会ったその日にさんざんバイブでいかされたという、とんでもないはじまりの割に、恭司自身のプライベートなセックス嗜好《しこう》には、この手の道具は含まれていないようだ。

まあ実際、恭司自身のあの身体《からだ》があれば、こんなものを使うプレイには走る必要などないかと、我が身でその凄《すさ》まじさを知っている陸はひどく照れつつ納得する。

（最近……あんまり、してないけどね）

なにしろ恭司は忙しい。同居してやっと八ヶ月が過ぎ、この部屋での生活にも慣れた。最初のうちはどうにかマメに帰るようにしてくれていたけれど、またもや増えた新店の経営に関して、恭司は全国を走り回っているらしい。

陸は陸で、バイク便のバイトをしつつ通っている夜学の課題が案外多く、正直言って精神的にも余裕はない。そんな状況だから、ここしばらくは恭司がせっかく家に帰ってきても、別々のベッドでしっかり深く眠り込むのがせいぜいだった。

（あんまりしないでいると、お尻、またできなくなっちゃわないかなあ……）

不安半分、物足りなさ半分でふと思い、再び陸は赤面するが、それも仕方ないと思うのだ。もう二週間以上、恭司とはキスもしていない。セックスとなると既《すで》に二ヶ月近くはご無沙汰《ぶさた》だ。

有り体に言って欲求不満なのは間違いないのだろう。

今日の休日も、予定が潰《つぶ》れた。本当は久々に、恭司とゆっくりできるはずでいたのに、急な仕事で呼び出されて、朝っぱらから文句たらたらで恭司は出かけていったのだ。

彼のために弁明すれば、恭司は決して怠惰なわけではないし、仕事にはむしろ精力的な方だと思う。けれど、どちらかというと現場でひとを仕切っていたり管理するのが好きなのに、本社の社長室に押し込められて会議だ決裁だと書類仕事に埋もれているのが不満らしい。

好きな仕事をできればいいのにな、とそんな彼を見ていて思うときもある。かといって、店舗に毎回飛んで行かれては、陸にしてもいまよりもっと寂しくなるので、そんなことは言えはしないし、第一渋沢《しぶさわ》が許さないだろう。

結果、見事に恭司のオフ日は消え失《う》せ、することがないから部屋の整理をはじめたのだ。

そこに持ってきてこの、恭司にまつわる記憶の中にも鮮明な、卑猥な道具を見てしまっては、もやもやしても仕方ないじゃないか。

（でもいつから、こんなに、あっちがよくなっちゃったんだろ……）

ふと考え、いつからもなにも恭司に会ってからだとすぐに気づく。

はじめていろいろされたときにも気持ちよくてすごかったけれど、それがもっとずっと先まであるのだと、あのやさしくて器用な指に教えられて、そのたびに身悶《みもだ》えて。

練習だからと言い訳しながら、彼を想ってひとり遊びに耽《ふけ》った、寂しくて淫《みだ》らな時間を思うと、いまでも胸が痛くなる。

い窓際に敷いた布団は冷たく薄かった。

＊　　＊　　＊

恭司の持っているマンションとは比べるべくもない、小汚いアパートの隅、日当たりの悪い窓際に敷いた布団は冷たく薄かった。

はふ、と息をついた瞬間、腰の奥が開くのがわかった。くちゃくちゃ、と身体の奥で音がして、それは陸の子どもっぽい細い指が動くたびに聞こえてくる。

「あ、……あー……」

嬌声《きょうせい》になる前の、淀《よど》んだ喘《あえ》ぎ。意識せず溢《あふ》れていく声は、自分でもちょっとばかっぽい気がする。実際、初対面からずっと「ばかだ、ばかだ」と言っているあのひとにとっては、こんな声も姿もあきれるようなものなのかもしれないと、陸は半ば朦朧《もうろう》となった意識で考えた。

「うんっ……ん、ん」

誰もいない部屋で、どろどろに濡《ぬ》らした指をゆっくり奥に入れる。ちゃんと慣らせ、という彼の言葉は一見卑猥な命令のようだけれど、ごく事務的に告げられたそれに欲情は少しも見えなかったし、こちらを思いやってくれてのものだとちゃんとわかった。

（あ、三本はいった）

部屋の主である勇次《ゆうじ》がいない間を狙《ねら》ってのこの「練習」はいつもどこかうしろめたい。唐突に、あの暴力的な彼が帰ってきたらいたぶられるのは必至だし、実際あまり見られたい姿でもない。

けれどもし。うっかりと想像して、陸はぞくぞくと細い腰を震わせた。

もしもあの、少し怖くてやさしいあのひと――恭司に、こんな姿を見られたら。

「ああっん！」

今度ははっきりと上擦《うわず》った声が溢れ出て、自分の指を飲んだ場所がきゅうんとすくむのがわかった。何度も何度も練習したそこは、以前のように闇雲《やみくも》に痛むこともなく、どころかだんだん、妖《あや》しげな疼《うず》きまで感じるようになっている。

「え、えっと……あれ、使わなきゃ」

思わず熱心に奥をいじりそうになって、我に返った陸は慌《あわ》てたようにひとりごちた。あわあわと濡れた指を抜いて、ひとり赤くなりながら、恭司にもらった道具を取り出す。

――無精すんなよ。爪は切って、ちゃんと清潔にして。こういうのも、面倒でも毎回ゴムかぶせて使え。

行きずりの売り専小僧に、なんでこんなことまで説明しなきゃならないのかという顔で、それでもきちんと教えてくれた。それも全部、ただ男の欲求を満たすためではなく、陸の身体に負担をかけないためのものだ。

（なんで、バイブとかゴムってこんな変な色してんだろ）

ぺりりと破った避妊具は陸が適当に買ってきたものだけれど、照れくささからポップなパッケージのものを選んだのがまずかったのか、中身まで蛍光色だった。バイブレーターは太さも形状もばらばらだが、使う順番まで恭司に教えられている。今日はその中で、一番大きなものにチャレンジだ。

「これ、恭司さんくらい、かなあ……」

呟いたら無意識に、こくんと喉《のど》が鳴ってしまった。なんでだろうなと、自分の感情についてあまり深く考える癖のついていない――それは自意識をきちんと持ったり、おのれについて考えるとせつないことが多かったせいだが――陸は、ぼうっとのぼせたような頭でその張り出した先端に薄いゴムの皮膜を被《かぶ》せ、おずおずと膝《ひざ》を立てて自分の奥に当ててみる。

(こんなにおっきいの、はじめてだ)

ゆっくり慣らした尻の奥は濡れて疼いてとろとろだけれど、正直言えばこれを入れたことはない。大丈夫かなと緊張したせいで、握り手部分のスイッチを強く押してしまった。

「ひわっ、あっ、やっやっ!」

細かく振動しながらぐにぐにと動いたそれに驚いて、慌てて放り投げる。ざざざ、という勢いで全身に鳥肌が立ったけれど、身体の熱はいっそうひどくなっている。

布団の上に敷いたタオルの上で、うねうねうにうにに動いているそれに、陸はなんだか泣きたくなった。こんなの入れたらどうにかなる。でもやらないと、いつまで経《た》ってもアレができない。

「うえん……」

ちょっとだけ恭司を恨みたくなりながら、軟体動物のようなそれをおずおず手に取った。動かさなければ、たぶん平気だとスイッチを切ってもう一度、ゆるんだ粘膜に押し当てる。

「うんっ……ん、ん、……んんー」

冷たいぬるぬるしたものを、ちょっとずつ押し込む。圧迫感に腹が苦しくなった気がして、ふうっと大きく息をついたらもっと入った。どうにかなりそうだとほっとした途端「あー……」と無意識に声が出て、口を開くとあそこもまたさらに開いていくのがわかる。

(声、出せっていうの、それでなのかなあ)

楽になるように、痛くないように、恭司はいつもそればかりで、性器を触ることもあんまりさせてくれない。

陸を一方的にいじるばかりの恭司を、最初はそういう趣味なのかと思った。けれど本当に、身体を慣らしていくためにだけそうしてくれているのだとわかってからは、申し訳なさが先に立つ。

「早く……」

できるようにならないと、と。そんなつもりで呟いた言葉はなんだか催促じみていた。やらしいかも、と思えばなんだか赤くなって、変だなあと陸は思う。

お尻に入れられてよかったことなど、恭司に会うまで一度もなかった。裂傷を帯びた血まみれのそこを抉《えぐ》られて泣き叫んでもやめてもらえず、本当に腹から裂けて死ぬかと思ったこともある。

セックスを好きだと思ったことなどない。なのにこれはなんだろうと、無意識に奥へ奥へと卑猥な器具を飲み込んで、いつの間にか浮き上がった腰を陸はゆらゆら動かした。

「あん……おっき、はいってる……」

体感したそれを口にする癖は、恭司が教えた。痛いこともいいことも、どこがどうなのかきちんと声に出して、相手に伝えないとわからないし、自分でも自覚できないからだと彼は言った。

――ここは好きか？　……こっちは？　痛くないな。じゃあ……。

「んっ、んっ……恭司さん、そこ、もっと、そこ」

これよりもう少し細いやつで、うんとこすられていったときのことを思い出すと、くっと腰骨が浮き上がる。両手で摑《つか》んだものはずるずると奥まで埋まりきって、陸の中をいっぱいにした。

「ふあ、はいったぁ……」

はあはあと息を切らして瞬《まばた》きすると、目尻に涙が滲《にじ》んでいた。頑張ったぞという妙な達成感とともに、肌を疼かせるような淫らな期待が陸の脚を開かせ、おずおずとそこを覗《のぞ》きこませる。

細い、子どものようなラインのやわらかい脚の間に、スイッチのついた部分がしっぽみたいに生えていた。光景のあまりの淫猥《いんわい》さにくらくらして、陸はくしゃりと顔を歪《ゆが》める。

なにやってんだろな、と思わなくもない。男のくせにこんなところにセックス用の道具を入れて、それもひとりで尻を濡らして準備して、考えてみれば滑稽《こっけい》だ。

——いい子だ、陸。上手にできたら、もっとしてやる。

それでもきっと、これをできるようになったら、恭司はやさしく髪を撫《な》でながら、あのかっこいい声で褒めてくれる。

(それなら、いいや……)

ふと、なにか大事な事実を忘れている気がしたけれど、頭の中は恭司でいっぱいで、もうほかのことなどなにも思い出せない。

「んっ……んあ、あっ」

動かしてみようと思ったけれど、自分では怖くてまだ出し入れできない。どうしよう、と困った陸は朦朧としたまま、そういえばさっきこの玩具は勝手に動いていたっけと、それだけを思い出した。

スイッチを入れて、動かせばいい。その後自分に与えられるであろう衝撃についてはもう思いを馳《は》せることもできず、陸はなにかに操られるように震える指で電源を入れた。

それはもしかすると、半ば期待している自分を誤魔化《ごまか》すための、言い訳だったかもしれないけれど。

「——……っ、ひあ！　あああ！　ああっん！」

先ほど目で確かめたあの卑猥な振動とうねりが、体内では数十倍の感触になって襲ってくる。ぐねぐねと粘膜を抉る動きに一瞬陸は硬直し、目を瞠《みは》ったまま叫ぶしかなかった。

「あん、やっ、いっいっ、……いやぁあ、恭司さんっ、恭司さんっ！」

怖い、怖いと思いながら取っ手を握った指は硬直し、抜き取ることもできなかった。ぬるりとやわらいでいる体内を犯すそれはときに不規則に回転して、ぐいぐいと押し込むような動きをみせる。

いや、だめ、と叫びながら陸は下腹部の異様な熱を感じていた。だめだめ、とすすり泣いているくせに、腰がかくかく動いてしまうのも恥ずかしかったし、そのたびに膨れあがった性器の先からずっと、ちょっとずつだけなにかが溢れる。

「あーっあっ、変になっちゃう、ヘン……っ」

びくん、と跳ねた足先が空を掻《か》いて、気づけばそれを握った手が前後に動いている。小さな尻はきゅっとすくんではゆるみ、ふるふる震えては吸いつくように玩具をしゃぶって、こんなの知らないと陸は泣き出した。

耐えきれないほどの体感に泣いて、じたばたともがいた脚を一瞬きつく閉じた、そのときだ。

「ふぁあっ！　あっ⁉　あっあっ！」

腰をよじってぴったりと曲げた膝をすりあわせたまま、陸は射精もしないのに絶頂を覚えた。きんと耳鳴りがして一瞬目の前が暗くなり、凄まじいほどの痺《しび》れが爪先《つまさき》まで走る。

感じすぎて出ないなんて、そんなことを陸ははじめて知った。たまらなくて、怖くて、よがり悶えた。

俯《うつぶ》せに転がり、虫の羽音に似た音を出しながら尻を抉る玩具から手を離して、勃《た》ちあがったままの性器を揉《も》みくちゃにしごいた。そうでもしないと身体中に満ちた凄まじい官能が膨れあがりすぎて破裂しそうで、怖くて怖くて仕方なかったのだ。

「いくう、いく、恭司さ……っ、あっあっあっ、い──……っ！」

ぴゅっ、ぴゅっ、と断続的に精液が放たれる。おまけに、支えるもののないバイブレーターは陸の尻が飲み込んで離したがらず、射精したすぐ次の瞬間からまたいきそうになった。

「だめぇ……だめ、おしり、しちゃやだあ……」

犬のような体勢で腰だけ上げて身悶えながら、なにか見えないものが自分を犯しているようで怖くて、身体の下に敷いたタオルを握りしめる。よじれた布地を脚に挟み、そこに腰をこすりつけながら三度目の射精をしたあと、ようやくゆるんだそこから玩具がことりと落ちた。

「はんっ……あー、っん、ひっ……ひぃん……」

余韻《よいん》にまだ腰を振りながら、陸はべそべそと泣き出した。すごくいった。気持ちよくて、でも怖くて怖くて、このどこかに行きそうな身体を誰か、捕まえてほしいのにと寂しくて。

「恭司さん……恭司さぁん……っ」

甘えるように繰り返した名前は、恋人のはずの同棲相手ではなく、あの背の高いやさしくて厳しい男のものばかり。

それが意味するものをまだ知らないまま、ただ胸の奥が憂鬱《ゆううつ》に塞《ふさ》いで、涙が出る。そこにある欲しいものを欲して飢えている。

それは形も名前もわからず曖昧《あいまい》なものだ。どうすれば手が届くのか、それは本当に手に入るのか。そんなこともわからないのに、ただ欲求だけがどこまでも鮮明に激しい。

陸は震える肩を自分で抱いて、変わっていく身体に少し、怯《おび》えていた。

＊　　＊　　＊

欲しくて、でももらえなくて、なにが哀《かな》しいのかもよくわからないままでいたあの頃に、もうとっくに心は恭司に捕まっていたのだと思う。

(……あれ、哀しかったな)

餓えていたあの日々を思い出しただけで、胸が苦しい。いまならばただ、恭司を好きすぎておかしくなりそうだったとはっきりわかるけれど、そんなことさえ自覚できないほど、あの頃の陸の心は拙《つたな》く幼いままだった。

情動が育っていない、という言い方をしたのは渋沢だったか。虐待に近いことを長く続けられ過ぎていたおかげで、陸の心は十三歳の頃からさほど、変化がないのだろうと聡明な彼は言っていた。

——といってもおかしいことじゃない。ゆっくり覚えて行けば、いいんだよ。

陸がいろいろなことを知らなかったり、当たり前の感情さえ自覚できないのは、陸の環境のせいであって本人の問題ではないのだと、何度もかみ砕いた言葉で渋沢は言ってくれた。

頭の悪い子どもなど鼻先で笑いそうなくらいの印象があり、恭司には激烈に厳しい彼だけれど、陸にはなぜかやさしい。それこそ上っ面の親切であれば、陸はすぐに嗅《か》ぎわけられる自信はあるから、面倒見のよさは結局、恭司と渋沢ふたりに共通するものなのだろう。ただその表現の仕方が、正反対なだけで。

だから、この部屋に来るまでの経緯について、あれほど細やかな手配をしてもくれたのだろう。勇次の部屋にあったなけなしの荷物はすべて処分されてしまっていたから、いま陸の部屋にある家財道具は恭司が買い与えてくれたものばかりだ。その手配のほとんどを行ったのが、渋沢であると聞いている。

客間だったそこは恭司の使う寝室よりは狭いが、それでも十畳はあって、いままで移り住んだ中には一度としてなかったその清潔な広さに、最初の頃は慣れなかった。

恭司だけのために身体を慣らし続け、ようやく相思相愛になってこの家に来たばかりのあの当時、陸はちょっとタガがはずれていた。

広い部屋にひとりでいると、ものすごく怖くなるのだ。しかも越した当時には学校にも通っておらず、バイトもなく、ただ彼を待つためだけにそこにいたあの時期には、セックスのことしか考えられなくなっていたような気もする。

どこか壊れて不安定だったのは、いまここにいることが信じられないせいだったのだろうと、あとになって恭司自身に告げられた。

セックスを代償にしてしか、陸は生きて来られなかった。帰って来るなり脚を開けと、慣らしもしないで犯されたこともあった。

恭司はそんなひとではないとわかっていても、頭で考えるのと心がまるでばらばらで、わけがわからなくなっていた。そのずれを埋めたくて、抱いてとねだるばかりの時期、急《せ》いたように欲望だけが先走っていた。

（……あれは、すごかった、かも）

それは恭司の部屋に越してきて、三日目。

あれこれ起きた事件の後始末だったのだろう、なんだかんだと忙しい彼は、なかなか陸にかまうことができなかった。

そしてようやく「今日は帰る」と言われた日にはもう早く抱かれたくて仕方なくて、期待した身体がもう、止まらずについ、いじってしまった。それで結局帰宅した恭司を出迎える頃には、はしたないくらいにできあがっていた。

よろよろしながら向かった玄関先、おかえりなさいも言えないくらいうしろを濡らして待っていて、スーツも脱がないままの恭司に「すぐ入れて」とすがりついた。

たぶん、普通じゃなかったのだろう。染みついた卑屈な生き様が抜けきれず、いままでと同じようにしなければまた捨てられるんじゃないかと、ただ怖かった。

その反動での性欲はあまりに激しく、気味悪いと言われても、引かれても仕方ないくらいの淫乱ぶりだったといまでも思うほどなのに、欲しがりすぎて怖いくらいの自分に恭司は全部応えてくれた。

——なんだ陸、やらしいかっこで。

なにがなんだかわからなくなっている、淫らすぎる格好の陸に少しだけ驚いた顔をして、それでもすぐにあの、蕩《とろ》けてしまいそうに甘い顔で笑い、恭司は抱きしめてくれた。

——お、おれっ、ヘン……ごめ、ごめんなさい、ごめんなさ……っ。

——ん？　なんで謝る。待ってたんだろ。別に怒ってねえよ。

いやらしくてごめんなさい、しゃくり上げながら上等な服を陸の体液で汚してしまったのに、恭司は少しも怒らないまま、ちょっと手を貸せと言った。

——入れてやりたいけど、ちっと疲れてっから。

その気にさせてくれと握らされて、たくさんキスをしてくれる恭司がたまらなく愛《いと》おしくて、そこまではいいと言う彼を無視してひざまずいて、逞《たくま》しいそれが硬くなるまで何度も舐《な》めた。

そうして玄関脇《わき》の壁に手をついて、立ったまま うしろから奥まで何度も突かれて、すごくよくて。

——あっあっ、いっちゃう！　おっきいのすき、おちんちん、いれるのすきぃ……っ！

あの声は、たぶんここが安普請のマンションだったら外まで聞こえたんじゃないかというくらいに大きくて、思い出すだけで死にそうに恥ずかしい。

「あうー……」

ぶんぶんぶん、と陸は首を振り、卑猥な回想を振り払う。もやもやと身体が熱くなって、思わず股間をちらりと眺めたが、まだ反応してはいなかったのでほっとした。

あの頃のように、闇雲な衝動に駆られることは、いまはもうない。自分がやってきたことの愚かさや、恥ずかしさも、ちゃんと自覚している。かつてのおのれの、あまりの頭の悪さにときどき叫びたいくらいになるけれど、無事に成長した証拠だと恭司が笑ってくれるので、なんとなく、まあいいかと思えるほどにはなった。

けれど、そうした代償行為としての性欲でなく、愛情が深くなるにつれての寂しさは、日に日に増していく。

（抱いてほしいな）

いやらしい意味じゃなくても、ぎゅうっとされたい。胸が甘く疼いて、触れられなくても感じてしまうようなあの痛い感じがもっとほしい。

そのままほんとに抱いてくれたら、もっといいけれど。

「恭司さん……」

名前を呼んで思い出すだけで、うずうずと腰が揺れるくらいには、いまだに彼に溺《おぼ》れている。日を追って欲深くなる身体でまず覚えた、陸の「初恋」は、いまだに現在進行形のようだ。

（えっちだめなら、キスだけでもいい）

唇を深く触れあわせることが、あんなに気持ちいいと教えたのは恭司だけだった。もともと、一方的に身体を使われることの多かった陸は口づけをされたことがほとんどない。そんな愛撫めいたことより、早く出させろと鼻息を荒くした男達はこの小さめの唇に性器を押し込んで来る方が多かった。

フェラチオがうまくなったのは、一度吐いたあとに死ぬかと思うほど殴られたからだ。みんな似たような相手だったので、誰だったかはもう、覚えていない。うまくできればさほど痛いこともされないし、むろん吐き気などしない方が自分も苦しくないに決まっている。

二十歳になった陸は学校で勉強して、同じ歳《とし》の友達もちょっとできた。お店の女の子ともたくさん話して「世間の常識」というのを学んでみると、俺って結構可哀想だったのかな、と最近思う。

でもいまは可哀想ではないから、割と平気でいられる。

過去がなければいまもないし、全部丸ごと抱えてくれた恭司がいるから、幸福だ。

ただその幸福というやつの中には、ちょっぴりの不満も覚えるものらしい。そんな自分も新鮮だと思う。なにしろ不満を覚えるほど満たされたことが一度もなかったのだ。

それに、セックスをしたくなる自分というのも、これまた経験がない。男に飼われていた頃は、できることならしないでいたい行為だった。

尻への挿入だけでなく、身体中のどこもかしこも、痛いばかりでちっともよくなかったし、セックスなんか大嫌いだった。

（痛いし、苦しいばっかりだし……疲れるし）

おかげで陸は長いこと自分を不感症だと思いこんでいた。だがどうやらそれは、恭司曰《いわ》く「下手《へた》くそな野郎」ばかりだったせい、らしい。

皮膚が薄く敏感で、刺激に弱い陸の身体は、これも恭司曰く「感度がよすぎる」のだそうだ。

——おまえの場合、身体の感度だけじゃねえけどな。

気持ちも敏感なんだろうと、やさしく触れられながら言われた言葉の意味が、長いことわからなかった。けれど最近なんとなく、理解できる気がする。

恭司が大事に大事に触ってくれるから、脆《もろ》い陸の身体は甘くとろとろと溶けていく。肌に触れる手のひらや唇に、おざなりじゃない熱をもらう。恥ずかしくて喘いで泣くと、からかうように「かわいい」と囁《ささや》く言葉に愛情を感じるから、全部預けても怖くない。

(あー、もっともやもやしてきた……)

ふは、と息をついて、陸は膝を崩してぺったり座り込んだまま上体を伏せる。脱力したせいで何の気なしに取ったポーズだったけれど、一瞬後にかっと頬が熱くなった。

――おまえ、身体やーらかいな、陸。

ときどき恭司はなんだかすごい格好をさせたがることがある。どうもこちらがいちいち驚いてうろたえるせいらしいのだが、陸には結構刺激が強い。

そもそもセックスをよくするためにあれこれする、という発想そのものが陸にはなかった。相手が入れやすいように四つん這《ば》いで尻を出すのが大抵で、ごりごりと腹をこすられてじっと耐えるような行為以外、ほとんどしたことがなかったのだ。

だが恭司の施すそれは、暴力には慣れても快楽に慣れていない陸にとって、驚きの連続だった。

上に乗せられて、自分で動いたり、脚がつかない状態まで抱え上げられたままだったりするけれど、この間のが一番強烈だった。

――ほら、こっちに脚……そうだ、それで腰、振ってみな。

――や、できない、これやだぁ……！

左の脚だけ抱えられ、斜めに絡んだ状態で膝裏をずっとくすぐられながら入れられて。

――嘘《うそ》つけ、こんなにして。

ぐっしょりじゃないかと笑った恭司に、もう許してと言いたくなるくらいに何度も達したあと、余韻でひくついた身体をあっさり俯せにされた。

いわゆる女の子座りのまま、半分に身体を折ってくてんとなったこの体勢で、奥の奥まで暴かれていったあのときのことは、あんまりよく覚えていない。

（恭司さん、普段はけろっとしてるのに、ああいうときは結構えっちなんだよな）

かあ、と顔を赤らめつつ、そんな恭司も嫌いじゃないがと陸はひとりで身悶える。

恭司の教えるあれこれは、恥ずかしいし苦しいし、怖いときもある。でもそれは苦痛だからではなく、信じられないくらいに感じておかしくなってしまうからだ。

最初はいやだと言って赤くなって泣きじゃくるのに、結果は拒めないのはそのせいだ。痛かったり本当に恐怖を感じるようなことを、恭司は絶対にしてこない。

挿入される前に、あんなにあちこち触ったりキスするのも、恭司だけだった。そしてそのことで、泣きじゃくるくらい感じさせてくれるのも彼だけだ。

セックスを何度こなしても、飽きないのがいっそ怖い。するたびに知らないところで感じさせられるから、自分がどうにかなるんじゃないかと思う。

こんなにされたらもっと頭悪くなっちゃうと、本気で怯えて泣いたあと、なんでか恭司は「なっちまえ」と怒ったみたいに目を尖《とが》らせて獰猛《どうもう》に笑い、意識が飛ぶまで揺さぶった。

いやらしいことでいっぱいになった身体がときどき、破裂しそうになってしまうと、陸は泣いて許しを請うこともある。

――おかしくなっちゃう……恭司さんとすると、おれ、どっか飛んじゃうみたい……。

体感するそれらをおぼつかない言葉で訴えることが、どういう効果を持つのか陸にはまるで自覚がない。おかげで恭司の行為もどんどんエスカレートしていく節はあったのだが、そこについてもやはり無自覚なままだ。

――まったく、どうしようもねえよ、おまえは。

苦笑する、その意味もやっぱり陸にはわからないままだけれど、別に疎まれているのではないと、それだけは理解できる。

それに、強引にされるのが実は、嫌いじゃないのだ。焦《じ》らされたり泣かされるのも、本当は好きかもしれないと思う。

（ああいうときの恭司さん、かっこいいんだけど、なんか……悪戯《いたずら》っ子みたいに笑ってるんだもん）

陸をちょっと意地悪に見つめる恭司の顔が、やんちゃに見えることがあって、その顔が陸は好きなのだ。

いつでも格好いい恭司が、なんだかかわいく見えてしまうのがたまらない。嬉《うれ》しそうにきれいな目で笑ってくれると、意地悪されても恥ずかしくても、それだけで全部許してしまう。強引にしているふりで本当に嫌がることはしないひとだから、なんでもして、どうにかして、と全部丸投げしたくなる。

「……うあー」

どうも今日はなにを考えても、恭司とのアレに繋《つな》がるらしい。本当に欲求不満だと、陸は床に転がった。掃除したばかりのフローリングが冷たくて気持ちいいくらい頬が火照《ほて》っている。

ケースのまま転がった性行為のための道具が目に入って、一瞬だけ使っちゃおうかとどきどきした。けれどすぐにその妄想は打ち消される。

もどかしく熱っぽい欲情を散らしたところで、すぐにむなしくなるのはわかりきっているからだ。

恭司に抱いてほしい。うしろに入れるなら、あのびくびくどきどきする、熱くて硬いのがいい。

入れられながら、乳首と性器を揉みくちゃにされて耳を噛《か》まれて焦らされたい。お尻をぶたれるみたいな音がするくらい、激しくて強い律動に、泣くまでいじめられたい。

「きょーじさーん……えっち、したいよぉ……」

ごろごろごろ、と床を転がって、甘ったれた声で呟いた。

「おっきいおちんちん、欲しいなー……」

そしてエッチな台詞《せりふ》はひとりで言うと結構間抜けだなあと、陸はぼんやり笑ってしまう。

煽(あお)るなりツッコミ入れるなり、なんでもいいから応えてほしい。

胸の中に、ぽかんと穴が空《あ》いてるようだ。風が吹いたら通り抜けそうにすうすうして、適温に整えられている部屋がひどく寒い。

恭司と出会うまで、強烈に寒さを感じるような、こんな寂しさは知らなかった。

陸はずっと、誰といてもひとりでいるようなむなしさを覚えていたけれど、その中に深く根付いた諦念が、寂しいという気持ちを半減させていた気がする。

茫洋《ぼうよう》とした曖昧な孤独と、肌を切るようなこのいまの寂寥《せきりょう》と、どちらがつらいかと言えば、本来は前者だ。もう二度とあれは味わいたくないし、できるなら忘れたいと思うけれど、痛みの強さで言えば実は後者の方がよほど強い。

欲が出て、与えられると知っているからなお飢える。そんな贅沢《ぜいたく》な哀しみに慣れさせたのは恭司だ。

（あ、胸……きゅってなった）

それでもこの痛さは甘い。胸が潰れそうな悲しさとは違う、ほんのりとせつない感覚は、決して不快なものではない。

もっとずっと、痛くなればいいと思う。そして我慢しきれないくらいに疼いたあと、強くて長いあの腕で抱きしめられると、そのまま死にたいくらい幸福になると知っている。

「……さみしいな……」

早く帰ってこないかな。今度の呟きは笑うどころか泣けそうで、二の腕で目元を覆って陸は目を閉じる。

じんと熱い瞼《まぶた》を感じ取りながら、本当に涙腺が弱くなったなと思う。殴られたり犯されたりすればそれは痛くて涙も出たけれども、こういう泣きたくなる感じは恭司に対してしか覚えない。

熱っぽい息が零《こぼ》れて、唇まで寂しい。

この寂しい場所へ、早く恭司にキスしてほしいと、ただそれだけを思った。

＊　＊　＊

いつの間にか陸は眠りについていたようで、気づくとあたたかい手のひらが薄い肩を揺さぶっていた。

「……おい、おい、陸。なんだ、風邪ひくだろ」

うにうにと唇を動かして目を開くと、あきれたような笑顔でしゃがみこんでいる恭司がいる。

「うー……？　あれ？」

「片づけの途中で寝ちまったのかよ」

「あー……うーん……いま、何時？」

「もう十二時。メシ食ったのか？」

ぼうっと眠たい目のまま見上げる恭司は、少し疲れたような顔をしている。夜中まで働いて、大変だなと思いつつ、ねぎらう言葉を発しようと思った陸の唇はまるで違う台詞を紡いでいた。

「恭司さん、だっこして」

「はぁ？」

寝ぼけていたせいなのだろう。考えるより先に言葉が口をついて出て、あまりに子どもじみたそれに陸がはっとなるより先、喉奥で笑った恭司の長い腕が伸べられる。

「……ったく。ほれ」

「う……ご、ごめんなさい」

おまえは赤ん坊かよと笑いながら抱きしめられて、いまさらながら赤くなった。

「おかえりなさい」

「ああ。遅くなったな」

広い胸、大きな手のひら。もともとそんなに身体は大きくないけれど、恭司に抱擁されると、自分がさらに小さくなったような錯覚がある。

この腕の中は、なんにも怖くない。あんまり居心地がいいから逆に、長くいすぎてはだめな気がするくらいに気持ちいい。

ぺったりくっついて離れたくなる。どこにも行きたくなくなってしまうけれど、それではきっとだめだろう。

「散らかして、ごめんなさい。ここ……」

「ああ、もう今日は遅いから明日にしろ。寝るなら布団まで運んでやっから」

片づけるからと起きあがりかければ、そのままひょいと抱え上げられた。本当に子どもでも抱いているかのように軽々扱われ、力が強いなあと感心する。

（あ、また、きゅうって）

嬉しくて胸が痛い。恭司に会ってはじめて知ったもののひとつ、これを「ときめく」というんじゃないかなと最近陸は思っている。

「恭司さん、ごはんは……？」

「会社でデリバリーのピザ食った。……おまえこそ、腹減ってないか？」

「んん、おれは平気」

くったりした身体をすり寄せ、抱き上げて運ばれながら問うと、逆にこちらを案じられた。薄い腹を押さえてかぶりを振ると、ちゃんと食えよとため息をつかれる。

「やっとちょっと肉ついてきたのに、また痩《や》せちまうだろ」

「あ……重くない？」

指摘通り、陸はこのところ少し体重が増えた。二十歳を過ぎたというのに成長期が来たようで、身長までこの八ヶ月で三センチほど伸びている。

「五十キロ切っててなにが重いんだ、そこらの女よか軽いだろうが、おまえは。ひとりでもちゃんとメシ食え」

「いたっ……ごめんなひゃい」

咎《とが》めるように鼻先を嚙まれて、陸は情けない声を出す。そのままぺろりと嚙んだ場所を舐められて、ちょっと妖しく腰が疼いた。

「それに、ベッドあるんだからちゃんとベッドで寝ろよ」

陸に自覚はなかったけれど、放っておくとそこらで寝てしまう癖を恭司は少し苦く思っているようだ。まともに布団を与えられることもない生活が長かったせいで、床でもどこでも眠れてしまうのだが、あまりいいことじゃないと彼は言う。

「ごめんなさい、気をつける」

「叱《しか》ってんじゃねえんだけどなあ……」

だらしなく見えるのだろうとしょんぼり肩を落とせば、ふうっと彼はため息をついた。

「ま、いい。慣れろ、そのうち」

「うん……あ」

ふんわりやわらかいベッドの上に下ろされて、髪を撫でられる。早く寝ろ、というように上掛けを被せられそうになって、陸は咄嗟《とっさ》に目の前のシャツを摑んだ。

「ん？」

「あの、あの……」

なんだ、と覗《のぞ》きこんで来た恭司の顔は、暗い部屋で見ても疲れているように思えた。陸に寝ろと言うのも、彼自身が早く休みたいからかもしれない。

「疲れて、る？」

「ああ、まあ少しな。ここんとこ休みも取れてねえし……今日も休日出勤だしなあ」

渋沢は俺を殺す気かもしれないと、物騒に笑う。精悍《せいかん》な頰のラインがまた鋭くなったようで、よく見れば目元の影も濃い。気づいてしまうとまた陸の胸がぎゅうぎゅうと痛くなって、眉《まゆ》が勝手に寄ってしまう。

「大丈夫？」

「……心配すんな、そんなにやわじゃねえよ」

頼りない表情に微笑《ほほえ》みを返した恭司の唇が、皺《しわ》の寄った眉間《みけん》に触れる。やわらかいものがかすめる感触にぞくりとして、陸は自分の欲深さにあきれた。

（心配だけど、それだけじゃない。おれ……最悪）

ちょっと疲れた感じの恭司は、情けないどころか男ぶりが上がっている気がした。いつもより気《け》だるげな所作や表情に、ぞくぞくするくらいの色気がある。

「恭司さん……」

だめだ、と思うのに、シャツを摑んでいた手が首筋に回る。誘う仕草に気づいた恭司が、待ち望んで乾いた唇をやんわりと塞いでくれて、軽く啄《ついば》まれるだけで腰が跳ねた。

「……なに、おまえ。してえの？」

「う……ち、ちが」

顕著な反応は、すぐにばれた。かっと頰を赤くした陸が慌てて目を逸《そ》らすと、恭司はにやりと笑ってのし掛かってくる。

「そういやなんか、妙なもん散らばってたしな。……ひとりで遊んだか？」

「し……してな、いっ……や、やだ」

わざわざ吐息が触れるように耳元で囁かれ、意地悪だ、と陸が涙目になる。

「いい、疲れてるんでしょ？　寝ていいから……おれ、いいから」

我慢できなくなる前に離れてと、細い腕を突っ張った。疲労感を漂わせる恭司に男の色気を感じてたまらないのも事実だが、心配なのも本音なのだ。

「ね、ゆっくりして？　お風呂でも入って……」

身体の熱なら、やがて冷める。堪《こら》えることには慣れているからと陸がじんわり潤んだ目で告げると、恭司はどうしてか、逆にその笑みを深くした。

「ああ、わかった、ゆっくりな。すんだろ」

「ち、違うってば、そっちのしてじゃないっ……！　あ、だ、だめ……んう！」

あげく、わかっていて言葉の意味を取り違え、陸の尻を摑んでくる。もがいて逃げようとすれば押さえ込まれて、先ほどのかわいいキスとは比べものにならないような、濃厚な舌で黙らせた。

「んんっ、んむぅ……っ」

いけないのにと思いながら、舌先を噛まれて二度きつく吸われると、もう誤魔化しようのない状態に腰が跳ねた。びくびくともがいたそれを摑まれて、本格的にベッドに載り上がった恭司の腰を挟まされると、反射的に陸は細い腿《もも》でそれを締めつけてしまう。

「……あーあ。もう勃ってんじゃねえか」

「ううう……やだ……」

長く執拗《しつよう》なキスをほどかれた途端、陸の股間を眺め下ろして恭司が楽しげに言う。いたたまれない、と火照った顔を反らしたけれど、そのスキにゆるめの部屋着をまくり上げられ、陸は焦《あせ》った。

「や、だめ、恭司さんだめ！」

「だめもなにも、俺もその気になっちまったよ」

陸の薄い腹から鎖骨のあたりまで、尖らせた舌で一気に舐められる。陸は声にならない悲鳴をあげて仰《の》け反り、両手に摘《つま》み取られた乳首があっという間に硬くなるのを感じた。

「こりこりにしてるくせに」

「……っあ、だめ！　ち、乳首だめ……！」

しないで、と大きな両手に手をかけて、必死に引きはがそうとしても、そのたびにくりくりといじられていては力など入るわけがない。

「ね、ねえ、しちゃだめっ。ちゃんと休んで……お願い、……おね、がっ」

疲れてるのに、無理にしてくれなくていいからとかぶりを振って見せたのは、しかしこの場合逆効果だったようだ。身体を押さえつける恭司の力に本気さが増し、どうしてと陸は目を瞠る。

「無理にしなくて、いいって言ってるのに……っ」

「おまえなー……それ計算じゃねえから厄介《やっかい》だよな」

「ふえ……？」

ぼやくような声で呟いた彼に、なんのことだと陸は首を傾げた。

「んーなかわいいこと言って、よけいまずいだろ」

「や、なに……っ、だ、って、あん！」

喘ぐ声も揺れる腰も止められないくせに、泣きながら拒んでいる、その理由がまたいじらしい。そんな反応が恭司の中にあるなにを刺激するのか、いい加減知れと彼は言う。

「半端に嫌がられると、却《かえ》ってそそられるんだよ」

「えっ……そう、なの？」

だったらしてしてと迫ればその気は失せるのだろうか。

もともとあまり血の巡りがよくない上に、恭司があちこちキスしたり捏《こ》ねたりしているせいで、もっと頭の回転が鈍くなった陸は、息を切らしながら言ってみる。

「じゃ、じゃあ、じゃあ、……し、して」

「あー？」

「し、したい……いっぱいして……」

これならやる気なくすかなあ、と。本気で考えて言ったそれであったのに、なぜか恭司はにんまり笑う。

「あ、そ。んじゃOKだな？　するぞ」

「ふ、うえっ!?　ち、ち、ちが……っ、あ、だめぇ！」

つるんとシャツを脱がされて、陸が慌てても遅かった。言質《げんち》は取ったと笑う恭司に、ベルトもしていないままの部屋着のカーゴパンツを、これまたすぽっとはぎ取られた。

そのまま呆然《ぼうぜん》とする陸の身体から、鼻歌でも歌う勢いで下着も靴下も全部一緒にベッドの下に放られて、肌寒さに震えたのは一瞬。

「やだ、嘘つき、嘘つき……っ」

「なにが嘘だよ、別になんも言ってねえぞ、俺は」

もがいて逃げようとしたけれど、ぎゅっとあの、待ち望んだ抱擁が訪れてしまってはもうだめだ。おまけに恭司はなにが楽しいのか、機嫌よさそうに笑いながら、何度も顔中にキスをする。

「いや、だめ……いや……っ」

「だからそういうこと言うから、こうなるんだろが」

「や、や……あう、ん」

両手首を掴まれ軽く両腿に脚を乗せられて、ベッドの上に磔《はりつけ》にされる。どこにも逃げられない状態でじっくりと舌をしゃぶられて、陸の腰が左右に振れる。

「……まだ嫌か？　ん？」

「は、ふ……だめ、も……キス、しない、で」

ようやく口づけから解放される頃には、押さえ込まれていたはずの手は、自由にされていた。右手はしっかり恭司と握りあい、もう片方は彼の広い背中に回ってしがみついている。

それどころかもう、腰の奥まで疼いている。陸は濡れた性器をさっきからひっきりなしにこすりつけていたらしく、恭司の纏《まと》ったシャツの布地はねっとりとした染みがついていた。

だめ、だめ、と譫言《うわごと》のように呟いて首を振ると、強情なと恭司が喉奥で笑った。

「こんだけ濡らして、まだ言うか？」

「ちが……だめ、だってキス……っんあ！」

「なにが違うんだよ」

剝《む》き出しの脚をぐいっと摑んで開かれて、恥ずかしい格好にされる。途端に陸の勃起したそれから、とろりと雫《しずく》が溢れていくさままでじっと見つめられ、小刻みに痙攣《けいれん》しながら陸はすすり泣いた。

「だ……だめになっちゃう、から……っ」

「んん？」

「あんなキス、したらもう、……いっちゃうよ……」

喉の奥まで舐められた。感じやすい口蓋のざらつきも歯茎も、とにかく陸の口の中で届く限りに恭司の舌が暴れていて、抜き差しするみたいに動かされると、その卑猥な動きと音にも感じた。

「ふうん。んじゃ、もっとしていかせてやろうか？」

「やだ、……あ、や」

身体のどこにも力が入らなくて、そのくせ筋肉が勝手に動いて、うずうずと細い腰が揺れる。ぬるっと滑った感触に膝が曲がって、恭司にもっといやらしいところを見せつけてしまう。

（あ……）

くしゃくしゃに顔を歪め、自分の卑猥な姿を恥じていた陸はぎくりと肩をすくめた。

見つめる先で、恭司がゆっくりとシャツのボタンをはずしていく。薄暗がりの中では引き締まった筋肉の流れが陰影を濃くして、なおのこと恋人の身体のラインが際だった。

「心配なら、俺が疲れてるかどうか確かめてみろ」

「うー……」

前をはだけた状態で身体の脇に長い腕をつかれる。ゆったりと優雅な獣のように微笑む恭司の姿は、どこか怖くて艶《なま》めかしかった。

引き締まった胸筋から下腹部までの色濃いシルエットの先に、およそ彼の言う通り、疲れているとは思えないような硬直がある。

鼻先にふわっと漂ったのは、ヒューゴ・ボスと煙草《たばこ》と恭司の体臭が入り混じった、陸にとってはなによりかぐわしい匂《にお》い。

「どうだよ？」

「……すご……かたい」

視線で促され、下肢《かし》のベルトを外しファスナーを下ろしたのは陸の細い指だった。下着から取り出したそれはもうすっかり陸に馴染《なじ》んだものであるのに、いつ見てもびっくりするような気分になる。

「誰のせいだ？」

「お……おれ、なの？　あ……おっきい」

もうなにを言われているのかもわからないまま、手にしたものを粘っこくしごいた。ひくひくしている。すごく熱い。指で確かめた形と大きさに、こんなにあそこが開いているのかと思うと怖くてどきどきしてしまう。

「……舐めてぃ？」

「風呂入ってねえから、だめ」

悪戯はおしまいだと手を取り上げられ、自分でもあきれるくらいに哀しげな顔をしてしまう。

「お風呂はいったら、いい……？」

「ああ。けど、あとでな。……そんで、陸。どうする？」

「どうって、……んっ」

「まだしねえって言うかよ」

名残惜《なごり》しげにちらちらと眺めていたものから引きはがされた手を握られ、手の甲を甘嚙みされてびくりと震える。もじもじと身体が意味もなくよじれて、逃げたいのに逃げられない。

「なにしてほしい？　ほら、言ってみ」

「ん、あ、やあ……も……っ」

息を切らしながら噛まれる指の疼きに耐えかね、陸はついに遠慮も心配も投げ捨てた。

「してくだ、さい……っ」

「なぁにを」

「お、おれと、えっちして……セックスして、うんと、いれてっ……ひゃん！」

言った瞬間、ぐいっと脚を開かされた。うそ、と呟くのとほぼ同時に、恭司の笑った唇が、もう疼いてつらいくらいのそれに触れてくる。

「ん、あー……だ、だっめ、だめ！」

恭司にそこを舐められるのは、いまだに怖い。あんな格好いいひとにそんなことさせてはいけない気がするし、第一陸は恭司以外にそれをされたことがなかったせいで、どうにも慣れない。

「いや、やだ、やだ……っ！　舐めちゃやぁ……！」

「だめ。ほら、自分で脚持ってろ」

だからやめてと言っているのに、陸の「いや」は「いい」と一緒だと恭司は全然聞いてくれない。そして恭司に命令されると、陸の身体は勝手にその通りにしてしまう。めいっぱい脚を開いて、膝の間に腕を挟んで、どうぞ舐めてと差し出してしまう。

「このかっこ、や……んあっ、あっあっ……あー……！」

舌が触れた瞬間にはもう、がくんと腰が跳ね上がる。勢いで全部恭司の口の中に収まった性器が、舌でめちゃくちゃに転がされた。

「あっあっあっ！　んっんっ、ふあっ……う、うぇっ、あっ」

きつく吸い上げられて、気持ちよすぎて泣いた。もう脚を支えていることもできなくて、ただびくびくと身体をのたうたせていると、濡れた指が収縮する尻を両手に摑む。

「おまえ、痩せてんのにここだけふにふにだよな」

やわやわと揉みながら感触を確かめられ、いや、としゃくり上げていると徐々にその指が中心に近づく。ひくついて硬くなった性器を舐めあげながら、にやりと笑った恭司の意地悪な指が、つん、とその場所を軽くつついた。

「あひん！　い、いや、そこ……っ」

一緒にしちゃいや、と激しくかぶりを振ったのに、親指の腹でぐりぐりと小さな入口を押し揉まれた。

「開いちゃう……開いちゃう……っ」

「どっちがだ？」

漏らしたみたいに濡れているそれの先端を摘み、じっとりとほころびはじめたうしろをほぐしながらの問いに、朦朧としたまま陸はかぶりを振る。

「あっ、わか、んないっ」

性器の先端はなにかを出したそうにひくひくとしているし、尻の奥はもう半分恭司の指を飲んでいる。身体中の汗腺も壊れたようだし、喘ぎ続ける口元は意味もない開閉を繰り返している。

「あ、はぁう、あん……!」

陸は恭司の手首を摑む。もういい、とひきつった呼気を交えて訴え、わななく脚をもう一度曲げ、自分で開いた。

「きて、ねえ、来て……っ」

「もうかよ」

「ほし、ほしいよ、指じゃないの……おっきいやつ、あれで……っあう!」

して、と言う前にずるんと指が抜けて、嬌声を発した陸の身体ががくりと跳ねた。そのまのし掛かってきた恭司に舌を吸われ、んぐんぐと喉を鳴らしながら尻を揉まれる。

「入れてほしいか……?」

「ん、ほしい、……あ、あ……すごぉい」

押し当てられたものの硬さと熱に、眩暈《めまい》がした。それでも、すぐちょうだいとしゃくり上げる陸の言葉は聞き入れられず、たっぷりとゼリーを纏った指が入りこんでくる。

「やあん、ぬるぬる……っ」

「そうしとかねえと、痛いだろうが」

溢れるくらいに塗りつけられる下準備にさえ、感じて感じて仕方ない。どうしてこの小さな器官は、恭司の手にかかるとこんなにあっけなく開くのかと思う。

「も、いい、……ひっ、はいるから、ねえ、……入るからあ……！」

くちくち、くぷくぷと音がする。痛くて苦しくて大嫌いだった挿入行為を、待ちわびるようにほころんでいく。焦れったくて気持ちよくて、早くちょうだいと泣きながら陸が腰を振っても、頃合いを見計らうまで恭司は指を止めなかった。

恭司の長くてしっかりした指が三本楽に入るまでそれは続けられ、ようやく許されるときにはもう、陸は息も絶え絶えだった。

「力むなよ」

「ふ、ふあ……う、うん……」

言われなくてももう、どこにも力が入らないと陸は頷いて目を閉じる。

「んー……あ、あ……お、っきい……」

ゆっくり腰を揺すりながら、恭司が入りこんできた。開ききった唇からはそれに押し出されるように甘く長い声が零れて、すがるものを探した指がしっかりと握りしめられる。

(すごい、おっきい。おちんちん、かたい……)

ぬるぬるして熱くて気持ちいい。ぼうっと逆上《のぼ》せたように赤くなった顔はゆるみきって、淫蕩《いんとう》な表情をそれと気づかず晒《さら》したまま、陸は忙《せわ》しない息をついた。

「よさそうな顔するようになったなあ……」

「ん、……ん？　きも、ちい」

とろんとなったままの濡れた瞳《ひとみ》で見上げると、恭司の方が少し急《せ》いた目をしていた。早く入れたいのかな、と気づいて陸はさらに腰を上げ、深く息を吐いてそこをゆるませる。

「突いて、いいよ……？　も、はいる、から」

恭司を見上げながら自分で脚を開き、そこに手を添えて軽く腰を揺らす。うっとりとした顔でいるのは、ゆるみきっている頬の感覚でなんとなくわかったけれど、陸のあどけないような笑みに恭司は一瞬息を詰め、ぶるりと肩を震わせたあとに獰猛に笑った。

「ああ。んじゃ、遠慮なく」

察しもよくなったなと笑った恭司が、ぐんっと強く押し込んでくる。

「ふあっ！　あ、あ、んっ、すご……っ」

頭の芯《しん》が痺れるようだった。一気に埋められた体内の空洞に、安堵《あんど》と昂奮《こうふん》がいっぺんに押し寄せ、陸は短く叫んだあとに理性を飛ばした。

（あ、太いのずんずん来る……中が、ぐじゅぐじゅしちゃう）

恭司の時折吐き出す鋭い呼気が、陸の髪を揺らす。ぴったりと腰を合わせて、蒸れた肌がぬるぬると滑るのもたまらなくて、細い腿が逞しい腰を必死に挟み込んだ。

「あ、あ、あ……いっ、いー……」

惚《ほう》けたような声ばかり、突かれるたびに押し出されるように出てくる。昂奮に強《こわ》ばっていた身体が、奥を突かれて一気に弛緩《しかん》するのは、もっとたくさん動いて欲しいという無意識の欲求によるものだ。

「……っ、すげえな、中、とろっとろだ」

「ひいっん、あー……あっい、いい、いいっ……もっと、ぐりぐりしてぇ……」

ぐずぐずに指先から溶けた身体を、もっとひどいくらいに穿《うが》って犯してほしい。そう思えば思うほど陸の身体はやわらかくなり、恭司の強い突き上げを全部快楽として受け止めた。

（身体の骨、なくなっちゃったみたい……）

広いベッドで手足を投げ出して、激しく動かされて揺らされていると、自分がくたくたやわらかい、ぬいぐるみにでもなった気がした。

（っていうかおれ……恭司さんの、おもちゃになりたい……）

その考えは卑猥で滑稽で、けれど少しも陸を卑屈にさせなかった。

力がもう入らなくてぐらぐらで、とろんとなったそこに恭司の逞しい熱だけが確かで、全身が性器になったみたいに感じてしまう。

彼の性欲を満たす道具であることは、つまり恭司のためだけの身体でいるということじゃないんだろうか――。危うい想像が陸をぞくぞくさせて、溺れそうな意識をさらに霞《かす》ませる。

「ふああん、あひっ……あー……っん、はあんっあんっあんっ」

突かれるたびに、甘ったるい声が止まらなくなる。変な声じゃないかと怖くなって、ぎゅっと逞しい身体にしがみついた。ふっと短く息をついた恭司が、震えてすがる陸に気づいて動きを止める。

「……どうした？　痛くしたか？」

「あう……ちが、ちが、くて」

湿った前髪をかきあげ、瞳を覗きこんでくるから、咄嗟にしがみついて顔を隠した。かすれて、それでもすごくやさしい声で問いかけてくる恭司の顔は、肩に額を押し当てているから見えないけれど、きっと目もやさしい。

頬に感じるまなざしに促されて、まとまらないままの考えを、陸は口にした。

「おれ……おれね。恭司さんのおもちゃになりたいって、思うことある」

「……あ？　なんだそれ」

唐突な言葉に恭司が顔をしかめた。あまりいい意味に受け取れなかったのだろうなと感じて、陸は少し慌てる。

「なんでおもちゃだよ、なんでそんな風に考える？」

「え、……っと」

詰問するように鋭くなった声と表情に、じんわりと陸は哀しくなった。なにか、意図したことと違う受け止め方をされてしまったのはわかるけれど、どこがどう違うのかよくわからないのだ。

(なんて言えば、いいのかな)

でもほんのときどき、このまま恭司のことしかわからない生き物になりたいことがある。

そうしたら恭司がずっとこのまま、抱いていてくれる気がして、寂しいなんて感じることが、なくなる気がして。

(それじゃ、だめなんだろうけど)

たぶん恋人が陸に望んでいるのは「それだけ」ではない存在になることだと、おぼろげに理解しはじめている。見聞を広め、知識を得てきちんと自立すること、その上でちゃんと恭司とともにあれる、そんな大人になってくれと願ってくれているのも知っている。

それがなんだか、時折寂しいのはなぜだろうか。そしてそれをどうして、うまく伝えられないんだろう。自分のばかさに泣けてくる。

「——……っ」

「ああ、おい。怒ってねえから泣くな」

せつなさを覚えて身を硬くすると、あやすみたいに頬を撫でられる。きゅう、とまた胸が痛くなって、次に唇を開いたときにはもう、なにを考えての言葉でもなかった。

「好き……」

「ん?」

呟いた瞬間、泣きたくなった。さらにぎゅっと首筋に腕を回してしがみつくと、涙声に気づいた恭司が頬を啄んでくれる。

(あ、そっか)

恭司に抱きしめられると、どんどん自分が小さな子どもに返っていく気がする。もっとずっと小さくなって、ポケットの中にでも入ってしまえば、どこにでもついて行けるのにと、ふと思った。

そうしていつでもこんな風に、抱いてくれたらいいなあと、そう思っただけなのだ。

「あ、あのね。ずっと……ひっ……ひとり、でね」

「ん、なんだ。寂しかったか」

「うん……うん」

唐突な拙い言葉でも、ちゃんとわかってくれる。なんでだろうと思いながらこくこく頷いて鼻をすすると、よしよし、とでも言うように髪を撫でられた。

「だ……だからね。おもちゃみたいに、ちっちゃくなって、それで……恭司さんに、持って歩いてほしいなあって……」

「あー……なんかわかった。そうか」

拙いそれを聞いた途端、ふっと恭司はやさしく笑った。さっきまで少し下がり気味だった機嫌がふわっと晴れた気配があって、なんだろう、と陸が首を傾げると、耳朶をきゅっと吸いあげられる。

「んー……っ、んやあ、ん」

「……っとにおまえは、かわいいな。ばかだけど」

恭司が熱っぽい息を吐いて呟いた。さっきは怒っていたようなのに、どうしてだろうと陸が涙目をしぱしぱと瞬《またた》くと、その目尻にも口づけられる。

「もうちょっとしたら、少し時間取れるようにしてやるから」

「ほん、と?」

本当だと告げるように唇が重なる。甘ったるい言葉と、ふわりとやさしいキスが嬉しい。包み込んでくれる長い腕に、一瞬陥りそうになった昏《くら》い想像は霧散して、陸は陸の身体を自分のものとして認識した。

それを気配で察したのだろう。恭司は、諭《さと》すような声を発しながら、少しだけ苦く笑っている。

「おもちゃになっちまってもかわいいだろうけどな。俺になんにも言えなくなるぞ」

「……あ」

「おまえは、おまえのしたいこと、ちゃんとできるようにしろ。……勉強も遊びも……セックスも」

ゆっくりわかれと頭を撫でられて、こくんと陸は頷いた。先ほど自分が言いはなったそれらは、成長を見守ってくれる彼にとって、とても失礼なことだったのだろうと恥ずかしくなる。

「ごめんなさい」

「わかりゃいい。……で、とりあえずどうしたい？」

「え、ど……っ、あっ」

問うのと同時に腰を揺すられて、小さく叫んだ陸は細い肩をすくめた。会話の合間に中断していた感覚が、そのひと突きであっという間に燃え上がる。おずおずと上目に窺《うかが》った先、ちょっといやらしく笑っている恭司がいて、胸がどきどきと高鳴った。

「いま、みたいの、もっと」

「こうか？　これが？」

「あっ！　っそ、れで、お……おっきいので、して……？」

どこをだよ、と耳を舐められる。じりじりと腰を揺らすだけなのは、胸を痛ませた陸への淫らな罰なのだろう。

（う、恥ずかしい……）

自意識が低かった頃には平気で過激なことも言えた。けれど最近、直截《ちょくせつ》な単語を言わされると胸が燃えるみたいに熱くなって、そのくせ鳩尾《みぞおち》はひんやりとするのだ。その温度差が身体をすくませると、なんだかとても困った感じになる。

じたばたしたくなるような、身の置き所のない落ち着かないその感覚が、なんというものかを教えてくれたのは渋沢だった。

――思春期をやり直してるんだろうね。もうしばらくすれば、また平気になってくるよ。

怜悧《れいり》な彼は、身体がびっくりしているあの感覚を「羞恥《しゅうち》」というものであると言った。

そしていままで平気で口にしていたことが言えなくなるのも、当たり前のことだとも。

――陸くんはその意味をよくわかってなかったんだろうからね。子どもは平気でそういう単語を口にできるでしょう、それと同じだ。

タブーを知って、ひとはそれらを秘すようになる。その密閉感がさらにそのタブーの意味を深くするから、なお口にはできなくなるし、行為も隠すようになるのだと言われ、なるほどと陸は思ったけれど、実感はなかった。

――まあ、それをあえて行使するってのも、プレイとしちゃありだけどねえ。

でも恭司はたまに言わせたがるけれどとついでに言うと、渋沢はとてもいやな顔をした。

その瞬間、ああいう単語や台詞が、とてもいけないことだと知らされたのだ。

「どうした？　いまさらなに照れてんだ」

「だ、だって……」

その会話の一部始終を聞いていた恭司は、もちろん陸が恥ずかしがっているのも知っている。そしてタチが悪いことに、以前にはぽんぽんと飛び出てくる過激な単語に失笑していた彼は、逆に唆《そそのか》すようになったのだ。

「ほれ、言ってみろ、陸……」

ふたりきりの空間で、陸にしか聞こえないほど声をひそめるのはわざとだ。恭司の声に陸は弱くて、囁かれると感じてしまうのも、逆らえなくなるのも、もう知っている。

「恭司さん、の……ん、ちん……り、を」

「聞こえない」

「……っ、おちんちんがぁ……あん！　やだっ、恭司さんのえっち……っ」

それがなんだよ、とまたゆるく揺すられて喘ぐ。

「エッチして下さいっつったのおまえだろ。なんか文句あるのか？」

「う、うえっ……あ、うんっ、や——……っ」

もう少しで「あの場所」に届くのに。じりじりと、確実に的を外したところばかり狙って突いてくる恭司に、意地悪だと睨《にら》んでも笑われるばかりだ。

「やなら、抜くか？」

「いや、やだ……っ」

だったら言えと卑猥に笑われ、陸はくすんと鼻をすする。明け透けに言えた頃とは逆転した立場に、死にそうに恥ずかしいと思いながらもう耐えきれず、濡れた声で陸はせがんだ。

「か、かたいの……かたい、……で」

「聞こえねえよ」

「お……おれの、おしり、……あっあっ！　欲しい、よぉ……っ」

「あんあん言ってちゃ、わかんねえだろ。お尻をなんだ？　なにが欲しい」

合間でからかうようにつついて、言葉を封じているのは自分のくせに、恭司はにやにや笑っている。ひどいよとべそをかきながら、もう我慢しきれず、ついに淫猥《いんわい》なおねだりが口をつく。

「やんっ、あ！　あ、もう、もう、……っちんちんで、ぐりぐりされるの好き……っ！」

太くて、硬くて熱くて、おおきいのが好き。あれでこすられて、いっちゃうのが好き。

「う、う……だから、……おしり、よくして……ぐちゅぐちゅにして……っ」

ちょうだいちょうだいと泣いてせがんで、自分の言うことに伴う想像だけで、陸の性器からはとろとろしたものが溢れ出す。

「もお、や、恥ずかしぃ……っ」

だが、その幼く猥褻《わいせつ》な言葉よりなにより、恭司を煽ったのは泣きながらのこのひと言だった。

「お願い……恭司さん、お願い……っ」

「……っ、つかまっとけ。飛ばすぞ」

よくできた、とでも言うように、口づけられる。きつい抱擁にもくらくらしながらまた頷くと、宣言通り恭司の動きが激しくなった。

「ひああん！　あっあっあっ、……い、ひんっ」

脳まで揺れるくらいに強くされて、迸《ほとばし》る声が切れ切れになる。広い背中にしがみついて、陸は必死についていくしかない。

「どうだよ……？」

「いいっ、いい！　あっ、あたっちゃ、あたっちゃう……！」

一番感じるところを、まるで撫で回すように突かれた。頭がおかしくなりそうだ。

「う……すげえな、中。……いきそうか？」

「う、う……いっ、いっちゃう」

感覚が強すぎて、絞り出すような声しか出ないかと思えば突然叫んでしまいそうになる。えぐえぐとしゃくり上げ、目を閉じた陸は身体の中を出入りするものに意識を集中させた。

「あ、ひいっ、恭司さ……っ、すごっ」

「んん？　なにが」

「すごいの、ぐりぐりされてるとこ、いっちゃいそ……っ」

びくっ、びくっ、と激しく身体が跳ね上がって、あ、来た、と陸は思った。

瞼の裏がちかちかする。大きな手でしごかれている性器からの射精感より、恭司のそれが埋まった尻からの感覚の方が何倍も強い。腹の奥から熱がせり上がってくるこの感じはもう、何度も味わって、けれど滅多に来るものではない。

「あー……こっちでいきそうか？」

「……っ、……！」

昴奮しすぎて声が出なくなった。がくがくと頷きながら恭司の動きに合わせるように、陸は腰を振り続ける。

荒い呼気に混じって、ぐちゃぐちゃぐちゃぐちゃと音がした。どろどろになったあそこを恭司に犯してもらえてるんだと思うと、それだけで軽くいった。

「い、ってえよ、陸……んな、締めんなっ」

「い、いや、いや、ぎゅうってする、おしり、おしりが……っあん！」

咎めるように硬くなったままの性器を握られる。けれど、そういうことではないのだと伝える術《すべ》はもう見つからず、涙の溢れる目を瞠った陸はがくがくとこめかみを震わせながらあの瞬間を迎えた。

「だ、めぇ、だめっ……あ！　あふ、いっ……！」

「う、わ」

「……っあー、あぁあ！　いく、あ、いく!!」

精液の放出がないままのそれは、どこかに突き飛ばされるかのような快感だった。もう陸の頭には羞《は》じらいとか怖さはなにもなくなり、もっと硬くて熱いものを味わおうと、恭司の腰に尻を押しつけてがくがくと振った。

一瞬、視界が真っ白になり、なにひとつ音が聞こえなくなった。世界のすべてが収縮し同時に拡散するような凄まじい快楽は、脳の神経をショートさせた。

腿が痙攣し、かかとがシーツを蹴《け》った。背筋から腰までが波打つように大きくうねって、不規則にびくびくと震えたあと、陸ははたりと手足を投げ出す。

「……い、おい？　陸!?　やべ、やりすぎたか」

「あう……っ、う、ん」

ぺちぺち、と頬を叩《たた》かれ、きんという耳鳴りのあとに取り返した五感は、鋭く尖りすぎてつらい。それなのに、正気づかせようという恭司の与える痛みは、痛覚ではなく別のなにかを刺激する。

「どうした、陸……おい？」

「ふぁ……っあ、いい……っ、いいっ」

抱き起こしながら大丈夫かと問いかけてくる恭司の声も、陸にはもう意味をなさない。体内に含んだものをきゅっと一度締めつけると、それがびくびく動いているのがたまらなかった。

「もっとぉ……」

「あぁ⁉」

しがみつき、恭司の上に乗り上がった陸は、小さな尻を弾ませるようにして腰を動かした。

「もっと、ここ、……これ、もっと……っいい、いいの、して」

膝を使って身体を上下させると、ぞくぞくするほどよかった。長くて熱い恭司のそれに内壁をこすりつけ、ずるずると滑らせるたび、身体の中にたまった粘液が泡立っては潰れるのがわかる。

こんなに濡れているのは、ジェルだけではなく恭司の精液も混じっているからだ。気づいた瞬間かくんと腰が抜けて、奥まで一気に突き刺さった。

「陸……っ？」

「あん、はいっちゃう、はいってる……！」

ぺったりと尻を押しつけたまま、今度は前後に腰を揺する。気持ちいい、たまらないと泣いて濡れそぼった性器を震わせ、引き締まった恭司の腹に押しつけた。

（出したい、出したい……いっちゃいたい、いっぱいいきたいっ）

もうそれしか考えられず、陸は壊れたように腰を振る。いままでしたことがないくらいの激しく淫猥な腰使いに、恭司が呆気《あっけ》にとられたような顔をしたのは一瞬。

「ああ、なるほど……こういう、ことか？」

「あ！　んー……ん、あ、そ……っ」

曲げた膝裏に手を入れられ、脚を大きく開かされる。密着した体勢をほどかれ外気にひんやりとするのは繋がった場所からなにから、とにかくぐっしょりに濡れているせいだ。

「ケツだけでいくように、なっちまったんだな」

「いっ……や、あ……！　あぅっ、うんっ！　あ、あ、あ！」

指摘に、かっと頬が熱くなるよりも先、下から何度か突き上げられる。待って、ともがく腕には力が入らず、ぐらりと倒れそうになった身体を慌てて後ろ手に手をつき支えた。

「み……え、ちゃうぅ……っ」

「見せろよ」

おかげで、恭司の眼前になにもかもを晒した卑猥な体勢になり、陸は恥ずかしいとかぶりを振る。放出していない性器はぴんと張りつめたままどろどろに濡れていて、それが恭司の突き上げのたびにふらふら揺れるのが滑稽で卑猥だ。

「うぁんっ……ふ、ふぁっ、あっ！」

みっともないからと手を伸ばし、触れた瞬間後悔した。隠すつもりで摑んだそれに甘い痺れが走った瞬間、陸は泣きながら自分の性器をこすりはじめてしまう。

（あ、いい、うしろ、ぐりぐりされながらこするのいい……っ）

尻を抉られて達したあと、凝《こ》り固まった熱を放つのがたまらなくいいのは知っている。この快楽を覚えたてだった頃、ひとりで覚えたやり方だった。

「やっあ、見ないで、み……っ、あう、ひっ、……んっんっ」

握ったそれを忙しなく上下にこすりながら陸は泣いた。あきれるくらいいやらしい自慰を、恭司がみっともなく思わないかと怖いのに、もう欲しくて欲しくて止められない。

だが、恭司は苦笑を浮かべるだけで、激しくこすりたてる陸の手をそっと、大きな手のひらで包んできた。

「……痛くねえのかよ、そんなにして」

問われた通り、普段の陸の肌は過敏すぎて、愛撫もあまり強いやり方だと痛みが勝ることもある。だがこうなってからは、もうどこでどうされても、すべてが悦楽に繋がっていく。

「ないぃ、……ふあっ、いいよう……！」

陸の手の甲を包んだ恭司の熱い手は、直接性感に触れることはしていない。なのに、そっと手のひら越しにさすられるだけでも、陸はがくがくと腰を揺らし、先端からまた溢れたもので指が濡れた。

「あんまり力入れすぎんな。あとで痛くなる」

「や、やだっ、だって……！」

それでも射精には至らず、どうしていいのかわからない。無理矢理に刺激する指をそっと恭司が剝《は》がして、止めないでくれと泣き濡れたのは一瞬。

「やめねえよ。こうすりゃいい……」

「ひあっ⁉　あっ、あああう！」

ぐん、と最奥を抉った恭司が、性器のちょうど裏側あたりをしつこく突いてくる。

「いや、怖い！　きょ、じ、さんっ、いやっ！　死んじゃう！　死んじゃうから！」

「いいから任せろ……そんで、ここ……だ」

ぐいぐいとこすられるたびに陸の身体に電流が走った。もう感じるというよりもただ、体内で花火が連続して弾《はじ》けるような感覚に怯え、泣きじゃくっても許されず。

「ひっ⁉　あ、でるっ、出る……イ――……っ‼」

「いけ」

逃げる肩を摑んで、上から押し込まれた。ずん、と奥まで当たった瞬間、痛いくらいに感じたそこに、恭司の熱を浴びせられる。

「ふゃっ、いっ……いく、いくいくっ……！　あぁあっ、いっぱい出る……！」

同時に、ざらっとした指先で先端のくぼみをいじられ、軽く爪先を押し込まれた瞬間、びゅるっとそこから白濁したものが溢れ出す。そうしながらもひっきりなしに腰をうごめかし押しつけあうから、繫がった場所からは粘ついた水音が途切れず続いた。

「あひっ……ひんっ、ひっ……ひう……」

過度な快楽におかしくなり、うまく射精できないでいたせいか、不規則で長い放出だった。開ききった脚がかくかくと壊れたように開閉して、陸は頭を振りかぶる。

「ふ、はー……っ」

「いけたろ」

　ふっと短く息をついて恭司が笑う。えぐえぐとなったまま、それでも先ほどの壊れたような感覚は去っていて、陸は震えながら頷いた。まだ身体中の痙攣は止まらなくて、久々に到達した高すぎる極みに、恐怖に近いものも覚えている。

「きょう、じ、さ……っ」

「ああ。いきすぎたんだろ」

　よしよしと頭を撫で頬を啄まれ、濡れた顔中に口づけられて、怖さがそのまま陶酔に変わる。どこかに飛んでいきそうな深すぎる悦楽も、恭司の強い腕が支えてくれればすぐ、甘い微熱へと落ち着いていく。

「……っ、あん、あっ」

「ああもう……めろめろになってんなあ、おまえ」

　乱れた呼吸を唇で吸い取られ、激しい動悸にびくびくする胸をそっとさすられる。余韻が色濃く残るいまは、いたわる手つきにさえ快感を拾い上げ、そのたびに陸は軽く達した。

「だ、だめ、胸だめっ」

「痛いか？」

「違うの、つまんだら、また、……またいっ……」

わかっていてとぼけているのか本気でわからないのか、恭司がもがく陸の乳首を何度も摘んでは引っ張り、囁いてくる。

「まだ、中がうねうねしてるな……いき足りねえんだろ？」

「や、もういっ……もういい、もういいよっ、あっ、あ！　……くりくりしちゃだめ……！」

「んじゃ、舐めてやろうか」

「もっとだめ、だめ……い、やぁあん、乳首っ、いっちゃう！」

とうとう泣きながら陸はまた射精した。出している間中、恭司がしつこく腰を揺らしてくるから、たぶん二回分くらいはいったと思う。

「うえっ……うっ、うっ」

いきっぱなしのままキスされながらあやすように性器を握られると、また少しだけ出てしまった。それを丁寧《ていねい》に指先ですくい取り、宥《なだ》めるような口づけをしながら恭司が言う。

「……よかったろ？」

「う、ん。すご、く、よか……った」

問われて、泣きじゃくりながらこっくりと陸は頷いた。怖かったけれど、最後のだめ押しで確かに、体内に渦巻いて行き場のなかったあの情欲が全部、きれいに流れていったと思う。

「すご、かった。……死んじゃうかと、思った」

「ばか。加減はわかってるっつうの」

びくびくと震えが止まらなかった身体も、ぎゅうっと抱きしめられながら徐々に落ち着いてくる。熱っぽく長く息をついて、陸は濡れた目元を自分の手で拭った。

「恭司さん、は？」

「言うまでもねえだろ」

くくっと笑って、濡れた結合部を撫でられ、陸は赤くなる。中から溢れるくらいにたっぷり出されて、嬉しかった。恭司もちゃんと感じてくれたからよかったなと思う。

けれどふと、朦朧としたまま呻《うめ》いた彼の言葉を思い出し、不安になった。

「でも、さっき痛いって……」

「ばーか。ほんとにやばかったら、おまえの方がもっと痛くなってんだろ」

「ふ、あぅっ」

繋がってんだからと、まだほどいていない身体を揺すられ、敏感になったままのそこがひくんとすくむ。

「あ、ん、抜けちゃう……」

「ったく……もう出るもんねえくせに、んな声出すな」

ぬるんと抜き出される瞬間、惜しむみたいにまたきゅうきゅうとそれを締めつけてしまい、

「感度も具合もよすぎて困る」と恭司に笑われた陸は赤くなる。

「ほれ、風呂入って寝るぞ」

「う、うん……でも、おれ動けない」

「立てって言ってねえだろ。だっこしてってやる」

帰って来るなりせがんだ台詞を持ち出され、陸は拗《す》ねた顔をしてみせた。けれど抵抗にもならず、激しすぎた行為に痺れて、くたっとした身体を抱え上げられる。

(あんなにしたのになあ)

べとべとになった身体を風呂場に運ばれる間、恭司はやっぱりタフだなあと感心するようなあきれるような気分になった。

恭司が最近気に入りの、青い入浴剤が満ちた浴槽から、すっきりした甘い香りが湯気とともに立ち上っている。

「寝んなよ、まだ」

「んー……だいじょぶ」

指一本動かせないほど疲れきっていた陸は、恭司の手で全部きれいにされた。ただやさしいばかりのスキンシップは陸のふにゃふにゃになった身体に甘く滲《し》みて、くたくたのくせにどうしても、なにかしてあげたくなってしまった。

「あ？　なんだ、陸」

「ん、そこ座って」

こちらは自分で身体を洗った恭司が、既に陸が浸かっている湯船に入ろうとするのを押しとどめ、ヘリに座らせる。そしてちょうど顔の高さに来たそれに口づけると、恭司が意図を察して目を瞠った。

「……こら、悪戯すんな」

「やら……ん、む」

あんなにしたのに、ちょっと舐めると恭司のそれはすぐに硬くなってくる。恭司は苦笑しながらいらないと言ったけれど、出し切ったあと口で吸われると気持ちいいのはいろんな男に教えこまれて知っている。

「りーく。おいって」

「だって、お風呂入ったらいいって、言ったもん」

こういう奉仕めいたことを、かつて何度か仕掛けるたびに恭司は苦い顔で拒んだけれど、最近は陸の言葉にあまり強く反論しなくなった。

「……したいから、させて」

「まあいいけど……無理すんなよ」

無理じゃないよと笑って、悪戯するように舌を出したまま舐めた。それでも、特に放出を要するほどではないのだろう、反応はゆるやかだし恭司の表情も余裕のままだ。

ちゅる、と音を立てて大きなそれをくわえた。恭司のそれは陸が知っているどんな男のものより逞しいのに、こうしていて吐きそうになったことなど一度もない。反応した性器には大抵喉を抉るように突かれて、ひどくつらかったのだけれど、恭司は絶対にそんな真似《まね》はしないからだ。

（そういえば、口に出されたことってないなあ）

恭司の精液ならいっそ飲みたいのに、と思いつつ、陸はそろっと問いかける。

「このまま出す？」

「あー……いや、気持ちいいけど、そこまではいい」

「そっか……」

無理に追い上げると逆に疲れてつらいだろう。半分ほどまで勃ちあがったそれに何度か口づけて、おしまい、と唇を舐めるとなんだか楽しげに喉を鳴らして笑った恭司が「もういいか」と湯船に沈み、陸をひょいと抱き上げた。

（勃ってるのにな。余裕だなあ）

興が乗ると結構しつこくしてもくれるけれど、恭司は根本的にセックスに対してがっついてはいない気がする。いまも陸を乗せた膝の間にはすっかり硬くなったそれがあるけれど、のんびり満足した大型の獣みたいな感じで「くあー」とあくびまでしているのだ。

体格に見合って精力的だし、案外エッチで、でもちゃんとそれをセーブできる。そういう男でなければ、欲しがりな陸につきあいきれるわけもないし、逆に陸が終わればおしまい、というわけにもいかないのだろう。

（あ、もう胸のとこ、すうすうしない）

あったかいお湯の中であったかい胸に抱かれて、ふわふわと幸せになる。ひとりで時間を持て余したあの寂しさはかけらも陸の中に見つからなくて、くふふと笑いが零れてしまった。

「ん、どした？」

「んーん。……ちゅーしていい？」

「あ？　好きにしろ」

恭司の片目を眇《すが》めた表情が、眠そうなのにかっこいい。億劫そうに返事をして、それでも陸を面倒がっているわけじゃないのがわかる。

「疲れてるのに、させてごめんね」

好きなだけ抱きついてキスをしながら言うと、ふはっと恭司が笑った。

「……なんか違うんじゃねえか、それ。俺がしたくて、してんだろ」

欲しけりゃもってけと、いつでも恭司は気前がいい。じゃあもっと、と意志の強そうな唇をそろそろと舐めていると、ふと目を眇めて恭司が呟いた。

「おまえ、なんか最近エロくなったよなあ……」

「う……ご、ごめん」

しみじみ言われて、ちょっと赤くなる。さっきのフェラチオは単なるじゃれ合いに近いし、いまもキスをしたかっただけだけれど、物欲しげにでも見えたのだろうか。

(好き者、って言われたことあるしなあ……実際、恭司さんとするの、好きだし)

それは拒めないが、と陸が眉を下げると、そういう意味じゃないと恭司が苦笑した。

「なんだか、こう。色気出てきたっつうか」

「え、そ……そう？」

意外な言葉に、目をまるくする。色気なんて、あんまり言われたことのない言葉で、なんだか少し照れくさい。

「前はもうちょい、けろっとしてたろ。まああれはあれでいいけど、なんかな。いまの方が妙に、ツボに入る」

「あの……あの……」

おかげでやりすぎたかもなと詫《わ》びるように腰を撫でられ、陸はさらに赤くなった。

「ん？」

「そ、それって、いまの方が好きってこと？」

「そう言ってんだろ」

嬉しい、と抱きついてきた陸を、恭司は広い胸で受け止める。

「おれ、おれもね。……いまの方がずっと好き」

「そっか？」

「うん、毎日……もっと好きになる」

そりゃよかったと抱き寄せてくれる恭司の腕が嬉しい。

幸福そのものという顔で笑い、甘い疲労感の満ちた身体をすり寄せた陸は、ほっと安堵の息をついた。

「明日も、仕事？」

「ああ。……まあ、なるべく早く帰れるようにする」

言いながら少し目を伏せるから、しばらくそれは無理なんだろうなと陸は察する。

(寂しいけど、でも)

それをちゃんと知ってくれる恭司の気持ちだけで、充分だと感じられた。

「早く帰ろうとして、無理、しないでね」

「ああ、わかった」

「……でも、早く帰ってきてね」

矛盾した願いにもう一度、ああ、と恭司は頷いて、やんわりとした約束の口づけをくれた。

ひとりの時間あれほど持て余した憂鬱は、恭司の唇と抱擁で、たやすく溶けて消え失せる。

このキスの名残が消える前に、もう一度ちゃんと抱きしめてくれと願いながら、陸は忍んでくる舌を甘く噛んだ。

あとがき

毎度の文庫化となりますが、今回はこれまた懐かしい&自著でも、もっともアレな本のお出ましです。ルチルさんではエロスがコンセプトのレーベルの本をいくつか出し直して頂いていますが、そのなかでも、これはかなりはっちゃけた話です。『冒頭30ページ以内にはベッドシーン開始』という、厳密な規定をこなし続けていた当時、ぶっちゃけますと、そうそう冒頭からナチュラルにエロを突っこめるようなネタなぞない、説得力あるエロってなんだ……と頭を抱え、開き直った末に『ならば最初からエロ産業に関わる人間でどうだい！』とぶちかましたのがこの本でした。そんなコンセプトだったので、濃度も特濃、という感じで、当時、ここまでアレコレについて懇切丁寧（というか赤裸々）に書いた話もなかったんじゃないかなあ、と思います。調教というより教育な感じですね、これは（笑）。

陸というキャラは崎谷作品中屈指のおばかキャラでもあります。ドラマCDなども出していただいたのですが、陸役の声優さんが「自分の演じたなかでも、屈指の（以下同）」とおっしゃっていて、爆笑しました。恭司とのボケツッコミの会話も最高におかしかったので、

CDに興味のある方は是非聴いてみてください。おすすめです。

風俗関係についての取材は、ネットの検索等でいろいろ調べていたうちに、とあるご縁から業界関係者の方に話をうかがいました。Aさん、その節はお世話になりました。実情の曖昧な男性従業員の仕事内容なども詳しく訊けて、非常に助かったのを覚えています。

収録した短編は、当時の配布小冊子と、趣味で書いたものなど。これもはっちゃけまくってますね。渋沢のヘンテコセンスのネーミングは、友人一同があちこちで見かけた妙な風俗店の名前を教えてくれて、それをモデルにしたりしています。皆おもしろがって考えてくれたものでした、ありがとう（笑）。

で、じつは崎谷は08年夏、骨が変型するひどい腰痛のためお仕事を一時期お休みさせて頂きました。そのため、この本についても、本当は書き下ろしの予定を変更させていただいた、という経緯があったりします。現在はだいぶよくなってまいりましたので、ぼちぼちと復帰に向けて動き出したところですので、晩秋以後はまたいろいろお目見えする予定です。

関係者の皆様、担当さん、各種の予定が変更となり、本当にご迷惑をおかけしました。

イラストの志水先生、せっかく「新作を」と望んでくださったのにお応えすることができず、申し訳ありませんでした。カワイイ陸に渋カッコイイ恭司、そしてうつくしい渋沢をありがとうございました。いずれ機会がありましたら、そのときはよろしくお願いいたします。

チェック協力Rさん、三代目（笑）をこよなく愛してくれる坂井さんに、心配をかけた冬乃ほか友人らにも、毎度ながら、心からの感謝を。

そして、しばらく休みますと個人サイトでお伝えした際、お見舞いの言葉をくださったり、待っていると言ってくださった読者の皆様にも深く感謝します。

次回こそ新作でお会いできますように。

個人サイト/http://sakiya.milkcafe.to/

✦初出　甘い融点…………………ラキア・スーパー・エクストラ・ノベルズ
「甘い融点」(2003年8月)
Melty kiss ……………ノベルズ刊行記念おまけ小冊子(2003年8月)
甘くて危険なアソビ……サイト掲載作品
Melting blue …………同人誌収録作品

崎谷はるひ先生、志水ゆき先生へのお便り、本作品に関するご意見、ご感想などは
〒151-0051 東京都渋谷区千駄ヶ谷4-9-7
幻冬舎コミックス　ルチル文庫「甘い融点」係まで。

幻冬舎ルチル文庫

甘い融点

2008年 9 月20日　第1刷発行
2011年10月31日　第5刷発行

✦著者	崎谷はるひ　さきや はるひ
✦発行人	伊藤嘉彦
✦発行元	株式会社 幻冬舎コミックス 〒151-0051 東京都渋谷区千駄ヶ谷4-9-7 電話 03(5411)6432[編集]
✦発売元	株式会社 幻冬舎 〒151-0051 東京都渋谷区千駄ヶ谷4-9-7 電話 03(5411)6222[営業] 振替 00120-8-767643
✦印刷・製本所	中央精版印刷株式会社

✦検印廃止

ISBN978-4-344-81439-4　C0193　Printed in Japan